中国乡土小说

主编 郑电波

名作大系

新时期小说佳作腾芳飞誉

短篇小说系列（一九七七年至二〇一二年）第三卷 下

顾问
张 炜
贾平凹
李佩甫

三卷 下

中原出版传媒集团
中原农民出版社
CENTRAL CHINA FARMER'S PUBLISHING HOUSE

图书在版编目(CIP)数据

中国乡土小说名作大系. 第三卷. 下 / 郑电波主编. —郑州：中原出版传媒集团，中原农民出版社，2014.6
ISBN 978-7-5542-0607-2

Ⅰ. ①中… Ⅱ. ①郑… Ⅲ. ①短篇小说-小说集-中国-当代-Ⅳ. ①I247.7

中国版本图书馆 CIP 数据核字(2013)第 253866 号

出 版 人　刘宏伟
责任编辑　郑电波
插　　图　董　钺
责任校对　杨　玲
封面设计　丹　澄

出版： 中原出版传媒集团　中原农民出版社
（地址：郑州市经五路 66 号　电话：0371—65751257
邮政编码：450002）
发行单位： 全国新华书店
承印单位： 辉县市伟业印务有限公司
开本： 710mm×1010mm　1/16
印张： 10
字数： 200 千字　**插页：** 4
版次： 2014 年 6 月第 1 版　**印次：** 2014 年 6 月第 1 次印刷

书号： ISBN 978-7-5542-0607-2　**定价：** 25.00 元

《中国乡土小说名作大系》
编辑工作委员会

原始资料搜集查询

凡　例

本大系短篇小说部分共分六卷，每卷分上、中、下三册，共18册。精选了1977年至2012年发表、出版的乡土小说作品中的短篇名作。

本套书的选编原则上是以发表、出版的时间顺序排列的，每10年两卷（但在整体统筹中少部分例外）。

第一卷和第二卷精选的是1977年至1988年发表的短篇小说佳作，不同的是第一卷所选的都是这个阶段的获全国短篇小说大奖的作品，因此，第一卷与第二卷在选编的时间排列上各自为序。

每册书中若选某作家两篇或两篇以上作品，其顺序相连，以便阅读。

卷首语

三十多年来，中国农村发生了翻天覆地的变化，而中国农村题材小说的创作，正是对应了这段历史。它们是如此的丰富、瑰丽、饱满和激越，如此的斑驳陆离色彩纷呈。它们是心史，是一次不曾间歇的歌哭相随——过人的敏感，欣悦和忧郁，惊愕与绝望，大喜过望以及突如其来的沮丧，肤浅的赞许和陡峭的情感——这一切情愫一切境遇的全面记录和生动描摹。

卷首语

中原农民出版社出版的《中国乡土小说名作大系》，是当今文化界一个大事件，中国现代文学过去多少年取得的成就主要是乡土小说。

现在我们国家的改革进入到了城乡一体化程序，农民进城，小城镇的人到县上，县上的人到省城，省城的人到北京上海等大城市，中国社会已是迁徙的社会。我估计将来再过一两代人，乡土小说类型慢慢就要消退了，肯定不会再成为中国文学的主流了。但是，消亡我觉得是不可能的，因为大量的农村还在，更重要的是中国农村文明的思维还在，只要土地在，思维在，农耕的思维观念在，不管在哪儿，就是你在美国，到月球上去，你还是中国的，中国式的，写中国人的文学就不会消失，因此乡土小说也不会真的消失。

在中国，你想真正了解这个社会，获得一些更深层的东西，就去看一看乡土小说。乡土小说就好像馆藏一样，那里有丰富的宝藏。现在它已经不出现 在街头了，就像庙堂或者说茶室一样，有闲时可以去坐一坐，静一静，慢慢品味它。

平凹题

前 言

中国是一个乡土性很强的大国,诚如社会学家费孝通所说,中国是一个“乡土中国”。

乡土,几乎是每个中国人的精神家园。

在新时期文学中,乡土文学堪称最敏感的文化神经。新时期当代文化思潮的演进变化,许多是从乡土小说中透露出重要信息的。应该说,从中国乡土小说中可以读懂当代中国。

农民在我国的文学中,历来处于一个突出而显赫的地位。农民的社会地位不高,而文学地位不低。这是由于中国作家的乡土情结、生活阅历、审美情趣及价值取向所决定的。在文学对民族文化心理的反思中,农民作为民族文化心理的主要载体,自然成为小说家关注和表现的对象,故乡土小说天然地在新时期小说中,有着举足轻重的地位。

改革开放三十多年来,这是一个伟大的时代,一个中国前所未有的大变革时代。农村生活的改变,农民心气的勃发,新一代农民在精神、意识、思想上的吐故纳新,新与旧在现实生活中的冲突与较量,以及对于腐败现实的理性批判,随后成为乡土小说在一个时期里反复吟唱的主旋律。作家成了这个时期乡村广大农民理想的抒发者和愿景诉求的代言人。农民在内心理想的感召下奋发向前,作家与之击鼓前行。

改革开放以来的文学，我们称之为新时期文学。新时期文学有三个相互联系的阶段："伤痕文学"、"反思文学"和"改革文学"。许多作品系统地反映了农村农民生活命运的变化，社会的深层变革，抒写了自己的社会理想。有些作家把思想的锋芒指向乡土文化与农耕文明，以自己的眼光与理性来发现和表现乡土中国的浑重、复杂与嬗变。当然，也有不少作家在作品中多有对自身命运的描述和情感宣泄。

新时期文学初期，印象深、乡土味儿较浓的有何士光的短篇小说《乡场上》，高晓生的《陈奂生上城》、《李顺大造屋》，张炜的《一潭清水》，贾平凹的《黑氏》，铁凝的《哦，香雪》，邵振国的《麦客》，张石山的《镢柄韩山宝》，王润滋的《内当家》，史铁生的《我的遥远的清平湾》，田中禾的《五月》，乔典运的《满票》等。中篇小说有郑义的《老井》，路遥的《人生》，张贤亮的《绿化树》，张一弓的《犯人李铜钟的故事》，叶蔚林的《在没航标的河流上》，莫言的《红高粱》，张炜的《秋天的愤怒》，映泉的《桃花湾的娘儿们》，王安忆的《小鲍庄》等等。

新时期文学的早期，是一个激动人心的时期，是一个重建希望的时代，人的内心如同枯木逢春，激情被时代精神所鼓舞并迅速地再度燃烧起来。人们在思想解放运动的昭示下又一次看到了未来的希望，并热情地期许这一切尽快变成现实。深怀理想主义文化信念的作家，无论用什么样的创作方法，骨子里都潜伏着浓重的浪漫主义基因，时代气氛使这浪漫潜滋暗长。那个时代的作家极少悲观，历经再多的苦难也不能告别乐观。作家几乎对未来用承诺的方式描绘着生活，读者的期待使写出好作品的作家一夜成名，自发阅读小说的人超过以往任何时代。人们最大的自由就是对美好的向往，人们在想象的话语中得到满足。

时间在飞驰，中国的变革在加深、加快。二十世纪九十年代引发的经济热潮、商业大潮席卷而来，文学受到很大冲击，一些作家纷纷下海弃文经商，文学创作受到了影响。然而乡土小说的创作，因与政治思潮、商品大潮都有一定程度的疏离，也由于作家的坚守，似乎并没有出现中断或萎缩的情形，无论是中、短篇小说还是长篇小说，都在坚守中有所拓展，且成就了乡土小说创作的特有景观，其作家创作形成了楚文化群落、吴越文化群落、齐鲁文化群落、燕赵文化群落、秦晋文化群落、中原文化群落、东北文化群落、巴蜀滇黔文化群落等，乡土小说内容丰富，五彩斑斓。

九十年代的乡土小说不再是单色的，而是多色的，很耐人寻味。如陈源斌的《万家诉讼》，李佩甫的《无边无际的早晨》，关仁山的《九月还乡》，余华的《活着》，迟子建的《雾月牛栏》，张宇的《乡村情感》，韩少功的《马桥人物》，杨争光的《公羊串门》，赵德发的《通腿儿》等等。

这一时期的长篇小说数量不太多，但质量很高，作家开始向家族、人生命运深处思考，审察人性、反思历史、反观传统，因此作品更显得有分量。长篇小说取得了重大成就。先有张炜的《古船》初现端倪，继有陈忠实的《白鹿原》，莫言的《丰乳肥臀》，阿来的《尘埃落定》的联袂冲刺，掀起长篇小说创作的第二个新高潮，是继八十年代古华的《芙蓉镇》，路遥的《平凡的世界》，贾平凹的《浮躁》之后第二个创作高峰。

新世纪阶段比之于前二十年文学文化领域，因面临着商业文化、传媒文化与信息科技的多重冲击，更由于人们价值观的变化，乡土小说读者的减少，作家浪漫情怀的式微，总体来说乡土小说创作出现了下滑和萎缩的趋势。然而，乡土小说并未到这部乐曲的尾声，不少乡土作家还在这片“土地”上耕耘，他们的笔墨自由而灵动，多元的叙事与多元化的观念已出现，令人感到振奋的是长篇小说的进一步繁荣，乡土长篇小说的创作出现了新的景观。贾平凹的《秦腔》，蒋子龙的《农民帝国》，孙慧芬的《歇马山庄》，铁凝的《笨花》，张炜的《你在高原》，刘震云的《一句顶一万句》，莫言的《蛙》等，其中有的作品的水平，已达到乡土长篇小说的新高。这是由于一些乡土小说作家一直在创作的深刻思考之中，他们甘于寂寞，其思考已抵达生活、社会、历史、人生甚至哲学的深处。

中国乡土小说可以说是新时期文学的精华与支撑，几乎所有的小说名篇都与“乡土”血脉相连，这不但有广泛的共识，也是不争的事实，它们占据了文学、文化、出版价值的制高点。

它是我们这个时代特有的文学形态，具有深厚的人文价值，就中国乡土小说而言，可以说达到了中国文学史上“前无古人”的思想和艺术高度，而且由于我们社会的深度变革，农耕文明的逐渐瓦解，这种形式的文学必将终结，因此可以说，它不仅是空前的，也是绝后的，它的辉煌如同唐诗宋词在中国文学史上的辉煌一样。

乡土小说植根于中华民族精神深处汲取营养，又表现并滋润着民族精神和意识，形成了新时期的文化景观。它不但被中国有识之士充分肯定和赞许，同时也被世界看重。“越是民族的，越是世界的”，莫言获诺贝尔文学奖，就是一个有力的证明。

多年来，从鲁迅到沈从文，中国作家无不有着共同的诺贝尔文学梦，可是直到去年，莫言才为中国作家实现了这个梦想。我认为，莫言获诺贝尔奖，不是他一个人的胜利，而是一大群中国乡土小说作家的胜利。这片热土，造就了这一批作家；这个时代的气候，滋润了这一批作家的成长。如张炜、贾平凹、陈忠实等一批作家，其文学创作的实绩和水平，也大都进入了这个层面。我们为中国乡土作家的成功而鼓掌，为中国乡土小说的辉煌而欢呼。

这是一套乡土小说的精选本，我们这套书重在推出改革开放35年(1977—

2012）来中国乡土小说的精华部分，它们绝大部分是获奖名篇或被小说选刊选载、被评论家和广大读者所关注、极具影响力的作品。这些作品是时代的一面镜子，较深刻地反映了一个时期的社会现实。

本套书重时代感，所选作品的排序按照原作初次发表的时间先后顺延。选篇首重乡土气息、时代精神和文学价值，以作品品质为标杆（作家名气、地位作第二位考虑）以期展示35年中国农村变革，农民精神嬗变的文明进程，使内涵巨大的乡土小说所构成的文字画卷，具有以文学纪录时代史诗般的价值。

虽然过去也有一两家出版社出版过一些乡土小说选集版本，但大多是以作家为标杆选择篇目，规模小，不全面；而这套书以整个大改革时代为着眼点，登高望远，选篇宏观铺陈，将散失于长达35年间奇珍般的乡土小说，用一根乡土彩线串系在一起，这是对乡土小说的寻找与抢救，也是在打造我们中国人共同的心灵家园。

由于书的印张所限，有不少影响大、水平高的乡土小说未能选入，对此我们深感遗憾。我们希望这套书的出版，不但能让热爱乡土小说的读者喜欢，而且能让更多的农民兄弟读到。让农民了解农民，了解农村的变化，关心自身命运，关心社会变革，这是我们的初衷。

郑电波

2013年初春

目　　录

黑　氏

贾平凹

一

黑氏的年龄比丈夫大,黑氏把什么都干了,喂猪,揽羊,上青崖头上砍柴火。一到晚上,小男人就缠她。男人是个小猴猴,看了许多书,学着许多新方法来折磨。她又气又恨,一腿子可以把他弹下炕去。“你是我的地!”小男人却说,他愿意怎么犁都可以。夜黑漆漆的,点点星辰,寒冷从窗棂里透进来。小男人压迫着她,口里却叫着别人的名字,黑氏知道那是些村里鲜嫩的女子,泪水潸然满面。等丈夫滚在一边大病一场似的睡着去了,她哽咽出声,嗟啜不已。

这边厢房一动静,那边厢房就发恨声,公公骂道:“长声短叹地发什么贱气,好吃好喝得肚子鼓胀睡不着吗?”公公的脾气越来越暴躁,黑氏就不敢再出声,听得还在骂了句:“在娘家吃什么了,穿什么了,跌到福窝里了还不顺心?”噼里啪啦拨算盘。公公是镇上的信贷员,算盘上的功夫深,双手打得“狮子滚绣球”,这两年日胜一日富起来,家人就给她难看脸色,恶声败气,批点她地面粗,手脚肥胖,丑。黑氏是知足人,深山的娘家穷,茶饭是比以前好。哥哥的脸色黄蜡蜡的,十天半月来镇上赶集，拿些山货到这家，吃一顿饭要走了，总说："我妹子有福！"她心里苦苦的。好哥哥，吃得好了就有福？这话却倒不到人面前去，只是越发伏低伏小。私下里盼着养个儿来，有个贴己，送子娘娘却偏不光顾。睁着如此大的眼睛在黑暗里思想，窗外就没有了星星，淅淅沥沥落起雨来，倒熬煎这雨一下，坡上的红苕蔓子就要沿蔓生根，得去再一次翻锄了。

这当儿，院门很响地被人拍了一下，接着是门环"哐哐哐"三声摇动。那边厢房的公公立即应声："来了，来了！"趿了鞋出去开门。是一个男人的声音，压声问："又和谁喝酒？"公公说："没外人，专等着你呢。"两人就骂了一阵天雨，进屋到那边厢房了，叽叽咕咕，鬼念经般说话。

婆婆已经起来了，拿那杆竹管烟袋敲打她的厢房门框，叫："黑，起来！你爹和客人要喝酒，你下厨炒几个菜去。你装什么呀，睡得这么深沉！"

家里时常来人，黑氏已经习惯了，她不解的是客人常要半夜里来，有时扛来好多东西，用木箱和麻袋装着，公公不让任何人动，她也就装个猫儿狗儿，不言语。厨房里炒得一盘鸡蛋，一碟变蛋，一碟臭豆腐，一碗熏肉。一箕盘端了进公公房里，瞧见客人是个极风流的人，正将桌上一沓钱推给公公说："这些是你的，怎么样，只要……"公公用脚在桌下踏了客人的脚，抹下头上的帽子，随便一放，钱票被盖住了。黑氏乖觉，全装混沌，怯怯地看着客人说："黑漆半夜的，没好菜的。"客人便大胆地看她，看得生怪，黑氏慌得用手扰扣子，害怕扣子扣错了，惹人耻笑。

公公便说："睡去吧。你还待在这里干啥？"

黑氏放赦一般回来，坐在炕上了，小男人已经转醒，悄声问："谁来了，是马乡长吗？"黑氏说："马乡长鼻子大，这个人气派呢。"小男人说："这是东村姓王的，他跑运输发了大财了，有了钱讨了个县城女子，嫩面得能弹出水！"黑氏默然无语。小男人又说："他发了财了，敢不到咱家来，爹又落一笔钱了！"黑氏说："人家跑运输，爹落的什么钱？"男人说："爹入股呀！"黑氏一直对这家人疑惑，就再问："爹哪有钱入股？小男人黑暗里眼里放光，说："你以为你嫁给我平凡吗，我爹虽不是什么领导，我爹却是和什么打交道的？你丑人倒有丑福！"黑氏说："我不稀罕那么多钱，当初嫁你，你也是没钱的光棍！"小男人说："我知道你害怕我家发财哩，怕你越来越不配我哩！"黑氏咬了嘴唇，听那边厢房公公劝客人酒，喝得已经晕头，有盘子翻跌桌下，发着破裂的声响。小男人说："怎的不说话？"黑氏说："我不是为我想，我是为你想的，钱来路不明，多了会害人的。"小男人说："哟，你那么清高，结婚时你娘怎的要我出个棺材钱？隔壁的钱来路明，你跟他过活去?!"

黑氏拉过被子连身子带头裹严睡倒了。

黑氏眼睛闭着，心却睡不着，一股黑血在肚里翻腾。恨娘家人穷，不能门当户对，又恨小男人家有了钱，口大气粗……直挨到鸡叫三遍，窸窸窣窣又起来，得给猪熬食了。雨还在落着，院子里水汪汪一片白亮。忽见得隔壁那家院子上空红光一片，甚是吃惊，爬上院墙头的梯子看时，隔壁人家台阶上生着一堆篝火，一个人蹲在旁边，将一条新制的扁担一头支在门槛下，一头伸过火上，双手沉沉地往下压。八尺余长的桑木扁担就两头翘，翘得一张弓。黑氏便叫："木犊，起得早？难得落了雨，也不蒙头睡个懒觉？"

木犊回过头来，倒是吓了一跳，火光映在脸上，红堂堂的像酱了猪血，瞧见是黑氏，笑，哧哧啦啦响。

黑氏又说："一条扁担，还那么伺候？"

木犊说："不收拾软和，它砍肩哩！"

黑氏说："反正它是压人的，你也要去南山担龙须草吗？"

木犊说："南院秃子，三天一来回，赚得三块多钱的，我比他有力气。"

黑氏说："人家都出去跑大生意，千儿八百地挣哩……"

木犊说："咱没车，就是有车，没恁个本事的。"

黑氏在墙头上长长叹了一口气。黑氏可怜这木犊，家底缺乏，人又笨拙，和一个老爹过活，三十二三了，还娶不下个女人做针线，裤子破了，白线黑线揪疙瘩缭。本要说句"你哪有秃子灵活，担龙须草走山路，迟脚笨手的可要小心"，话到口边又咽了，待要走下梯子，木犊却叫："黑，给你个热的！"手就在火堆里刨，刨出个黑糊糊的东西，两手那么倒着，大声吸溜，跑过墙根处了，踮脚尖往上递。黑氏看着是颗拳头大的洋芋。

黑氏说："我不吃，还没洗脸哩！"下了一节梯子。下去了，又上来，见木犊又换了一只手，还在努力往上递，黑黑的肚皮露在外边。她伸手接住了，烫得如炭火，掰开，黎明里白花花两半，蹿一股热气，她咬了一口。

木犊问："面不面？"满足地想笑，又哧啦一下。

黑氏已经走下梯子，头上让雨淋湿了，滴滴答答顺着头发往下流水。

二

到了冬天，木犊担折了两条扁担，肩头上隆了很大的肉包，指甲掐也不觉生痛。家里却并没见有大变样，顾住了油盐酱醋，和爹新做了一身棉衣，光景不宽展也不太寒酸。十一月初六，出了个大红日头，父子俩新做了一条更长的扁担，在火上烤了，用瓷片刮磨，一遍又一遍上了豆油，能照出蓬头和垢脸。中午时分，于院中设了香案，将那扁担两头挂红横放案上，木犊跪倒在尘埃里磕头作揖，敬扁担神。木犊感念扁担使他家有了零用碎钱，他不再去担龙须草了，趁天寒地冷，去更深远的山里担木炭。祀奠之后，老爹将一口袋干粮缚在扁担头上，别六双草鞋在木犊的后腰带，送儿子出门。木犊反身退至院门口，转正身，齐足立于门内，叩齿三十六通，以右手大拇指在地上先画四纵，后画五横，毕，咒曰："四纵五横吾今出行禹王卫道蚩尤避兵盗贼不得起虎狼不侵行远归乡故挡吾者死背吾者亡急急急如九天玄女律令。"咒毕，再不反顾，大步而去。老爹望儿走远，捡一土块压在四纵五横上，倚在门上，热泪肆涌，遂听得隔壁院子里噼噼啪啪一阵鞭炮轰响。

黑氏一家是要搬迁了。

腊月里，信贷员又入了一股到镇上一家蘑菇厂，天晓得这厂子那么大的本钱，买了许多菌种，盖了许多作坊，培育成功，收入成倍成倍往上翻，他家就得了流水一般的钱路，便也就卖了旧屋，在镇上盖了一院房，一砖到顶，堂皇得似爷庙。这家暴发，村人皆目瞪口呆，黑氏也惊魂落魄。好多人来帮忙搬家，黑氏把从娘家带来的一块石枕也放到拉车上，小男人将它撂了。

黑氏说："这是我的枕头。"

小男人说："到镇上住呀，你还学那野人？"

黑氏说："我从小枕惯了，不枕，脑壳烧得疼哩！"

小男人骂道："贱命！"还是把石枕撂了。

黑氏怔怔地立了一会儿，旁边的人都看她，她没有顶撞丈夫，也不哭，后来抱了石枕，油污污的，过来给了木犊爹。

她说："伯，我们要走了，这块石枕给你留下，它是天星落下来的，我爷枕了一辈子，我爹枕，出嫁时娘陪给我。它好生凉，枕上从不害眼哩。"

从此黑氏住在镇上，她更忙累了，要做了家里老少吃的喝的，鸡、猪、狗、猫要她经管，地里的活也全是她的，且公婆讲究起体面，日日强调屋里院外一星灰尘不要，一根麦秸不留，她睡得比以前更少了。小男人老嫌她多吃，要求不能再胖，人一瘦脸更黑，又骂她是黑豆皮。年终家里买给她一双鞋，人造革的，说是皮货，逢集便要她穿，黑氏脚肥，塞进去疼得难受，从集上回来，鞋脱到一边去就噙着眼泪哭。她知道小男人不是疼她，是嫌她丑，但娘生她丑样，也不是一双皮鞋能改变的！小男人就打她，用刀子吓唬她。打她打得太过分了，她一下子发了凶，反身一抱，小男人就被脚手并作地端在怀里，丢粪筐一样丢在炕上。她说："我是让你试试我的力气哩！"

这消息被外人得知，全都耻笑，黑氏在地里干活了，有人就问："黑，又教训你男人了吗？"黑氏缄口不答。那人就又问："黑，你怎的不穿皮鞋了？你们家那么富，你怎不向你公公要一个手表戴戴！"

这话说得多了，黑氏也嘀咕，怎的这家这般有钱，村里镇上做生意的人家多，也不见钱这么来得容易？夜里小男人回来，她问根底，小男人说：“这话我也听得多了。人都在发嫉恨哩！外边再有人问你，你就说：政策允许哩，怎么着?!”

黑氏越发奇怪的，夜里总有客来，和公公在卧房里说话，她一进去，那话就住了。白日里，却总是请乡上的干部来吃酒，乡长一次吃醉了，指着公公鼻子说：“你他娘的，活得倒比我乡长强，管一个信用社，什么都有了！我可告诉你呀，有人联名写信说你在贷款上有手脚!”公公顿时脸面煞白，忙扶乡长睡在他的炕上，供喝茶喝醋，结果吐得满炕皆是。不久，突然镇上有了风声，说是公公提出赞助办学，要拿出三万元扩建镇上小学。黑氏着实惊骇，公公能拿出这么多钱！这些钱平日放在哪里，家底拢共有多少？又不久，县上就来了人，召集了镇村大会，公公站在会台上，披红戴花，满面红光，从此，一面红底黄字的大锦旗就挂在了中堂，院门敞开，过路人老远便瞧见一片红堂堂。再不久，学校崭然一新，公公做了名誉校长，小男人破例做了教师，教授体育，日日率领学生打篮球，快活得如做了神仙。

黑氏不明白公公那么吝啬的人竟又那么大方，黑氏现在是明白了。小男人夜里折磨她，说她现在不是农民的婆娘了，是公家干部的夫人。黑氏不知道干部的好处，她受的是更粗野的罪，不许点灯，他叫她是镇上最俏的一个女子的名字，要求叫一声，还让她应一声。她气愤不过：“她是她，我是我，你有本事寻她去。”

此话不幸言中，丈夫果然夜里不回来了。一日不回，两日不回，黑氏到学校去，丈夫的房里有一个女人。女人是镇上最俏的，小男人说，我们在谈学习哩。黑氏心下想：或许真是学习，那咱就无趣了。临走说：“你几夜不回了，这房子潮，晚上得买些炭烘烘。”

小男人一月两月不来缠她，她轻省了许多，夜里能睡囫囵觉，后来却感到了空落。小男人不是省油的灯，身子一日不济一日消瘦，她心上又犯了疑，去学校看时，人家又在学习哩，她没证没据的，闷闷的又转回来。

学校里有一个校工，是很远的西川人，给教师白日做一顿饭，夜里教师全回家了（这学校教师都是民办教师），他看守门户。黑暗里拿凳子坐在门口，一边明灭抽烟，一边放最大音量听一台收音机。黑氏到学校去，与这校工认识了，知道他叫来顺，眉心有一颗痣，人长得又老实又乖觉，却穷得可怜，脚上老是一双黄胶鞋，走路咕咕响，像是灌了水。

黑氏一来，来顺就叫，同时将屁股下的小矮凳让出来，让她听收音机里的女人唱。

黑氏说：“来顺，你那么会过日子，挣国家的钱，脚上老穿那黄胶鞋，你不嫌烧吗!”

来顺就把脚收了，老实得如一只猫，说：“我何不想穿得体面，月挣二十八块钱，我爷八十了，老得糊糊涂涂，我娘又是病身子，三个妹妹都在上学……我能像你男人那么有福？”

黑氏说：“你还有个爷？”下边话没有说出，意思是：上头三个老人，光三副棺材就够半辈还不清账了！就又问：“来顺，你女人身体还好？”

来顺说：“我哪儿有女人？前年订了一个，人家又退了，跟了个万元户的跛子儿子，我一气才到这里干了校工。”

黑氏为他叹了一口气。

三天后，黑氏从箱底取出一双布鞋来，拿给来顺穿。来顺以为是趣话，夸了一通针脚好，却是不敢收。黑氏说：“来顺你好争气！嫌这料面不是灯芯绒吗？这可是新的，做给我那一口子，他穿了一天又去穿皮鞋了。你试试，合脚不？”来顺端盆子洗了脚，脚又长又厚，穿进去好夹。黑氏笑了一回，说用剪子铰开一点鞋口，将就穿几日是几日吧。来顺口里应着，却并未去铰，干完活了，就穿了新鞋，扭秧歌似的走。

小男人知道黑氏给了来顺鞋，并不恼，说：“来顺薄命，三十多了还是个童身子！”黑氏说：“没婆娘了想婆娘，有婆娘了一月两月不回来！”小男人说：“你给他送鞋，你也给他个稀罕东西去！”黑氏说：“放你娘的屁！”塞给他个冷枕头。小男人却认真说：“我说的是真话，咱谁也不管谁。”黑氏问：“你这啥意思，让我给你放缰绳吗？我问你，你在学校玩着打球，和那些女的有多少习要学？”两人捣起嘴来，小男人就动了手，他力气不行，手脚却利索，一拳打在黑氏肚上，自个翻身却往学校睡去了。公公婆婆又一顿臭骂，气得黑氏一夜未合眼，天明起来眼圈都乌黑。她有心去学校闹一场，一到校门口，心却软了：小男人这不好那不好，毕竟现在是教师了，闹开来也太丢人。来顺见是她，热情招呼，问她眼圈怎的黑了，她泪水婆娑，拉来顺到没人处，说：“来顺，你是实诚人，你不要哄我了，我那口子在这里可本分？”来顺吓了一跳，半天没有作声。黑氏问得紧了，他便说：“这我不知道啊，这事要捉双，我怎能胡说八道？他这等人物，光头整脸的，他还能作孽胡来？”黑氏想了想，也不再问：“你黑白在学校，你替我留神他。这事天知地知你知我知，不要对外人提起，人倒笑我没能耐。”来顺点头，看着她走了，发了许多感慨。

一日，吃罢晚饭，黑氏到河里去担水，河沿上蹲着来顺洗衣服。来顺似乎要对她说什么，欲言又止，黑氏狐疑，说：“你有事在瞒我？”来顺越发尴尬，口里含糊不知所云。黑氏就说：“常言道，人只可皮相，不能骨相。你也是这般角色！”来顺就放沉了脑袋，说了小男人如何如何长久同镇上一女人私通，那女的又翻了脸，新近又与乡长的小女子撮在一处，今日夜里，那女子又去学校了，也不避他，先是房里亮着灯，后来灯也灭了，如此云云。黑氏听罢，身子闪了几闪有些不稳。来顺说：“这话我万不该对你说，可不说良心上又过不去……你不要生气，他反正是你的人，那女的她爹就是乡长，她也不能明打明……”黑氏没说一句话，挑了水回去了。

黑氏挑水到村口，一丢担子把水倒了。坐下来呜呜地哭，她料到小男人会走这一步，但真真正正知道这事了，却感到如此突然，受不了打击！当下只身跑到学校去，来顺还没有回来，校内一片漆黑，她却有些害怕了。这事是天下丑事，冷不丁破门进去，那女的也是没结婚的货，再色胆包天，也是有脸面的，弄不好上吊投河，那也是出性命的祸事！黑氏想，罢了，罢了，只只戳散他俩，男的怯胆，女的羞愧，囫囵自己一对夫妻罢了。就立在院子里喊小男人的名字，小男人应了声，说他睡了，有事明日说。她说：“爹让我给你说件要紧事，你快起来，我先到茅房去一下！”她是让那女子趁机出门逃去，就故意放重脚步，真的到后院厕所去。

返回来，小男人的房子亮了灯。她进去，被子并没有叠，丈夫坐在床上吸烟，屋里燃着一炷香，香香的。小男人说：“什么事，等不到天明？”口气冷淡。黑氏说：“这地方我来不得吗？你多时不回去，这夫不夫妻不妻的……”小男人便说：“就说这些？说完了回去吧！”黑氏站起来要走，却听见柜子后有些微响动，低头看时，柜下有着一双脚，小小巧巧的。她无声地哼笑一下，又稳稳地坐下，直勾勾看起丈夫说：“我今日就不走了，我要你给我倒一杯水来。”小男人已经发觉她的用意了，脸上有了慌张，倒一杯水放在她面前。黑氏再说：“再倒一杯水。”又一杯倒上了。她平平静静地说：“来吧，喝口水吧，喝口热水不会伤了身子的。”柜子后旋闪出一个女子，粉红内衣，鬓发蓬松，一脸狐妖。黑氏看了，心下也惊叹，这骚货也真艳乍！那女子脸并不红，在床沿坐了，仰眼盯房上顶棚，全无羞愧之色，黑氏倒大惊，有这等厚脸的！气血顿时上脸，平静了半日，还是说：“我不打你们，也不骂你们，我是求你们，别使这个家活活拆散，事情闹大了，于我不好，于谁也不会好。去吧，喝了这水去吧。”那女子穿好衣服走出去了，从门口又转回来，带走了桌上的香脂盒。黑氏忽地嘴唇抖动，脸无血色，从凳子上跌下来，不省人事。

之后，小男人并不收敛，依旧同那女子如漆如胶，做出龌龊肮脏之事。黑氏倒后悔那夜自己的宽容，和小男人打闹过几次。小男人仗着爹的财力，乡长的权力，倒越发一意肆行，苦得黑氏常找着来顺哭诉，来顺也陪她掉两三颗热烫眼泪。

一日，逢集，天寒地冻，黑氏瑟瑟地在市场买炭。偏巧遇着木犊，木犊身脸乌黑，形如饿鬼，见黑氏却惊道：“黑，你病了，瘦得这样？”黑氏想起墙头送洋芋之事，肠肚皆软，不觉欷歔不已。木犊是善心人，当下也吸溜鼻子问道：“是不是你那口子欺辱你？村里人都在说……”如此这般问了情况，黑氏就哭得泪人一样，木犊劝了半日方止。

下半晌，木犊寻着来顺，将来顺骂了个狗血淋头，说是不该把事情告诉黑氏！来顺好委屈，说不告诉黑氏，他良心上不得下去。木犊说：“那起什么作用，信贷员的儿子是那路坯子，狗忘不了吃屎，你让黑知道了，只能让她人不人鬼不鬼！如今瘦成那个样子，你就良心安妥了？”噎得来顺无言以对。两个男人苦了半天，不知如何解救黑氏，木犊就骂信贷员父子钱瞎了眼也瞎了心，偏偏乡长说他们是好的，这信贷员暗中又给乡长使了多少黑钱！到底来顺脑子快，说：“锅底里抽柴火，咱收拾那女子去！那女子没了脸面再到学校，黑的男人就或许会安生！”当夜两人蒙了脸面，来顺放哨，木犊伏在路边，见那女子往学校去，木犊虎扑上去，擂拳便揪，末了五指在那嫩脸上抓出血道，骂：“你既不要脸，就抓了你这皮！”

乡长的女子被打，只有小男人和这女子明白为何被打，对人却无法说出，只告爹有人夜半拦路行奸。乡长责令乡派出所破案，这女子提供罪犯说话声像木犊，把木犊抓去，木犊供言不讳，却说了原委。派出所没有呈报县公安局，但也未放了他，以乡长旨意罚他十五天拘留。

三

但是，小男人却极快与黑氏离了婚；重结二婚，小男人娶的是乡长的女子。

黑氏离开了暴发户，并不远走高飞，她变得刚强起来，拒要原夫家的一椽一瓦，回到村里，借居在早先生产队一间牛棚里。娘家的哥闻风赶来，叫一声：“妹子！”泪水涟涟。黑氏说：“你哭啥哩，你妹子做了什么丢人事体？！”哥不哭了。又埋怨妹子逢着好光景不过，落到这步田地，要领她回到娘家去。黑氏说：“我偏不走，我看着这家人能唱什么好戏！”

白日里精心伺候分得的一亩田地，样样都行，不比任何男人差半分。夜里自个烧锅做饭，用一把扫帚磨扫了路边枯草末末，将炕煨得烫热，躺下去，这边身子烙了翻那边，舒服而省心。她先前以为女人离了男人，就是没了树的藤，是断了线的风筝，但如今看来，女人也是人，活得更旺实！来顺时常到她家里来，帮她劈一抱柴，挑一担水，陪着说说话，她也逢饭了让吃饭，没饭了泡杯茶，天一黄昏，就说：“你走吧，寡妇门前是非多哩！”

来顺不在乎这些，照常来，说起信贷员那一家，又入了一家草袋厂的股，赢了许多大钱，两人就叹一阵世事。末了她突然问：“那两个男女过得好吗？”来顺说：“有钱使得鬼推磨！那女的肚皮子大了，年内怕要坐月子。”黑氏就痴眼看河对岸的山，她无意于天上的云，远村的烟，来顺不知道她想什么，她也说不清。末了，一个很轻的很淡的笑留在嘴边，打发来顺去了。

村子里却有了议论，说来顺要打这女人的主意。议论先是黑氏不晓，到后碎言断语捕捉了些，心里也扑扑腾腾跳动。早晨对着镜子梳头，镜子里有一张脸，脸黑是黑，却比先前光润得多。她惊奇自己并不老，甚至也并不丑恶，自言自语道："我难道就剩下了不成?"双耳下也染上两点红晕，心里有一种说不出的意味。

当来顺再来，黑氏就留神他的眉里眼里，来顺果然说出许多话来，让她听了耳朵发烧。但每当这个时候，黑氏就想起一个人，木犊，顽强地在眼前晃。木犊为了她，被抓去受了十五天拘留，那驼子老爹日日送饭，竟一次绊了石头，罐子破了，稀饭泼了一地，老人坐在地上哭，她心里就惨惨地像刀子割！放出木犊那天，她见着木犊了，他胡子很长，脸色寡白，见了她却说："黑，没想我倒害了你，让你守寡了……"可她住到这牛棚里，木犊却再不闪面，他是还觉得对不住她，不来见面，还是天热了，不担炭了又去深山担了龙须草？黑氏这般一走神，来顺作乖，就嗟叹数声，说："那没良心的东西弃了你，也算他心坏了，眼也瞎了！他说你丑，丑在哪里？这般整齐的人物，你也不愁没个新窝的。"黑氏也便把脸弄成柔和样子，微笑一下，让来顺不必多说。来顺即刻回去，想入非非。自此衣衫破旧，却洗浆干净，脸子白白的，也有心和小男人在学校里说些闲话，笑过几回。

黑氏稍稍充足的精神又消乏了，最害怕的秋雨到来，她坐在炕头上，看门前水滩里明灭雨泡。再往远处，是田埂，是河流，是重重叠叠的山。黑氏文化浅，不懂得作诗之类，但却全然有诗的意味，一种沉重的愁绪袭在心上，压迫着。她记起了在娘家做女儿的秋雨天，记起在小男人家的秋雨天，今日凄凄惨惨可怜的样子，心中悲哀怫郁无处可泄，只在昏昏蒙蒙的暮色下，把头埋在两个手掌上，消磨了又消磨，听雨点嘁嘁嘈嘈急落过后，繁音减缓，屋檐水隔三减四地滴答，痴痴想起作寡以后事情，记出许多媒人和包括来顺在内的许多男人，觉得都不过一个当时无聊而一过去即难作合的幻梦罢了。

她突然操心河边的那一块地，地是她新拾的，种有萝卜，夜里涨水能否被冲掉呢？雨已经衰竭，风势依然，黑氏察看萝卜无恙，河水并不怎么变化，水闪着镏光活活流着，像是很汹涌。忽然在极远的地方闪一下火亮，倏儿又灭了，定睛看去，河的对岸有了微微一点红，如狐的眼睛，忽儿不见了，忽儿又出现在下方，同时有了水波声，不久一切消失，响一种咯吱细音到了这边滩上。

黑氏以为是鬼，气全屏住，窥觑黑影走近，见是一个担龙须草的人蹚河过来，那结实的块头，拙笨的步姿，黑氏认出来，叫一声："木犊！"

木犊骇绝，骤然如跌在地上，嘴上掉下一个烟蒂，划一道暗红不见了。等分辨面前是黑氏，黑暗里将裤子穿着好，就笑了，哧啦声比以往重了许多。

黑氏说："这风雨天，你还过河？水涨会卷你到老河口去！"

木犊说："草收齐了，不连夜回来，那我就困在山里饿死。你一个人不在家，敢到这里来?"

黑氏说："我来看萝卜，担心被水冲了。"

木犊说："你要没菜吃了，到我家去，今年我家萝卜好哩，又白又长的，够你吃的!”

黑氏说:“我吃你做啥的?!”

这话使木犊若沉深渊,明白面对着一个女人,一个年纪轻轻的寡妇,热情仿佛骤然下沉,半天冒不出水面,略显粗鲁地问:“黑,你还没个男人? 这年头,没有男人怎么过日子,要找了,你就看准准的,嫁一个疼你的!”

黑氏顿时觉起鼻子不通,身子只是惫懒,靠在一棵河柳上。

木犊说完,亦无别说,见女人不言传,慌得忐忑不安。两人皆陷入缄默,各把思想放在这看到的河水,柳树,以及对面而立的人物以外的一个地方去了。直待到远方一声野狗的嗥吠,方清醒过来,黑氏说:“回吧。”木犊方觉起肩上的担子的沉重,两人一路无话。

十天后,有媒人找黑氏,说有男人出三百元聘礼娶她,问是哪个,说是来顺,黑氏心里作念:果然是他,他是敢有这份主张的! 慌了手脚。媒人说:“人穷是穷,皮相齐整,况且老家不在这里,成亲后他带你离开这里,眼不见那一家人,心里不生气!”黑氏却说:“我不在乎穷,我就是穷家女子。我拿定主意是不走的,我要争口气,比试着那一家人!”媒人倒着了恼,说道:“你也是不掂轻重! 那一家人成了乡长的亲家,有钱有势,你能奈何人家?”黑氏说:“我不奈何,政策奈何哩!”媒人说:“你好瓜,落到这地步! 政策是什么,政策是烤洋芋:人熟了,洋芋是软的;人生了,洋芋是硬的。”黑氏说:“像你说的,真没世事了?”媒人又说:“依你说是不悦意来顺? 你和来顺眉里眼里都有情意,正经提了,却不愿意?”黑氏说:“这是谁说的,我和来顺有什么瓜葛?”两人言不投合,媒人走了,几天里再不闪面,黑氏倒窝了一肚子气。

忽一晚,又一媒人来家,提的是木犊,她倒噗地笑了,说:“光棍子都来寻上门了!”媒人说,这全是木犊老爹缠她不放,问及木犊,木犊只说黑氏好,但却不敢配黑氏,夜里本是操着木犊一块来的,走到半路,抱住一棵树再拉不下来了。黑氏听着,又忍不住轻轻笑,笑着笑着,眼里噙一颗大的泪珠。黑氏一落泪,泣不成声,趴在炕上难受去了,媒人以为黑氏动心,说句:“木犊家境你知道,人穷却心正,你也是吃过钱多的亏。模样嘛,虽除了忠厚没别的出色处,但人样光堂了,心里野,吃了五谷想六味……听说来顺出的是三百财礼,木犊这三百五放在柜上了。”媒人走了,黑氏抓了三百五十元追出来,没追上,回来痴痴坐了半夜。

种罢小麦,黑氏结婚了。木犊把头和下巴剃得铁青,腰里系了一节红绸子,戴了一顶新帽子,在院子里招呼众亲众邻喝酒。他不会喝酒,却陪着来客喝了几盅,头重脚轻,言语放浪。硬逼着来客多吃多喝,不相信别人肚饱,瓮着声说:“再吃呀,三碗能饱吗? 我一顿饭都加两碗哩!”

黑氏坐在炕上,按规矩只能待坐,听院子里吃声繁响,继之是笑语呐喊,全戏逗木犊。她从窗格往出看，看到那堵墙头，想起以前是院墙那边人，两个人隔墙头递洋芋吃，想不来人是什么动物，一生要闹出什么折腾。目光眺斜视来客，偏偏没见来顺，忽然心头又重新加上什么颇重的东西，气也屏住，呼吸不匀。木犊进来，说声“头痛”，倒在炕就醉了。驼背老爹后进来，连唤几声，木犊不醒，说道：“这木犊，你要招呼客哩，客还没走，你倒醉了?!”去取了枕头让儿子枕，黑氏看时，枕是石枕，是她当年送的。

入夜，木犊醒来，见是黑氏穿了一身新衣，坐在灯下，那衣服把黑氏几年前的青春寻回来，心里万般涌动。叫声：“黑!”却无下语，哧啦一笑，又哧啦一笑，欲近来又怯胆，搓手不已，可笑如顽童忸怩。黑氏知道他是童子身，人丑家穷又欠言辞，从没有安排女人的经验，可笑了顿生可怜，她梳理了光生生的头发，心想：今日嫁他，就是他的人……黑氏是过来的，偏也作几分羞色，眼角眉底漾一种风情。木犊噗地便吹灭了灯，像饿虎一样扑来。

天明醒来，气象一派更新，黑氏看压在身上的一对胳膊，强健如铁棒，筋络凸起，黄毛丛生。最后落眼到卧房门的桑木扁担上，漆锃锃发亮，就想这根扁担养活了两张口，今添一口，这蛮牛一样的丈夫将会日复一日，年复一年在她的身上，更是在这扁担上耗去精力和生命，鼻子不觉发酸起来。他终于醒了，给她讲好多新的感觉和体验，讲他如何要疼她爱她，他可以一拳打死一条狗，拳头却绝不落到她身上，讲他只守这一个女人，一生就心满意足，决不采路旁的野花。他，木犊，似乎还说到他当光棍时的苦楚，在包谷地里看见一对狗……黑氏就说：“木犊，你昨日怎的不请了来顺来喝酒?”

木犊说：“请了，他说来的，却没来。”

黑氏说：“他也是个好人，你在他面前不要气盛，几时了，好好待他喝场酒。”

木犊说：“嗯。”

第三天，木犊卖龙须草回来，才路过村前打麦场上，麦秸堆后走出来顺。来顺突然间瘦了许多，眼睛混浊无光，说：“木犊，你好快活！有了婆娘，活成人物了!”木犊就拱手，埋怨那天为何不来，来顺说：“那日没去，今日给喝喜酒吗?”木犊说：“好的，才卖了龙须草，口袋有钱，你等着，我买酒去!”即刻返镇上提了一瓶酒风卷而至，央到家炒了菜喝，来顺说不必，就在这儿干喝。两人到麦秸堆后握瓶子你一口我一口喝将不止。

木犊是不善喝人，陪了几来回。眼里就出双影，来顺还是自喝又劝喝，自个一口酒一声祝贺，就呜呜哭起来，说：“木犊，你是我的朋友，你可以穿我的衣，不可占我的妻!”木犊吓了一跳，说他并不敢做这六畜不如勾当。来顺又说：“黑，是你婆娘，也是我婆娘，这女人我比你提亲的早，我掏三百元，你掏三百五，你把她娶了！我没钱，我就是缺钱!”木犊知道来顺有心思，喝了酒说酒话，他也是听黑氏说过来顺让人提过亲，拿了三百元的事，当下说："来顺，你这冤枉我，也冤枉了黑，她不嫁你，不是你掏的钱比我少，她也没要我的钱！"来顺愣了半晌，打着酒嗝问："这是真的？"木犊指天发咒。来顺就举着瓶子说："我冤枉她了，我没有再去，我迟了一步。咱喝，我喝，你喝！"木犊这时倒觉得很过意不去，有些对不住了来顺，就强撑着再喝，不久天旋地转，身软如泥。当时有一孩子在旁边看到，急去报告驼子爹，老爹赶来时，木犊已醉得不省人事，来顺还在给他灌酒。当下夺了酒瓶，摔个粉碎，骂道："来顺，你好没德行，你要不下女人，恨我儿子！你知道木犊人瞎，心里没道数，你是要用酒央死他吗？"来顺也醉了八成，忙道没那歹心。驼子老爹气上来扇他一个耳光，背木犊回家去，骂不绝口。

四

无端风波，来顺落得一片骂名，多久也不敢到黑氏家来。

黑氏倒时时悬念于他，认为来顺不至于那么心坏，说知给木犊，木犊却讷讷说不清个是非。驼子老爹却猫头鹰一般，老远一见来顺就骂，在家里也当着儿子和儿媳骂，骂毕了就说一通"咱家穷，家穷风正，哪个野猫也不能欺负了这门户"之话，木犊醒不开老爹的话，黑氏听得出，那意思全说给她，是：木犊配你是配不上，既然你做了他的婆娘，你就得把篱笆儿扎好，不敢有个三心二意！黑氏脸粗心不粗，她受过小男人吃里扒外的亏，将心比心，她是清楚怎么做婆娘的。

但黑氏黎明醒来的时候，总听到镇子学校的铃声，铃声悠悠，钻进这屋里，钻入她耳中，她就想起那个白脸脸敲铃人，想不来此人夜里怎么睡得稳，敲完铃了，又独独一人坐在校房门门口在想什么，干什么。

木犊偏在这铃声敲响之后，便醒过来，已经成了习惯。他又要到地里去，光了脊梁刨地，那汗冲着尘土在背上弯曲流下，如爬一背蚰蜒。或者，他再往深山去担龙须草，担木炭，浑身黑得像烧出的瓷壶，大白着眼仁，在锯齿一样的过风梁上彳亍而行。极度的奔波，深沉的疲倦，木犊的支持能力已经到了极限，他似乎是忘却了炕上还有一个酥软软的女人，他睡去如死去一般。但是，家境并不为之起色。多了一个黑氏，衣服有人缝了，父子的肉露不到外边，茶饭有了滋味，可穷家深坑，那钱入不敷出，比较左邻右合，没个出人头地可能。一家三人愁得不知如何为好。

黑氏说："木犊，你一根扁担溜山，人把力出尽了，挣不来钱，信贷员那家钱却那么好赚，咱也得想想别的法子。"

木犊说："你是不是又想那一家了？"

黑氏说："我想那家作甚，那么不廉耻？我想别人能做赚钱的生意，咱就不行了？咱不说能像那家一样暴发，也不至于这么老穷下去。”

到底做些什么，木犊老虎吃天无处下爪，黑氏也两眼乌黑。木犊有一天到镇子上去，路过信贷员入股的草袋厂，齐刷刷一院子的绞绳机，织袋机，各色男女在手忙脚乱操作，阵势甚是气派。一时企羡，强烈的欲望恍恍惚惚摇动其心，似乎有些招架不住。便走进去，这儿看看，那儿动动，顿时攫住一个夸大的念头，见信贷员从大门进来，便说：“阿叔，这厂子还要人不要人？”信贷员有一副眼镜，半戴半挂在鼻梁上，用镜子上边的半圆眼睛看人，说：“当然要人！”木犊说：“那收下我吧，我也织草袋呀！”信贷员当着做工的人，倒笑笑，说：“墙边有个石础子，你提起来看能砸几下？”木犊脱了衫子，一口气运进肚，肚皮黑黑地凸一张鼓，提了石础子一下，两下，连砸了四十八下，已热得满头大汗了，做工的人全都匿笑不已。木犊说：“我肚子饥了，吃四碗饭，能砸六十下！”信贷员说：“好了，你就是干这一行的，你去镇上看谁家垒墙打根基，你去吧！”木犊方知人家戏谑了他，气得满脸黑红。

回家来对黑氏说了，黑氏浑身哆嗦，骂道：“谁叫你去找他？咱就是饿死，也不去他门上要饭！”木犊说：“他不让我在厂里做工，我也不做了，明日我再去找他，我去信用社贷款，咱有了本到镇上去做买卖。”黑氏说：“甭寻他！他能给你贷款？贷款的人谁不暗里送他东西！咱有东西送他不如撂到河里听个响！”两个人说来议去，到后来相对无言。

翌日，木犊灰沓沓出门，中午返回，却鼻里眼里透笑。黑氏问时，木犊说，他在镇上遇见王家老七了，老七也是本分人，无脚蟹，没钱少本事做生意，就到山外铜官煤矿上去下窑。下窑是和鬼打交道，到阎王殿去做客，但他却安安全全，三个月挣得一千三百元，回来买椽置瓦要盖新房呀。黑氏没去过铜官，知不晓下窑是什么情景，出蛮力挣大钱，心里也颇高兴。两口筹备着出外的衣物、盘缠，驼子老爹回来得知了，头摇得如拨浪鼓，说：“旧社会我去过那儿，那钱是拿命换哩。听说好女子都不嫁那边人，嫁了要尿三年黑水，且差不多要做寡妇！”说寡妇，儿媳就是寡妇来的，驼子觉得失口。黑氏说：“凭力气挣钱，那钱都不好挣，咱把王家老七问问，看看那里情况到底如何。”结果把老七叫来，问个仔细，老七说：“苦是苦，也不像你爹说的可怕，钱确实挣得多，就看你命小命大。”木犊说：“我命好，三十三四了还能娶个婆娘，命还不好？”立意要去。黑氏和老爹也不强拦。

出门那天，这家人特意请吃了王家老七，叮咛一路承携，木犊人笨眼瓷，在外全靠他了。老七板了腔子。老爹便又是设了香案，要木犊拜天拜地拜列宗列祖，再退至门口。反身立于门内，念出门咒语，画四纵五横护身符，泪水婆娑送他上路。

木犊一走，偌大土炕上睡个黑氏。木犊在家打呼噜，她已经习惯在呼噜声中蒙头酣睡，如今没了雷打的轰响，她一夜要醒来数回。从窗子往外看夜空，星稀月朗，银光泻炕，千声万声为丈夫祈祷，却每每在黎明之中，听得到学校的铃声，婉转凄凉，像是一首悲悲的歌。

地里的活全部留给黑氏了，她锄地，她挑粪，她收获，别人的秋已经种下了，她的地还没有刨完。月光底下，驼子老爹帮她，年迈人累得咯血，睡倒了。她只好又在家给老人请中医，在火炉上煎熬草药。

再到地里去，两天前刨的一半的地，却剩下了一小半。黑氏生疑：馍不吃有人会吃，地不刨也会有人来刨，这人是谁？如此亲善？夜里是二十九，乌云吞了月亮，黑氏再去刨地，地畔上有一个黑影，忽大忽小。她惊着过去，刨地人竟是来顺！

她没有叫他，立在他的身后，呼吸觉得不匀。来顺为这些微微的特异的声息注了意，回过头来了，也没有说话，但眼睛放光，黑暗里看得清有奇异之色。

黑氏说："谁叫你替我刨地？"口气倒有些愤怒。

来顺说："我不能到家里去，我还不能到地里来？"

黑氏不知道再说些什么话，默了半天，拿了镢头刨地。来顺也刨地。两人离得很近，也不说话，在各自的慌恐和茫然中两人又觉得距离得很远很远。

这夜里，天黑得涂炭，田野空无人影，连一只游狗也没有，土拨鼠有，它悄悄扒土，不理人的事情。一直刨到鸡叫了，地刨完，虽不是处女地，但静夜里的新土在潮气和露水里散发出一股浓烈的清馨。黑氏和来顺坐在地头上，激动使他们并不感到疲劳，慌恐却更是在消失了繁重劳作之后陷于凝固的沉默中。黑氏压抑不住了，同时感到了一种不该的情绪，说："来顺，多谢你了，你快回去睡吧。"

此话说得十分无劲，充满了柔情，夜色也有些冲淡了。来顺说："我不要你谢我，我睡也睡不着。"

黑氏说："那……到我家去，给你做了饭吃。"

来顺说："你敢?!"

黑氏确实不敢。驼子老爹虽然病着，他的耳不聋眼不瞎，况且丈夫木犊不在家，三更半夜领一个壮实男人回去，别人不说，自己也害怕。她埋下了头，再一次说："来顺，你再不要帮我家了。"

来顺却发疯地站起来说："我就要帮，我不能看着你苦得这样！"黑暗里，来顺走近了，浓重的烟味和酸臭的男人汗味堵住了黑氏的鼻孔，她感觉到了一双抖颤的烫热的又是粗糙的手来抓她的手，她忽然触电般地跳开，随即挥打一下手，打在空里，夺原路跑走了。

第二天的中午，乡邮员送来了一封信，是远在千里的地下另一个属于黑暗的木犊来的。木犊的字认得并不比黑氏多，信是写在一张烟盒皮上的，寥寥数字，唯有一句:“天要冷了,夜里睡不好觉,把我的毛○○捎来。”

黑氏念了三遍,看不懂画○○是何意思,又是“夜里睡不好觉”的事,就想到不点灯的事情上,虽然恨木犊只忘不了那事,但毕竟在想着她,她想起了那一丑陋但还可爱的嘴脸来。就嗔怒骂一声:“这瞎人哟!”驼子老爹手捏着随信寄回的五十元,神情亢奋,专注看儿媳读信的表情。此时疑惑,问信上内容,黑氏又念了一遍,正羞正慌,驼子说:“噢,这是让捎他那件羊毛夹袄袄哩。这木犊,一定是不会写袄袄二字,就画了圆圈代替了。”说得黑氏登时面上无光。

于无人之处,黑氏倒为自己的猜想荒唐而窃笑,丈夫终是文墨不多的下苦人,写一封信,难如下一次窑,必是万不得已的事才写上,哪里会是有情趣有闲致写那逗情取骚的文字?黑氏吁一口长气,倒操心起那憨人远门在外,举目无亲,吃什么,睡什么地方,怎样在那地穴里不用眼睛又浑身得长眼睛地爬行拉煤。她庆幸昨天晚上没有被来顺拉住手,她对得住为她去挣钱的丈夫!

一想到来顺,黑氏就竭力以排外的警惕来完满自己对丈夫的忠诚,但是这种完满,于远在千里的木犊是最宜的,于这个正在疯狂如狼虎的少妇年纪而空守一面大炕的人是极不平衡的。她多少感觉到了一种内疚,对不起来顺,“他说到底是好人”,她暗中给自己说,或许,当初重嫁时,她极可能就是嫁给来顺。人生的婚姻实在无法估量,一个女人要不将身心交付这个男人,要不是那个男人,交付给这个了,他在家一尽享用,而那个在这个不在家之时却也无法占有,这也就是人生的命运吗?

当黑氏再一次在田野的地埂上采打蔓花菜,远远地看见来顺了,就主动打招呼。女人一高兴,来顺也就高兴了。他们站在暖洋洋的初冬的太阳下,说了许多话,来顺也让她注意到了田地那边一河活活的流水,注意到河对岸山崖下腾浮的一道蓝如火焰的雾霭,以及阳光云雾所致使远山呈现的虚幻的抛物线。黑氏三十多年里生在山里长在山里,山里的奇景妙色第一次领悟,她感到美如做梦。

她日益丰润,早先那一身黑瓷滚圆的肌肉,现在变得细腻绵软,口角边添上了细细皱纹,却愈发使嘴唇圆满如一颗沙果。木犊每月捎回的五十元钱,除了替老爹添置了一顶毡帽,她给自己也缝制了一件蓝底小白花的套衫。这衫子得体而大方。把头发光光地梳理贴在头上,提一篮萝卜到河里去洗,她显出几分风韵。有一次从小路上匆匆跑过,正背着出山的日头万道霞光,一个人在路头看了,大声叫了一下“美!”羞得她蹲下不动。那人是来顺,还在夸说她跑过来时,霞光在她的人体轮廓上幻出一层像绒毛一样的红晕,“是菩萨身上的灵光!”

使黑氏最沉重的负担,是驼子老爹的病情,老不见好,身子一日不济一日。家里粗茶淡饭尚有,吃荤啖肉却不敢奢侈。她就赤了脚到水渠淤泥里去打捞螺蛳,山地人称海巴牛的,回来热水烫了,剜出一点肉在铜勺中炒了奉爹。一日晌午，吃罢午饭，驼子老爹在炕上歇身，黑氏爬到院墙头上卸架杆上的红苕枝蔓下来捶猪糠，来顺在门前轻轻叫她。

来顺神色神秘，用嘴努努上屋，小声问："老爹在？"

黑氏说："睡了。"

来顺就跳进门限，站在一架纵横交错覆盖院子一角的葡萄架下，说："睡了好，要不他看我是老虎豹子一样可怕！"

黑氏说："你有事？"

来顺并不作答，脸诡诡笑，葡萄蔓筛下的光点落其全身，顽皮可笑如一童子，从怀里往外掏一个霜杀得朱红的蓖麻大叶包。来顺说："灶上今日改善伙食，每个人四块，我见你下水里捞海巴牛儿，知你胃里寡，我吃了一块。"

蓖麻叶里包着三块肥嘟嘟的酱赤赤的熟猪肉。

黑氏呼地有一股热东西冲在心口，双手接过来时，却说："瞧你，孩子一样，我哪里嘴馋！你吃吧，我不吃的。"

来顺说："怎么能不吃？"

黑氏说："我这么胖的，越吃越胖了，你吃了吧，别让外人看见，倒碜眼！"

来顺说："那我吃一块，你吃两块！"

黑氏吃了一块，满口油香，另一块却用蓖麻叶包了说要留给老爹，话未落点，驼子从门里走出来，两眼凶光，破口大骂："我哪里少了这一块肉，木犊屋里的，你不怕那肉里有毒药？你把它吐了！"趔趔趄趄横过来，夺过肉摔在地上，用脚踩得一片油渍，那枯瘦的指头就戳在了来顺的鼻子上，吼："来顺，你这不正经的东西，你送她什么肉?！她穷死饿死与你有何干系，亏你这份好心！木犊没在，你竟能欺负到我家门上，他是个能行角色，你到乡长的女儿那里要骚去！"骂得来顺眼睁不开，灰溜溜夺门逃走。他自己还余怒未消，返回屋去时，却软坐在门槛上，虚汗直冒，一口白沫。

黑氏立即便将院门关了，免得四邻知道，扶老爹上炕，作了许多解释，就到自己屋里痴痴呆坐。她怪这驼子太是多心，没事的事惹出事来，倒让她重新审视这来顺，愈觉让他委屈。女人之所以称为女人，自多了一分比男人所没有的柔水一般的同情心，她满足于男人对她的爱悦，一个动作，几句言语，就可以换得万般感念。而男人，若野蛮无赖式的一味施侵略政策，这感念就随之消灭，但乖觉的男人则来一种小技，装作受屈受辱，那女人的柔水就海一样深，四处溢流。来顺正是如此，在第二天黑氏主动去了放学后的学校房门，安慰一下来顺，来顺一脸苦相，黑氏就多待了一会儿，在盆子里搓起泡好的衣服。

这夜里月光冰洁，蛐蛐鸣叫，不是十分寒冷，亦不多少潮闷，正是心性勃发之良机。来顺见黑氏真心待他，愁情忧绪很快从心上退却，说了许多话，许多话说在一条既出线又未出线的边缘地带，常常是双关语，后来见黑氏双手搓衣，鬓角发动，飘飘飞飞，多几分娇媚，便自己把握不住自己，那一双饥渴的爪子就钳住了黑氏的腰。黑氏惊慌挣扎，但全无效，先是叫“来顺！来顺！你疯了！?”后来就一语不发，处于昏蒙状态，完全被放倒在了那张小床上。同情心是女人的优点，缺点却往往根源于这同情之心，今晚上黑氏吃了亏。

她清醒过来，房子的灯，芯小如豆，忽而暗下来，要灭又不灭，焰浅蓝像雾，微漾不静。她记起刚才身子被放倒后，这个强有力的人却并没木犊那种粗暴，耐心抚爱，一派文明，明白他是处理女人的老手，或是初试，则无师自通，这是比木犊高明之处。但后来，脑子又一片空白，翻起床，也不看来顺，无言返回家去。

来顺也不明了她所思所想，寻不出一句安妥的话对她说，默默望她去了，她听见学校里突然有了收音机声，且音量颇大。

五

到了四月，木犊回来了，木犊原本面黑，粗而大的毛孔里嵌了煤屑，水洗不净，黑得如鬼如魔。羊毛袄袄已被磨成布絮，永远存之地下的另一世界，但那一件布做的裹兜里，有一特大的口袋，缝得严严密密，内部是二千一百二十元。千里外坐火车，搭汽车，睡旅店，三天四夜未能脱衣，二千一百二十元的钱票在家取出时，汗水已经将其浸湿发软，臭不可闻。村人视木犊为英雄，数月光景，旋即获得这么多钱！木犊大讲铜官，犹如异国归来。钱使信贷员的儿子堕落，钱也使木犊喜欢得差点死去。只是夜里，他才如实说起地下那另一世界的黑暗和可怕，说一个班一天一夜，他带三十二个饼子下去，于坑道里狼虎一样地吃嚼。说从井下出来，井口站满了下井者的家属。一直愣愣瞧着亲人出现，他没有人等他，于阳光下刺激双眼寸步难行，蹲在那里半天适应，完全是一个黑蜘蛛，瞎眼狗熊。说他学会了敬神，买了护身桃木符，在一次塌方里，眼瞧着一个同班被石头砸死，血从头上喷水一样射流。黑氏听得毛骨悚然，捂了嘴，不让再说，扑上去把丈夫搂在怀里，用泪水萧萧的脸温存那发散汗臭的胸膛，手臂，头上的五官各部。绝然不愿提及和来顺的事。

木犊在镇集上遇见了信贷员，信贷员问：“木犊发财了?”木犊说：“比起你，小拇指头和腰了！”信贷员哈哈大笑，说：“我当初没收你做工，没贷你钱，也是激你去发愤，你还真的发财了！二千多元，你怎么处理呀，能不能存储到信用社，让生儿子生孙子取利息呢?”

木犊说知黑氏，黑氏坚持这二千元不必存，更不能乱花，有本钱了就干一项营生。结果选中开店，因为木犊除了下苦力外，别无所长，而镇子东街头有一间小门面，月租四十元，是合算的。自此，一家小小饭店开张，日里黄昏，店前的一株大柳，万千枝条迎风微漾，深绿浅绿之中就飘闪一面招旗。镇上不繁华，人皆没有白日在街面买吃习惯，而以镇为枢纽，南来北往东西复返的生意人，做工人，赶路人，却全在饭店用膳。吃客便是上帝，笑脸赔着在柳下的石凳上歇了，沏一壶茶过去，两口就烧水擀面，黑氏在案头上抖动着两颗硕大丰腴的垂奶，将面擀得薄纸一张，待木犊烧水未开之时，附身在窗台上，与吃客搭讪会话。吃客经见多，见了女人兴趣正好，也乐意说些老鼠成精，人妖结婚之类奇闻，惹得黑氏讶一通乐一通，表情丰富。女人的极有奇特趣味的印象就刻在吃客心上，到处扬说。这饭店生意倒日日兴隆，入夜，镇上人有喝烧酒之风，店里便顿时热闹。酒可以使山地的男人变成另一个种族，放肆地说粗言秽语，拉木犊入座，木犊不喝，就嚷黑氏陪酒，竟三个五个男人的胳膊按住她的手，要她陪喝不可，木犊就也劝黑氏喝，哧哧啦啦只是呆笑。酗酒者就不免骂一通木犊有艳福，守住这么一个中看又能干的婆娘，木犊也自高自大，夸口几句自己做男人的气魄。如此，日复一日，月复一月，远近人皆知这家饭店，说饭店就说到店老板娘，少不得有些浮浪子弟，对着黑氏不三不四。

一日，店里过了饭辰，木犊去家照看驼子老爹，黑氏刷了案板正坐着歇息，小男人一逶一逶在店门往里看，见黑氏抬了头，忙一脸正经，便显出大有漫不经心之神气，用指甲刀嚯嚯地刮五个指头尖的骨片。黑氏说："你来干啥，要吃饭这会儿不卖了！"小男人说："别那么翻脸不认人，我也是你的男人哩！ 日子过得不错嘛！"黑氏说："要不了饭的！"低头将刷过的案板又刷一次，以为小男人已经走了，一抬头，他还在，一条腿跨在门限上，软软地闪，专心看手里的一件东西，说："这是什么呀？"黑氏没料到他竟未走，听了这话，不觉顺口说句："什么东西？"小男人就走进来，手一展，一只蓝色的电子表，其显示面上有两个黑点不停变幻。小男人说："要不要，给你吧？"黑氏"呸"地吐一口，将他掀出店口，门也随之关个严实。

但是，信贷员却有时到店来预备饭菜，招待来找他的客人。来了，黑氏当认他不得，平静着脸算账，一分不少，一文不赊。木犊却涎了脸让座让茶，饭菜吃罢，便又拿自己的烟末匣子放在桌上，让人家来吸，信贷员问起行情，又无巨细说明，反复强调生意比不得信贷员的工厂收入。其恭敬卑怯，为黑氏所不齿，当面暗示，背后数说。木犊说："人家毕竟是这地面的大人物！"黑氏平生第一口将唾沫喷在他的面上。

钱来路活泛，极有盈余，不幸的是驼子老爹却病情沉重，卧炕半月之后，汤水不进，阳寿殆尽，伸腿升天去了。夫妇俩关店十天，痛哭一场，葬老人入土。驼子一生贫苦，性情刚硬，却死得清白，使这店家又少了一分后顾之忧，却苦了黑氏和木犊夜夜一人看守饭店，一人看守老屋。日久，木犊就将不点灯之事淡冷，后来一月两月竟似乎要忘却了。

来顺依旧在学校烧水做饭，敲铃打杂，每每看得小男人与乡长之女好时两件东西贴拢一起，唧哝有声，就如眼中钻沙痒痛不堪，恶时又桌翻椅倒，于窗口将枕头抛出，将茶壶和裤衩抛出，就又想起与黑氏交情。按捺不住一分心绪萦绕于另一个人身上。驼子老爹死后，他从心底里吁出一口长气，却买了纸去到驼子的灵前，点化了，哭了一场，木犊见他哭得伤心，大受感动，双手去扶，黑氏却说："让他哭吧，哭一哭也好！"话中意思，只有她知道，来顺知道。

此后，木犊消除了对来顺的反感，来顺没事常踱到店来，热乎招待，逢吃也让吃，逢喝也让喝，这来顺是聪慧之极，眼中有水，手脚勤快，也帮这家刷碗收筷，门口应酬，介绍饭菜，招揽吃客倒确实比木犊强出十倍八倍。

但黑氏最明白来顺的心，见他殷勤，总是不安，好言好语要他一边歇去。愈是这样，木犊愈觉来顺人好，来顺愈要加劲为黑氏殷勤。黑氏私下对木犊说："店是咱的店，要人家帮什么忙，他要再来，什么也不让他做！"木犊说："他愿帮忙就帮忙，一片好心，硬要阻拦，倒显生分，冷他一个热肠！"黑氏只好不语。

一个晚上，月色朦胧，黑氏从饭店赶老屋来睡，正坐院里捶腿揉腰。院门敞着，门外的几棵老槐树下，新生了许多幼株，黑黝黝在风里摇曳。倏忽听得有细响，蛇样爬行的沙沙声音，好疑，槐树丛子里有一点烟火，暗红如萤，便惊起，询问："谁在那儿？"那人走近来，却是来顺。

黑氏说："你鬼鬼祟祟，以为是贼呢！"

来顺说："你夜里有屋，木犊还睡在店里？"

黑氏说："我们也分了班的！夜里他要剁肉馅的。你是到哪儿去的，路过这里？"

来顺在月下说："从学校来的。专到这里来的！"

黑氏腔子里的一颗心别地一跳，便说："你坐吧。今夜月亮蛮好，你近日没回老家去吗？算黄算割是不是有叫了？"

女人的慌口慌心，来顺全觉察到，他要想办法稳住她的情绪，说道："昨天夜里叫过两声，再过四天，就是小满。人过小满说大话，今年麦子成色要比往年好。我们山里麦才扬花，和川道差二十多天，到时候我来做你们家的麦客。"

黑氏轻轻笑了一下，说："你也是，任事也帮我们……"

来顺就说："黑，我这几天尽是做梦，我也思想，我是不该到你家来，可梦里老做到你，醒来心就慌慌的……"

黑氏果然平静下来，问道："做什么梦？"

来顺说："有时梦你穿一身新衣，到镇上去，好多人给你吹奏唢呐，你唱起戏来，样子像十七八的一样。有时梦你坐在店前柳树下哭。梦到好的，心里就叽咕，说，梦是反做的，会不会有什么不好的兆征？梦到坏的，又担怕应了实际，就要来看看，你说好笑不好笑？”

黑氏就真的笑了，说：“来顺你嘴甜，说得中听哩！”

来顺正色道：“这可是真的，有半句假，让鬼摄了魂去！”

女人就看着来顺，瞧那一张白光光瘦脸，被瞧的也不回避，反以更加的勇敢用眼睛回敬，看出她的情味溢在眉里眼里，不觉神思荡漾，如升云头。

后来，这女人就偏过头去，看天上的月亮，看院墙根边的一株柳上栖息的一对鸟。鸟是夫妇，以爪平衡身子于细枝上，一只已经睡熟，一只蒙眬复蒙眬。想到人生如鸟类，白日比翼齐飞，夜来依偎而睡，这原本是活在世上的内容。可眼前的来顺，孤身独影，夜夜为别人的婆娘做梦，着实是活人的可怜！不觉气伤神黯，又轻轻叹息一声。

黑氏说：“来顺，你要闷得慌，就来我家坐坐。你也是这般年纪的人，无论如何，你还是找不下一个女人吗？”

此话触到痛处，来顺却没落泪，反倒笑了。

黑氏问：“你笑什么呀？”

来顺说：“我活该是光棍命！那时节，我本是再多找上你几回，事情就成了，可我没有……木犊命比我好。”

黑氏没有言语。

来顺又说：“黑，木犊待你还好？开店是好事，也实在累人，你要保重身子，月月到你们女人家身上有红的日子，你不要见冷水，你却还到河里挑那么满两桶水?!”

黑氏一惊，这些事他哪里知道？是观察她的脸色吗？这些，木犊也是从不知道的，陪自己吃喝睡觉的木犊不知，这一个来顺却看得出！黑氏突然觉得白脸汉子是将她完全装在心上的，就大为感动。

黑氏说：“他人呆，只是肯听我话。”

两人说此说彼，来顺忘了时间，黑氏也忘了时间。离开深山，嫁到这平川道来，她和小男人没有这么说过家常话。嫁给木犊，木犊虽不欺她打她，但木犊别的一点不会，甚至压根想不到，使她时觉寂寞袭心。人毕竟是人，除了人格受尊重之外，还有接受抚爱的欲望，尤其是女人，说老虎时就是老虎，该小猫小狗就是小猫小狗啊！

说说话话，不知不觉，自自然然，来顺是把黑氏的手握住了，用软和的舌头舔，用牙轻轻地咬。黑氏没有吱出一声，事毕了，她送他出门，星月满空，夜更深沉，村外四面包围着的即将成熟的麦子，在清风中涌动，将月光漾出波般的亮闪，浓重的令人心醉的四月田野地气使黑氏饱饱地吸了几口，胀满了全部胸膛。

白日开门，连麦收天也未停止，木犊像一头任重耐劳的牛，夜里割麦，碾场，翻地，播种，白日开店卖饭，人累得失了形体，一收拾完当日的工作，就如一条从树梢跌下来的死蛇一样，趴在炕上沉睡不醒。

黑氏夜半醒来，摇不起他，后来就等着学校的铃响。

这一家再不是往日的穷人了，他们也有钱，村人企羡，黑氏碰见信贷员和小男人了，也不远远避开，目光直直地走过去。一次逢集，一家私人经营的衣服铺里，小男人偕着乡长的女儿在问一条丝织围巾的价，大声吵闹，为五角钱论高论低，黑氏走近去，虎虎地问："多少钱？"回答是："十三块。"黑氏说："取一条！"随手从口袋抽出钱来，拎围巾扬长走了，逊得小男人和乡长的女儿脸红不已，难堪不已。这围巾黑氏却没有系，冬天里也不系。木犊说："那你何苦，买这干啥？"黑氏说："为了啥，你还不明白？！"木犊见黑氏用钱大方，慢慢也手大起来，外人常捉弄他，动不动和他打赌，赌输了就罚他买酒买烟，或者到店里来啃几个猪蹄，吃两碗面条。到后，竟要起钱来，打扑克赢输，一玩起兴则通宵达旦，也不顾黑氏一个人睡在偌大的土炕上。

黑氏很有一些意见了，吃饭时，炒两个小菜放在桌上，桌边安好两个椅子，一心让木犊一块吃，木犊却一只海碗里盛完饭，将菜夹在饭上，端着到门外找人，一边聊一边吃，晚饭过后，黑氏让木犊和她坐坐，木犊说："店里的事，你安排，需要干啥你给我说！"黑氏说："你不会说说别的话吗？"木犊说："还有什么话？没有啥了！睡吧。"一躺下来就呼呼入睡。

这时节，来顺来了，黑氏就不让走，问这问那地说话。一夜，木犊又去要钱，来顺和黑氏在家聊天，聊到夜深，说起木犊，黑氏长吁短叹，眼噙泪水。来顺劝慰，反倒愈劝慰愈使她伤心，后来伏在来顺腿上，竟低低抽泣不住。……鸡叫二遍，门被拍响，木犊推门进来，屋里没点灯，倏忽间似有什么影子从后窗一闪，问道："黑，窗外像有什么？"黑氏恐极，却说："有什么鬼？"木犊脱衣上炕，睡下了说："我这眼睛不行了，还以为有个什么在窗外动！人都说有鬼，虽没见过，晚上还是早早把窗关了。"黑氏说："你还这么想到我！让鬼来吧，屋里没人，鬼给我做做伴也好。"木犊说："说有鬼，哪里就有鬼了？睡吧。"就鼾声顿起。

从来不曾预料的事，往往它就发生了，发生得突兀，当事的人和旁观的人皆措手不及。信贷员一夜之间陷入了困境，自从锒铛入狱，一去十五年不能生还。

信贷员触犯了法律，三年来，一共贪污挪用公款去入股办私人企业三万三千元，利用贷款，明敲暗诈，从中收到不义之财六千六百元。事情败露，穷追不舍。他便被一辆囚车装着走了。

县调查组到镇上住了十天，第十天早晨，一阵刺激人耳的汽车喇叭声吵醒了饭店里熟睡的黑氏。她隔着窗棂往外看，东方欲晓，囚车停在信贷员家的门口。

黑氏心惊肉跳，使劲蹬那头死睡的木犊，小声叫："快起来，公安局要抓人了！"两人开门出来，镇街上已经站满了人，全在嘁嘁啾啾。

黑氏过去问："是抓谁了？"

那人说："你还不知道吗？恶有恶报，善有善报，信贷员到他受罪的时候了！"

黑氏却终不明白这事她怎么能知道！信贷员的为所欲为，黑氏在做他的儿媳之时，便疑心他的不法不正，离开这家，她再未过问这家事，她盼望有朝一日他会受到应有惩罚，但当明晃晃的铁铐套在了信贷员的手上，小男人哭死哭活撵着囚车跑，黑氏竟有些心软，口里作念：这一家完了！全完了！

回到饭店，脸色有些发白，木犊问："黑，调查组来，你提供什么证据了？"

黑氏说："人家没有找我，就是找我，我能说出个什么证据吗？"

木犊说："外边有人说是你写信告发的，你和这家是仇人，把信贷员整死了！"

黑氏方明白街上人对她说话的意思，就说道："这是胡猜测哩。他也是天怒人怨，咱不告他，自有告他的人呢！"

木犊说："这世事真摸不透，那一阵他是万元户，是名誉校长，披红戴花的，这一阵便成坏人了。"

黑氏说："你懂得什么，别人哄着吃了你，你也不知道，他投资办学，那是买后路钱哩，可天到底不容恶人！"

木犊问："这么说，那儿子再当不了教师了？"

黑氏说过"那是可能的"，但不再言语。

小男人果然被学校开除了，依旧做他的农民，再不能领着学生在操场上打篮球，于双杠上腾翻飞动。人蔫得霜杀一般，蓬头垢面，人不人鬼不鬼。老子作孽，欠下的赃款儿子得还，小男人将新盖的楼房出卖了一半，还欠八百元，听说愁得夜里在家里呜呜地哭。

来顺将小男人的近况告知黑氏，黑氏对木犊说："木犊，他家挥霍了公家的钱，那得一分不少还给公家，可他现在没钱，也够愁得可怜……"木犊击掌叫道："这好，这好，他应该上吊去死！"黑氏说："我想咱日子好过了，又眼看着他家报应，咱受的气也算出了，如今他毕竟年轻，又有老母，婆娘，日子也是要让他过的，咱拿了钱，替他填了这笔钱窟窿，你的主见如何？"木犊说："你这是怎么啦？你这不遭人耻笑吗？"黑氏说："外人笑甚，当初我被离婚，外人耻笑我，今日我救济他家，只能外人耻笑他家！"主意不改，木犊只好依她。

黑氏去找小男人，小男人的娘自愧难容，躲在内屋不敢见面，小男人一人独坐自己房间，四面光墙，衣柜衣箱俱无，见了黑氏掏出钱来，扑倒在地，要给黑氏磕头。黑氏才知道信贷员抓走之后，乡长受到党内严重警告，削去官职，调到另一乡政府去当一名小干事了。那女儿，小男人的婆娘第二天卷了家里物什往娘家去住。

不久，风声迭起，尽说小男人和乡长女儿的婚事：先，新夫新妇，如胶如漆，恨不能白白夜夜两人合了一人，大天白昼的在房里做那种勾当，让学生隔窗也觑见。到后，那婆娘就厌烦起来，时常不到学校过夜，有人看见在县城的旧城墙的洞处与一英俊年少生客搂抱相啃。这事人人皆传，小男人却蒙在鼓里，渐渐发觉婆娘不与他睡，殴打了几回，后虽夫妇同床，却各自为阵。再后，双方协定星期天晚上过一次那动物生活，而那婆娘总是晚饭之后即吞服三粒安眠片，于昏昏沉沉无知无觉之中随他便。黑氏听说了，好不心伤，一面幸灾乐祸，一面又怨乡长的女儿心底残酷！

小男人总算没有离婚，但婆娘不回转家来也如同离了婚一般。此日，木犊和黑氏正在饭店和面，小男人胆怯怯坐在店前柳下叫："木犊哥！"木犊招呼他进来，沏了茶喝，来顺也来了，三个男人各怀了心思说话，小男人说："木犊哥，我想到山外铜官去下煤窑，那路线是怎么走的？"来顺说："你也要去下窑，那是什么苦，你能耐得？"小男人说："我得要钱呀！"木犊说："去去也好，可得头提在手里，你要是个命大的，挖个三月五月，回来也可办个正事。"黑氏于灯影暗处立定，不到桌边来，想这小男人若早有此心此志，也不会落魄到这般狼狈，由此想到自己一生所遇，不禁流下几滴眼泪。

钱害了小男人，如今小男人又得去找钱，小男人一生都被钱压迫着。

他果然去了铜官，但不出两月，一封电报拍来，一次井内塌方，小男人砸死了。尸体运回来，黑氏去看了，已经没有脑袋，空剩一张脸皮，她哭了一声，昏在地上。醒来从饭店取了一个干葫芦装在脖上，将那脸皮贴出脑袋的模样。

这年秋天，社会越发时兴改革，大城市的工厂、单位见天有人到镇子上来，推销产品，购买山货，镇子扩大了两条街道，往日两边街面的洞里坐着做针线的女人，一边手中忙活，一边说着有盐没醋的闲话，如今都装了板门，安了比门还大的斜窗，于里边摆了货架经营。黑氏的饭店也应时扩建，一间改作三间，直到了门前大柳树下。经营项目已不是面条，可以炒各种肉菜。大师傅是月薪百元聘请的一位县城关老者，木犊还是那一身打扮，不破烂，也不干净，做粗笨重活，而黑氏衣着整洁，光头整脸，专在桌前招客接待。洗碟刷锅的，则是一个并不苗条，屁股硕大的女子，女子没爹没娘，与哥嫂过活，请来帮工，吃喝管用，月薪三十。

黑氏颇爱这肥胖女子，好吃好喝从不避过，天黑收店关门，也拉她同自己睡，说好多关于男人的事，关于做女人的事。这女子人粗心细，早开那一分窦情，也问到入店来怎不见他们夫妇去一块睡觉，黑氏就以话支开。

来顺时常来店，与主人、帮工说笑，三盅热酒下肚，眼却发痴，死死盯住从屋顶破洞之处斜射下来的光柱出神。肥胖女子不解，看那光柱，并无异样，有无数的活的小飞物在其中沉浮。黑氏就说了："去刷碗吧！"自己却坐在桌前喝酒，亦复一语不发。

入夜，黑氏要胖女子和她回屋去睡，木犊又睡到店里，老厨师就说："木犊，你怎么不回去陪婆娘，你是信不过我吗？"木犊说："回去睡和这儿不一样吗？"老者说："当然不一样，你让人家没个暖脚的吗？"木犊就哧啦作笑："一把年纪了，又不是少年夫妻！"老者说："多大年纪？你有我大吗？我像你这般时候，夜夜不想出门的。"木犊就又笑，说："我也是回去的，不也就是那回事吗，一月半月的那么一次就罢了！"老者说："你这男人！也该回去说说贴己话，县城里的夫妇，每晚城外河堤上肩挨肩散步的。"说毕，就叹息一声，说出一句旧不旧新不新的话，"城乡到底有区别的！"

但是，木犊睡在店里了，黑氏却有几次支使肥胖女子半夜到店里去取什么东西。有一次回来很委屈，黑氏装着不理会。

八月十五的晚上，月亮出得特别圆。人都在家里吃团圆月饼，剥花生，栗子，来店用膳的人极少。老厨师下午也回县城关家去了，肥胖女子早早收了店，在门前石桌上摆了水酒茶点，招呼店主人夫妇来享用，却远近不见了黑氏的踪影。木犊说："八成去学校了，来顺今夜一个人孤零零的，她是去叫了。"一等不来，二等还不来，木犊遣肥胖女子去着。回来说学校门锁着，狗大个人儿也不曾见。

而同时在通往深山的五十里外，一个小山村里，村子里发生了一件事。一个孩子于村口锐声叫："快去着呀，好看得很的东西，一条绳子拴了。村长也去了！"正家家吃月饼的男人和女人以为是山外来了耍猴的主儿，要趁这月明风清佳节之夜为村人助兴，还是某某猎户又从山上捉回什么稀罕、珍贵飞禽走兽，一齐跑去观看。在村口的山溪，过了横卧的独木老柳渡桥，一块瓜田的作废的草庵里，一对赤身男女被绳缚，身上被人盖了一张被单。村长正在审问：

——你们是哪里人？

——西川村的。

——为什么到这儿？

——回家去，天黑了，路不好走，在这歇一夜。

——你们是什么关系？

——夫妻。

——有什么证明？带结婚证吗？是不是私奔的一对贱东西？是不是人贩子，骗拐了这女人？

——不是。我还带着被盖卷，我们是往外做工的，要赶着回去团圆，赶不及了……

言之有理，村长便解了绳，喝退看热闹的人，还他们衣服穿。但村人却有认为既是夫妻却野外过夜，又偏是于这么好的月夜在他们村口，有败兴他们之罪，便提了一桶凉水从头至脚哗地倾倒在这男女身上，以示惩罚。那男女各叫了一声，双双顺路急跑，女的跌了一跤，"唉哟"连声，那男子扶起，发急地说："要跑，跑出一身汗了，凉气就渗不到骨头里去！"

女人抬起头来，被架着跑，终不明白这路还有多少远程，路的尽头，等待着她的是苦是甜，是悲是喜！

（原载《人民文学》1985年第2期）

贾平凹

1952年出生，陕西丹凤人，1975年毕业于西北大学中文系；现为中国作家协会主席团委员，陕西省作家协会主席，西安市文联主席，西安市建筑科技大学人文学院院长，《美文》杂志主编。

他著有《贾平凹文集》二十卷。其著述的《满月儿》获1978年首届全国优秀短篇小说奖；《腊月・正月》获第三届全国优秀中篇小说奖；《爱的踪迹》获首届全国优秀散文（集）奖；《贾平凹长篇散文选》获第四届鲁迅文学奖；《废都》获1997年法国费米那文学奖；《浮躁》获1987年美国美孚飞马文学奖；《秦腔》获2008年第七届茅盾文学奖和2006年香港首届"红楼梦・世界华文长篇小说奖"。

其代表作：《白夜》《废都》《浮躁》《秦腔》《天狗》《高兴》《美穴地》《黑氏》等。

乡　殇

谭文峰

话务员唐姐正在洗头，那架黑电话便警铃般骤然大作。电话是五十年代末安装的那种手摇式，铃声力道特大，响起来让人掩耳不及。唐姐对这种刺激神经的铃声早习以为常，听它响得火爆，便不理睬，只慢条斯理地往头上搓抹雅丝丽之类香波。唐姐二十八岁，尚未婚配，原是乡里有数的几个女高中生之一，人长得标致，腰身儿极好，尤其胸臀几个部位，十分凹凸有致。她又喜欢打扮，衣服穿得新潮，偶尔从乡街上走过（唐姐很少上街），便让一街的乡男乡女瞪起眼窝。站在灰乎乎的乡府大院里，也给人鹤立鸡群、风落雀巢的感觉，很是明艳注目。唐姐十七岁进乡府大院当话务员，到二十八还是个“农业户”，人却由黄花姐变成了老姑娘。二十八岁尚未婚配的女子，在乡里几乎是绝无仅有，因而唐姐在乡街上不仅是“洋姐”，而且是“名姐”，人人都知道乡府大院有个“唐姐”。有人到乡府里办事，总喜欢遛到话务室的窗口下，企求一睹“名姐”芳容。只因唐姐的窗帘儿终日紧闭，所以往往扫兴而去。唐姐不能转为“商品户”，并非唐姐工作上有什么差错，主要原因是她“有病”。比如洪山乡这地方穷僻，乡府领导都不肯带家眷来，难免寂寞难耐，偶尔喝了点酒，或者麻将桌上小有得意，一时兴奋难寐，又找不到开心的去处，就要到唐姐屋里来闲聊。唐姐屋里干净、温馨，香气撩人，又有秀色可餐，置身其间，便往往不能自制，难免生出些解闷的节目。而往往这时，唐姐却要大煞风景，突然捂胸躬身大叫“心口疼”，把一片温馨破坏，把一腔雅兴败坏。渐渐领导来屋里便少，渐渐人们便背后说她“有病”。唐姐孤僻乖戾，很少出那间话务室，一天到晚只做两件事，洗头和织毛线。乡里领导换过几届，唐姐却仍是农业户。商品户不肯要唐姐，唐姐又不肯下嫁农业户，唐姐便自然成了老姑娘。

唐姐洗好头发，见电话铃仍在毫不退却地喧叫，并不理睬，朝它白一白眼珠，拿过毛线从容编织起来。电话铃声似乎终于精疲力竭，停息下来。唐姐瞅它一眼，便很快意地咯咯大笑，直笑得两只高耸的胸乳神经质地乱颤。

正笑，忽听见笃笃的敲门声。便知是团委书记小姚，乡府其他人来，不是老远吼喊，就是咚咚乱捶门，只有小姚总是这样轻缓而小心翼翼地敲门，然后礼节周全地问一声：我可以进来吗？唐姐对小姚就很有好感。小姚中专毕业，本来学的是会计，却被分配到乡里当团委书记。刚来半年，初时耐不住这地方寂寞，就常往县城家里跑。后来乡党委张书记找他谈了一次话，便不敢再多回家，就常到唐姐这里来聊聊。唐姐人漂亮，看着舒心，待小姚又格外亲热，每来便拿出一大堆女孩子打牙祭的吃食来招待他，使小姚心里暖洋洋、热乎乎地很受用。二人在一起，便有一种很体己、很融洽的感觉，也算是唐姐在这乡府大院的“一介知己”。唐姐洗完头只穿着件内衣，这时才要起身去穿外衣，心里忽然一动，却径直走去打开了房门。门口站着一位白白净净、戴着眼镜的青年书生，果然是小姚。小姚见唐姐只穿了件极短小的内褂儿，胸脯饱胀高耸，挤鼓鼓地将褂儿顶起老高，似要挣脱欲出的样子，脸便倏然一红，迟疑不动。唐姐却面颊生辉，极亲昵地将小姚拖一把，拽进了屋里。小姚坐在床边，嗫嚅说，我听见电话铃响好长时间，便来接电话。唐姐说，小姚你真有口福，我这里正有好东西吃呢！便从柜子里拿出一只塑料袋子，小姚接过看时，见是一袋新鲜的橄榄果，很惊奇唐姐屋里怎么会有这般珍稀的南方果子。唐姐故作嗲声，学电视里的广东腔说，只要亲爱的小姚先生常来光顾，好东西有的是给你先生吃啦！便笑，说这果子是她一个跑南方做生意的同学带给她的。那同学在校时就常给唐姐献殷勤，如今孩子都上幼儿园了，不知何故今天突然来看她。许是发了财想来开她的“洋荤”吧！唐姐说着又笑。小姚也跟着笑。唐姐说，小姚好久不见你来了，回城寻媳妇去了是吧？小姚说，这几天我下村里去走了走。你不知道，好多村里的团组织已名存实亡，有的村十多年了没发展过一个团员，整整误了一代人呢！唐姐说，我们那时候十四五岁，就天天写入团申请书，为争着入团，抢着把一个厕所十几遍的打扫。天天想着入团入党，好像能吃能喝呢。真好笑！小姚说，人年轻的时候，就该有憧憬，有追求的，不然这青年时代就没有一点色彩。唐姐便不说话。过一会儿说，小姚你闲时常来姐这里聊聊。叹口气，又说，这乡府大院狗男狐女数起来也有几十个，可值得姐正眼瞧的，也就只是个你。姐我喜欢你。小姚闻言便显得有些不自在。沉默一会儿，忽然说，唐姐我告你一个消息，想你还不知道吧？唐姐注意地瞧着小姚，问有什么消息。小姚说，县里分下来两个"农转非"指标。唐姐一愣，看着小姚不动。小姚说，我在县里听人说的，说是每个乡镇都有的。小姚的父亲在县里一个要害部门当领导，消息总灵通。唐姐听罢沉默不语，半天方神色黯然说，指标虽然有了，却只是没有我唐姐的份儿。小姚说，你只抓住张书记就行。只要他给你办，就准能办得成。唐姐凄然一笑，说，张书记又不是我儿子，那么肯听我的话！小姚说，唐姐你千万不要再错过这次机会。必要时可使点手段。唐姐说，使什么手段？行贿我没有钱，走后门我没有靠山，只有卖身给他了！小姚听到这里便不敢再多说，去翻床头的一本杂志。唐姐热辣辣地瞧着小姚，说，小姚你真是姐的体己！将胸乳一挺一挺，十分性感诱人。小姚不敢看，只低头胡乱翻着手里的杂志，见上面有一篇是写如何度过新婚初夜的文章，方看几行，便觉得耳热心跳。忽觉有一股浓浓的幽香和热辣辣的气息从耳旁逼来，猛抬头，见唐姐很近地挨靠着，一双乳很高很挺地耸在眼前，一对凤眼电火般闪射，浑身便"轰"的一声着起火来。慌忙才要起身，唐姐柳腰一摆，双臂却勾住了脖子，脸颊贴上来，一双乳抵住了胸膛。小姚便不敢动，僵僵地挺着，只觉浑身轰轰作响，一股熊熊烈焰，从脚底直烧上头顶，魂魄便在顷刻间焚化成灰烬。唐姐脸摩挲着，情意绵绵地说，小姚你不要走了，晚上姐给你做鸡丝面吃。小姚呼吸迷乱，什么话也说不出。唐姐不觉滴下泪来，说，小姚呀，姐好喜欢你。姐长二十八岁，守身如玉，从没有让任何臭男人碰过一寸肌肤。姐知道今辈子再嫁不到好男人，这条身子不知甚时就被人糟践了。姐只想趁早把这身子给一个姐喜欢的男人，小姚就不说话，于迷乱中抱紧了唐姐，狂热地亲吻，用力地挤压着她。唐姐便闭了眼睛，任由他向床上拥压去。

正在这时，电话铃却又骤然爆响，把两人吓一大跳，倏然分开，相互显出尴尬和窘迫。任由电话铃响了一阵，唐姐才走去接了。电话里的口气很严厉，问乡政府的值班人员哪里去了，前后半个小时没人接电话。唐姐被对方的口气镇住，半天作不得声。对方问她是什么人，她只愣着，回答不上。对方口气和缓下来。说是县政府办公室，给乡里传达一个通知。据气象预报，近期有特大暴雨，为做好防汛抗洪工作，各乡镇书记、乡长明天上午八时准时到县里参加防汛会议。会议由刘副县长亲自主持，各乡镇领导必须准时到会，不得有误。还说刘副县长要亲自点名查数，要各乡镇领导务必当心。最后问唐姐姓氏名字，似要记录在案。唐姐搪塞几句，放了电话。愣了片刻，见小姚仍呆在床头，脸颊便又烫烧起来。走去打开房门，让凉风吹一吹。小姚这时走了过来，在门口站住，低头说句"对不起”,便逃似的离去。唐姐瞧着他的背影,忽有两道泪水冰冷地淌下。

张书记喜欢每天中午美美地睡个午觉。特别是喝了点酒以后,穿着裤头背心四仰八叉,呼噜打得震天价响。平时张书记睡觉很有规律,十二点半到两点半,两小时准时醒来,睡得好便很有精神。但张书记一喝了酒,便没了规律,三四个小时不定。今天中午陪县粮食局下来检查的李局长喝了一点酒,喝得不是很多,但回来觉却睡得很沉,很香。副乡长老刘咚咚擂了半天门,才把他擂醒。醒来却觉得哪儿都不舒服,就又闭了一会儿眼睛。听到门擂得很紧,就看了看表,一看已是四点半了,忙爬起来蹬裤子开门。

老刘一进门就嚷,张书记哎,弄不成哩!我在李坪村蹲了三天,一颗麦子都没收上来。老刘主管夏粮征收,天天在村里泡,半个月了,只有五六个村子交齐了公粮,其余十几个村子至今没有动静。张书记很有些瞧不起老刘这号干部,瞧他一眼,脸上显出不耐烦。说,没本事让老百姓缴粮,就把你老婆孩子的口粮拿来顶上!老刘低头嗫嚅说,现今的老百姓,难弄得很哩。张书记脸黑黑地说,要好弄了还要你这乡长干毬甚哩?老刘脸上便猪肝般涨得紫红。说,都像躲鬼子似的,锁了门不见人影,要不就是门口横个老太婆,喊粮不够吃,连门也进不去。张书记不说话,沉默一会儿,说你去叫老王来一下。

老王是分管计划生育的副乡长。不大一会儿,便跟老刘来了。张书记说,老王你上次说李坪村有两个“钉子户”,如今解决了没有?老王说,那两个“钉子户”,难弄哩!便介绍说,一个叫李小三,四胎,全是女娃,家里穷得就剩了一窝孩子。罚款二千五百元,一分钱没交,说要钱没有,要命就这几条随你们挑。谁也拿他没有办法。另一个叫李旺财,有名的专业户,家里开个炼焦场,给县里捐款修公路,给村里投资建学校,名气很大。报纸电台都上过,现在又是政协委员,人大代表,到县里和书记、县长都是平起平坐的。也是四胎,三女一男。罚他二千五百元,他一把拿出三千块,说不用找了,计生办的同志们很辛苦,给大家买瓶饮料喝吧。动员他妻子结扎,他花钱从县里弄来张结扎手术单,计生人员明知是假的,却又毫无办法。最近听说他老婆又怀孕了,他放出话来,说怕一个儿子不保险,还要再生一个,罚十万八万也要生。张书记听完半天没吭声。过一会儿便笑笑,说老王你晚上跟我去李坪,我今晚给你抓计划生育去。老王喜出望外,忙喜滋滋去了。老刘却愣在一旁,不明白张书记为何心血来潮要去抓计划生育。正愣,张书记说,老刘你去给粮站安站长打个招呼,让他准备好运粮车,明天一早到李坪村拉公粮。老刘脸上便有喜事,知道张书记要亲自出马。乡府里有句俗话,说是“老张出马,一个顶俩”,张书记这一去,事情就准成哩,便也高高兴兴地去了。

老刘走后，张书记便给派出所长通个电话。张书记在电话里说，晚上借两个“治安队”用用。所长说，你又要干毬甚事？张书记说，配合乡政府去开展个工作。所长拿捏腔调说，最近有新规定，地方政府动用警力要经有关部门审批。你们先打个报告吧。张书记便骂道，日你哥给谁打官腔？“治安队”也能算警力？下午六点来两个人带一辆摩托车到乡府见我。误了事我找你们局长是问！又笑两声，说，咱弟兄们好久没在一块喝一盅了，明天中午醉仙楼咱弟兄们好好划两拳！那头静了一会儿，说，好，好，真是法大不如权大。张书记接道，权大不如钱大。那头说，酒杯一端，政策放宽。张书记说，筷子一举，可以可以！两人便同时哈哈大笑，一起说明儿个醉仙楼不见不散。

傍晚，一干人浩浩荡荡往李坪村进发，村里人正吃晚饭时辰便进了村。支书和村长见张书记亲自带人下来，还有“治安队”和摩托车，便慌了，忙沏茶递烟。张书记茶不喝，烟不抽，问支书和村长，知道我干什么来？支书和村长便一起诉苦，说现今的老百姓根本不尿村干部这一壶，村干部说话不如放屁响亮云云。张书记说，你这支书和村长在村里当孙子呀？支书和村长脸窘得通红说不出话。张书记便说，你们两个去把李小三和李旺财的老婆带来！吩咐两个治安队员跟去带人，又吩咐把铐子带上。

时间不长，两个人便全带来了。李小三是在饭场上被铐走的，许多村民见治安队铐人，便随了来瞧热闹，村部门口霎时间便围满了人。张书记吩咐老王说，你带李旺财的老婆快走，到乡医院连夜做手术。老王便带李旺财老婆坐治安队的摩托车走了。有好事者赶快去焦场给李旺财报信。李小三初时还在村部跳脚，问他犯了什么法要铐人，后来见治安队带走了李旺财老婆，心里便怯了，软软地蹲下去。

这时，李旺财来了，一进门便抓住张书记的手使劲摇，又掏出“红塔山”四下散发。见李小三戴着铐子蹲在那里，也递一支烟过去，故作惊讶地问，小三你这是犯下甚法啦？偷人啦？抢人啦？张书记悠然地吸着烟，说，犯甚法？犯国法了！计划生育立法了知不知道？铐他下牢哩！李小三便脸色煞白，哀求地瞧着张书记，口中连叫张书记张书记……李旺财眼睛四下咕噜噜转溜，不见他老婆，心里发虚，脸上不动声色，问，张书记听说俺娃他娘你叫来了，在哪里？张书记也不动声色，说，派出所带走了！李旺财脸上倏然变色，控制不住地大声说，俺李旺财不是李小三，由你们随便抓，随便铐的。俺要你张书记给我个说法哩！张书记说，到了公堂上自有说法。李旺财说，甭说你是个乡书记，就是县委书记、地委书记俺也不是没见过。俺李旺财不是怕官的人！张书记说，我知道你是社会名流，报纸上有名，电台里有声，电视里还有影，地委书记握过手，县委书记是朋友，当然不会怕我这小小的乡书记。但你却怕一个……李旺财冷笑，说俺怕谁，张书记

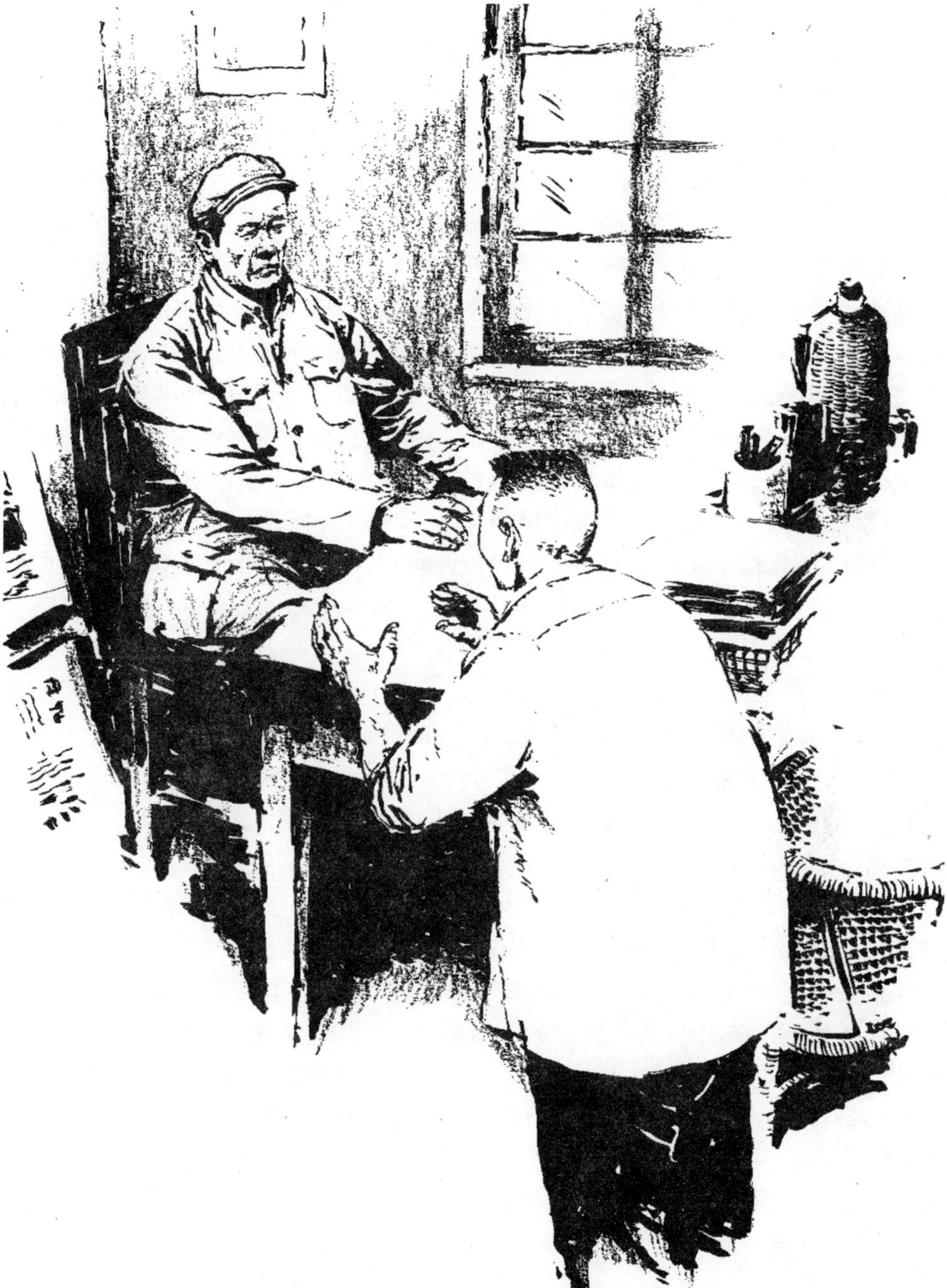

说，你怕法！李旺财说，犯法的人才怕法，不犯法俺怕个甚？俺犯了什么法？张书记说，你犯了计划生育法！李旺财说，俺超生已罚款，俺老婆又做了手术，这里有手术单，白纸黑字红印章齐全，你能怎么样？张书记盯住李旺财半天不说话，突然一变脸，厉声道，李旺财你自恃有钱有势，就可以为所欲为了？你超生四胎已属违法，又行贿作假，开假证明，你老婆又怀了第五胎，据新颁布的计生法规定，应追究你刑事责任，处五年以下有期徒刑！你不读书，不看报，天下大事全不知道，自以为有钱就成了你的世道了？实话告诉你，我今儿个就是给你弄事来了！我姓张的弄了几十年事，不弄是不弄，要弄就弄个样子给你看！不把你李旺财弄进大牢里，我姓张的头朝下走路！李旺财脸上便一阵红一阵白的。他的确是不读书不看报，不知什么时候就有了如此严厉的"计生法"，心里怯了阵，忙换一副笑脸，说张书记别生气，咱们有话好说。张书记冷笑，说你好说我不好说，我好说地区来的工作组还不好说哩！地区工作组点名抓你这典型户哩，你以为"好说"就过去了？李旺财脸上便灰了，努力挤出笑容，拉住张书记的手说，咱们里边去说，里边去说。将张书记拉进了里间。

一进里间门，李旺财便整个蔫了，灰着脸说，张书记你不看僧面看佛面，咱们都是常在县上走的人，你抬抬手我就过去了。张书记冷着脸不吭声。李旺财忙递上一支烟，张书记不吸，说，也不是我跟你李旺财过不去。实在是地区工作组追得紧。你既不把我这小乡书记放在眼里，咱们到县里自有理论！李旺财哈着腰赔罪，说张书记你宰相肚里能撑船，不要和俺这粗人一般见识。张书记这才接过烟点上，缓和脸色说，老李你不知道，我们当乡干部的这碗饭最难吃。上头千条线，乡镇全要一针穿，好事孬事都要从我们身上过。这次若不是地区工作组点名要抓你这个典型，来扩大计生法的影响，我才懒得出头管呢。这次怕不好过关呢！李旺财苦着脸说，就靠张书记帮忙了，大事化小，小事化了，俺就过去了。张书记说，你过去了，我却过不去了。李旺财说，张书记总有办法的。便掏出一沓钞票朝张书记兜里塞去。张书记火烫一般跳起来，说老李你干甚呀！李旺财说，你买两条烟到上头替我做人情。如今这社会风气，见人不递根烟，就说不上话哩。说着硬塞进张书记裤兜里去，张书记挡了一挡，没有挡住，就也随他去了。沉吟一会儿，说这样吧，老李你做点牺牲，我老张担点风险，你孩他娘把手术做了，我到上头去打马虎眼，抹一把稀泥糊涂了事。出甚差错呢，我姓张的用脑袋顶着就是了。李旺财说，就全凭张书记上下通融了。张书记说，不过咱们也有个君子协议，我替你担了事，你也得帮我个忙。李旺财忙说，张书记尽管吩咐就是了。张书记说，一，你去拿二千五百元钱给李小三的老婆，替他先垫交了罚款。李旺财点头，说行。张书记又说，明天起让李小三到你的焦场去做工，一方面抵还你的债，另一方面也给他找条生活出路。要不他老婆娃娃一大堆饿死呀？算你给我个人情怎么样？李旺财点头答应。张书记看着李旺财，说这第三条嘛，你大约要费些事了。李旺财有些紧张地瞧着张书记。张书记说，你想办法动员十几户村民带头来交公粮。我不管你用什么手段，只要让他们在今晚十一点以前把粮交了就行了。李旺财松一口气，说这好办，我让在俺焦场干活的十几户先交了，俺给他们发奖金就是了。张书记便笑笑，拍着李旺财的肩膀，说，我知道你在村里说话比支书、村长顶事！又说，那好，明天一早我就把你老婆送回来。

二人出来，张书记便让村长马上通知召开村民大会。张书记让戴着铐子的李小三站在台上，严声厉色地讲了一通话，先国际国内天下大势，后全省全县改革开放，最后说到乡里村里。张书记说，都说李坪村的事难弄，我就不信有弄不了的事。你个小李坪村能有多么难弄？李小三不是难弄吗？看我敢不敢弄你！李旺财不是难弄吗！看我敢不敢弄你！还有哪个更难弄的，报出名来，看我张书记敢不敢弄你！家有家规，国有王法，我不敢弄你，王法还敢弄你哩！今黑夜先弄计划生育，明天早上八点开始弄公粮。明儿个早上八点钟以前，还有抗拒不交公粮的，看我一个一个弄你去！

张书记正说着，就见李小三的老婆跑上台来，手里举着一沓子钞票，哭求说，张书记呀，俺交罚款来了。你开恩放了小三吧，俺一家五口靠他活哩！张书记让人收了钱，对台下说，看见了吧，不是没钱吗？还是人比钱重要！便喝令将李小三带下去。这边李小三刚带下去，那边就呼啦啦拥上来十几条汉子，背着粮袋，推着粮车，齐声高喊，张书记俺们交爱国粮来了！张书记便大声说，对，是爱国粮，我看还有谁不爱国！台下便一阵骚动，有人朝出口处溜去。张书记还没有宣布散会，台下的人群就哄散了。这边交粮的队伍越拉越长，竟排起了长队。

第二天早上粮站的大卡车呜呜隆隆开来时，村里戏台上已堆起了小山一样的粮垛。李坪全村一户不落地交齐了公粮。

老刘又惭愧又敬佩地对张书记说，张书记你真是个干家！张书记乜斜他一眼，说，你以为我这书记白当的！忽觉裤兜里沉甸甸的，伸进去掏一把，掏出一沓钞票来，甩给老刘，说，到醉仙楼订一桌好菜，大家伙好好喝它一顿！

正在这时，小姚满头大汗地骑车子赶来了，老远就喊张书记，说，县里昨天傍黑来电话，要你早上八点准时到县里参加防汛会议，刘副县长要点名呢！张书记看一眼手表，便黑了脸，骂一声日他娘，揉一揉红肿干涩的眼睛，就骑了小姚的车子朝车站赶去。

张书记从县里回来，便紧急召开防汛会议。于乡长到山东考察，要半年以后才回来，张书记一人便党、政全面抓。张书记有个小外号叫“黑脸张”，人长得身高马大，脸膛紫黑，平时不苟言笑，批评起人来不留情面，连年轻的于乡长也有几次给当众批得下不来台。因此乡干们都很有些怯他。秘书老陈通知晚八时开会，张书记过五分钟走进会场，乡干们已一个不缺地挤在会议室里。洪山乡的防汛重点是龙谷水库。龙谷水库位于乡北的龙谷峡口，是学大寨年代修建的大型水库。平常干旱时水位很浅，但一遇山洪暴发，后山数十条沟谷的山洪便全倾泻到水库里，水位暴涨，加上原水库设计的泄洪道太狭，经年年淤积，排洪不利，给下游洪山乡的数千亩禾田和村镇造成很大威胁。所以每到汛期，防洪便成了洪山乡的第一要紧工作。但也由于年年防汛，也就成了轻车熟路的老一套，成立防汛指挥部、办公室，组织护坝队、抢险队，还有通讯联络，轮流值班等等。只因今年据说有特大雨汛，所以张书记就显得格外重视，反复强调，很讲了一大通，然后亲自坐镇，拟订方案，抽调人员，组成严密的抗洪防汛组织机构。

张书记亲任总指挥，坐镇中军，老陈任办公室主任，具体协调全面事宜，小姚和唐姐都抽调到办公室，小姚主管文字工作，唐姐自然是负责通讯联络。乡府其他成员和副手们都分配到第一线去各挡一面，由各村抽调起来的民兵护坝队和抢险突击队集体食宿，集结待命。口号是：全民动员，人人上阵。

防汛工作部署就绪，却不见天气有何变化迹象。日日烈日高悬，酷暑难当。张书记做过安排布置，便让老陈全面负责，及时汇报，自己仍旧坐守办公室的“日常工作”。张书记“日常工作”的重要内容之一，是读报纸、文件。张书记虽然是农村出来的乡镇干部，却有着城里干部的习好，喜欢喝着茶水读报纸。正像报纸上讽刺过的那样，一杯清茶一支烟，一张报纸看半天。张书记对报纸有着特殊的嗜好，从中央大报到地方小报，从国内外时事到好人好事，甚至文艺版、奇文异事都要仔细通读，一字不漏。因此，张书记在大会小会上讲起话来，常常是全球全国的口若悬河。用乡干们背后的话说，张书记是卖瓦盆的出身，肚子里全是成套的货。张书记还很善于当“领导”，很懂得“小权民主，大权集中”，所有具体性工作都放权给副手们，让他们有职有权地去工作。副手们对此很满意，工作起来很卖力，也对张书记很拥戴，很尊重。张书记也才有时间、有心情读报纸、文件。但在大事上，比如人事、财经，或有关政策、路线等方面，张书记却是“大权独揽”，形象的说法是“一笔张”。没有张书记亲手签写的那笔龙草“张”字，一切皆不得通行。因此张书记在乡府大院里的地位和权威又是绝对的。只有副手们遇到解决不了而不得不请张书记出马的事情，张书记才肯亲自出马。张书记一出马，必是马到成功，且果断、利索，让副手佩服得五体投地。因而乡府大院的共识是，张书记是历届领导中水平最高的，也是威望最高的。前些时候，地委组织部来人考察下一届县级领导班子后备干部，张书记便是考察对象之一。据传言说有可能提任副县长。因而张书记表面平常的“日常工作”，便有了不平常的内容。白天黑夜间，往话务室跑得多起来。

张书记平时进话务室，总是径直进，径直出，几乎目不斜视。似乎从不知道这间话务室还是一个漂亮女子的闺房，不知道这屋里还住着一位美貌洋姐。张书记参加工作二三十年，一向有个原则：不沾女色。张书记认定只要不贪污、不腐化，共产党的干部便是铁打的饭碗。因此张书记几十年来除了自己的糟糠之妻外，从没有正眼打量过任何别的女人。女人的美之于张书记，犹如色彩之于色盲一般，没有区别。这天晚上，张书记要给地委的一位老同学家里挂长途电话，老同学在地委组织部干部科做事，有些消息自然灵通和可靠。等电话的空儿，张书记便在电话旁的椅子上坐下来。这一坐，便不可避免地为他这个不平常的夏天里的故事拉开了序幕。

张书记坐下来，便觉得眼前一亮，有一道很明艳的光刺了他的眼睛。瞧时，便见一个美貌女子站在眼前，正用定定的目光瞧着他。一双大眼水波荡漾，顾盼生辉。显然刚刚洗浴过，秀发披散，面容红润光亮，浑身透射着出浴美人生动的魅力。一条纯白的紧身连衣裙，使她过分成熟的女性身体更加蛊惑人心。一股奇特的迷醉心神的幽香和芬芳，丝丝缕缕飘袭而来，使张书记鼻腔刺痒，禁不住有一种要打喷嚏的感觉。张书记一时有些心神迷蒙，不知不觉脱口叫了一声：小唐！唐姐狐媚一笑，便袅袅婷婷走了过来。

唐姐紧挨着张书记靠在桌沿上。由于靠着的原因，她的胸部前突，更显得高耸坚挺，在唐姐有意无意的晃动之中，便如两只活泼的兔子奔突欲脱。张书记的眼珠便中魔一般被它牵引着转动。唐姐的脖颈、臂膊、胸沟以及小腿等裸露的部位，肌肤洁白如雪，玉润耀目，使人不可遏止地产生爱抚亲近的欲望。张书记心头便有一股灼烫的火焰腾地冒起，不由浑身憋胀燥热，喉咙焦渴般吞咽着唾液。

张书记，唐姐软软地叫一声，声音如鸟鸣般清丽婉转。叫过便又如先前那般定定地瞧着张书记不动。张书记被唐姐的声音和眼神弄得慌乱起来，也弄得温柔起来，扭头看着电话机，口中温和地说，小唐你有甚话就讲么。唐姐开门见山说，我听说县里分下来两个“农转非”指标，你看我怎么样呢？张书记就一愣，回看着唐姐，说，你从哪里听来的消息？唐姐说，张书记你不要哄骗我，我在这大院十几年了，工龄都快赶上你家小青的年龄了。论资排辈也该轮到我了。关于“农转非”指标的事，张书记也是在县里开会时听同事们议论说，县里为了鼓励乡镇干部工作，拟给每个乡镇分配两个转户指标。到目前为止，也仅是听说而已，并没有任何红头文件或正式通知之类。张书记知道若真有了指标，这乡府大院里将会有一场热闹好看的。张书记仔细地看着唐姐，不动声色地说，如果真有了，我会考虑你的。唐姐很深地看着张书记，说，我这次是豁出去了，如果你不给我转，我便嫁到你家里去，给你家小青当老媳妇也行，给你张书记当小老婆也行，反正我是再也不做老姑娘了！说着咯咯笑起来，直笑得身子颤颤的。张书记被她笑得一愣一愣，稀里糊涂也咧开了嘴巴。正在这时，张书记的长途通了，电话铃嘀铃铃一叫，两人同时吓了一跳。

小姚闲暇时，喜欢找老陈"将军"。乡府大院的传统娱乐有三大种：将军、拱猪、钻桌子。将军指下象棋，拱猪指甩扑克牌，钻桌子就是搓麻将了。最普及的娱乐是甩扑克牌，晌午的树荫下，夜里的路灯下，到处都是噼啪作响的甩牌声。搓麻将的是一小撮"高层人士"，几个副乡长、副书记，夜里难耐寂寥，便躲到某个僻静角落，关紧门窗搓麻将。开始是"钻桌子"，输了的从桌子腿下钻过去、钻过来地转四圈儿。后来到底不过瘾，便来真格的，玩一、二、四块，赌钱。象棋在乡府大院就算"高智"娱乐了，围观的不少，真能来的，没有几个。老陈就算是第一高手了。小姚棋术在大院也算是中上水平，在老陈面前却常输得惨不忍睹。所以乡里几乎没有人跟老陈玩棋，只有小姚。小姚好胜心强，越输越要来。久之，渐学了老陈的几套路数，偶尔也能战个平手。老陈在乡府里也算是"实权"人物，名为秘书，其实是"总理大臣"的角色，大到人事安排，小到吃喝拉撒睡，无不经过老陈之手。人们背后又称老陈作"二书记"，许多本该张书记出头的事，张书记却让老陈出头处理。因此老陈这"二书记"一天到晚就比书记还要忙，难得有下棋的空闲。只因老陈也苦于棋无对手，所以小姚一来，便推过手头的琐事，和小姚杀上两局。

每次开局，小姚便给自己鼓气，说，陈秘书，看我今天杀你个3∶0！老陈不语，笑眯眯的。走不上三五着，小姚便明显处于劣势。老陈便用一半心在棋上，用另一半心和小姚扯闲篇。老陈说，小姚你现在大小也算个领导了，我说几句群众歌颂你们领导的"民谣"，你想不想听？便说领导下乡，曰：组长下田头，耕牛在前头；村长下田头，手中有烟头；乡长下田头，秘书跟后头；县长下田头，记者抢镜头。小姚便忘了走棋，拍手称妙，说真是又形象又生动。老陈笑笑，说还有更精彩的。便又说领导检查，曰：坐着车子转，隔着玻璃看，中午酒桌见个面，拍拍肩膀好好干。又曰：早上当包公，中午当关公，晚上当济公。小姚便手舞足蹈，乐不可支，从兜里掏出个小本子便往上记。老陈摆手说，甭记，听过就算，写下来就有个原则性了。小姚说，老百姓的口头文学可真是太深刻了！老陈看一眼小姚，说老百姓也就只好口头上深刻了。说咱们洪山乡也有两句民谣，你听了不用下去走，也知道咱们乡的面貌了。一句说农村教育：三个教师两间房，收了学费没课堂。一句说农村医疗：小病拖，大病磨，请不到医生请神婆。小姚心便有所震撼，说老百姓也真不容易。老陈嘴角显一丝冷笑，说我们这些乡镇干部就容易了？唐姐容易不容易？小郑容易不容易？说小郑原是乡广播线务员，一次检修线路时，电线杆由于年久失修没钱更换，根部朽烂，结果突然折断，小郑从电杆上摔下来，两条腿残废了。老婆离了婚，小郑每月领三十元的生活费，乡里还是不能按时发给。快四十岁了，还是个“农业户”，家里的几亩口粮田年年要求人代种代收。乡里哪一届领导来，小郑都要磕头作揖地要救济粮、救济款。原先很精神的一个小伙子，现在整个讨饭花子，见谁都是一副可怜兮兮的模样。又说自己，在乡府大院干了几十年了，从炊事员熬到秘书，伺候过的书记、乡长现在当专员的都有，在洪山也算是资格最老的了，却老婆的户口都弄不出来。老婆患有严重的类风湿关节炎，四肢的大关节、小关节都扭曲变形，料理家务都很困难，却要一年四季拄着拐杖下田。他这个“二书记”一天到晚管事最多，遭罪最多，受气最多，一年到头忙得没时间回家，让老婆在家里活受罪。前年县里给一批干部家属“农转非”，要填表了，方知道他这乡秘书原来是个非科非局，连股也不是的无职无衔的官。县里规定的转户条件必须是副科(局)级以上领导干部的家属，只好眼巴巴作罢。老婆至今还在拄着拐杖锄玉茭田呢。回家去看到老婆那劳苦不堪人鬼不像的模样，哭都哭不出来，真想辞了这鸟秘书回家帮老婆种田去。你当我容易？老陈嘴抽搐几下，泛上很阴很冷的笑。小姚看着老陈这样子，也觉得挺难受的。心里忽然一动，说，陈秘书你知不知道县里分下来两个“农转非”指标？老陈一愣，接着很深地看着小姚，说，小姚你真是非专家！小姚说，我也是在县里听到一点风声，以为你早就知道了呢。也就咱们俩吧，别人面前我才不生这个非呢！说着低头专心走棋，不再理会。老陈的棋局却有些乱，有几步棋走得很拙劣，到底输给了小姚，输得很惨。

晚上，老陈给张书记汇报完工作，听完张书记的指示，却没有立即走开。坐了一会儿，很关心地询问张书记家事如何，夫人安康等等。看到张书记脸色很不好看，似乎不愿提及家事老婆，便知趣地住了口。沉默一阵，老陈便向张书记提出请假。

家里几亩玉茭田难侍弄哩。老陈说。要锄草，要培土，要追肥，还要浇水，很要忙活一阵子呢，十天半月怕都不够哩。老陈说。老婆实在干不成哩，你没见过她的手指头，跟麻花似的扭成一股哩，脚脖子也成歪把子哩。路都走不了呢！老陈说。张书记很奇怪地看一眼老陈。老陈是很少请假的，更何况是在节骨眼上。张书记皱皱眉头，说你不知道这几天正是防汛的关键时刻？你回去这摊子工作扔给谁去？老陈说，实在弄不成哩，再过几天玉茭田就要荒哩。那几亩田，真把人缠弄住哩！张书记眉头警惕地挑上去，盯住老陈半天不放。老陈的脸上便显出慌乱。要不，算哩，不回去了，由它荒去！老陈说着，就起身往外退去。刚到门口，就听张书记喊：老陈！老陈返回身来，见张书记低头在翻一张报纸。立了一会儿，张书记却不说话。老陈说，张书记你休息吧，我走了。张书记头也不抬地说，你明天回去吧。甚时活干完了甚时再来。老陈脸色瞬间变得煞白。忙说，不，我不回去了，说甚也是工作要紧哩。说着退出去。到门口，又说一句：那几亩田，随它去！张书记瞧着老陈的背影，皱紧了眉头。

张书记觉得这个夏天真是个邪门的季节。自从有了那个夜晚，张书记在这个夏天里便变得异常浮躁不安，通身有一股憋闷燥热的感觉。平常读报纸时特有的宁静心情破坏殆尽，读过的报纸有时一个字也没有印象。张书记十分烦躁，他不相信自己几十年的道行竟会在一夜间丧失。为了解脱这种烦躁，张书记特意在一天夜里回了一趟三十里之外的家。但当他急不可耐地在灯下展开老婆的身体时，一股失望的凉意直从脚底升起。老婆那干瘪粗糙、毫无弹性的肌肤，空袋子一样吊垂的乳房，同他渴望的那具雪白玉润、鲜活丰硕的玉体形成鲜明强烈的反差。这种对比留下十分恶劣的印象。那天晚上他第一次发生了行为无能。天不亮便返回了乡里。

张书记遏制不住地想往话务室跑。他渴望看见那妙不可言的玉体。每瞧着它，张书记那年近五十的身体里，便犹如干涸的土地得到雨露一般感受到一种滋润，枯木逢春一般焕发出活力。他数十年修行的老成持重，一进那间话务室便荡然无存，虽然他表面上仍能保持矜持的形象。他清楚这个夏天对他至关重要，他一次又一次严厉地告诫自己，理智同欲望做着极其艰难而痛苦的抗争。

天气依然是晴空万里，赤地千里生紫烟，人们开始怀疑预报中的特大雨汛纯属子虚乌有。除了抽调起来的护坝队仍每天在堤坝上做些修护之类工作外，其他的防汛机构已纯属虚设。张书记在这天上午心烦意乱地读了一会儿报纸之后，突然独自到堤坝上去了。护坝队散成一片，躲在阴沟里歇凉。有几个人光着屁股在水库里洗澡、凫水，渠沟里有甩扑克牌的，有玩跳棋的，甚至还有一摊搓麻将赌博的。张书记大为光火，把领队的副乡长狠批了一通。副乡长辩解说，他们早晚抓紧干，晌午就放松了些。张书记严厉地说，放松？现在是放松的时候吗？

老陈和小姚闻讯赶来时，张书记正领着护坝队在开拓泄洪道。烈日炎炎，张书记挥一柄铁镐，嘿呀嘿呀地撬着石块，满头满脸的汗水。汗水滴在发烫的石块上，便冒起嗞嗞的白气。小姚心里大为感动。回来后老陈让他编发一期简报，小姚便写了“晴空万里不忘抓防汛，赤日炎炎书记亲上第一线”，印成简报，送往县里，同时以通讯稿件寄给县广播电台。县广播电台在当天的新闻节目中便播发了，第二天的新闻节目中又重播一次，县防汛办又将洪山乡的简报加了按语，转发全县，一时还造成了不大不小的影响。张书记心情稍为开朗，见了老陈和小姚就显得很高兴。有一次拍拍小姚的肩膀，说，好好干！小姚便想起老陈说过的“拍拍肩膀好好干”，心里有一种说不出来的滋味。

过了几天，刘副县长便带防汛办一干人下来检查，说拟在洪山乡召开个现场会，要乡里准备一个典型经验材料。中午在醉仙楼喝酒，至半酣，刘副县长便给张书记咬耳朵，说老张你那个事妥了，你该把心放回肚里去了！张书记愣一愣，随即佯装糊涂，问哪件事，刘副县长不说，笑哈哈地端起酒杯，说，天机不可泄露，来，三杯酒！张书记便稀里糊涂灌下去三大杯。心头便有热乎乎的东西翻腾，兴奋难耐。酒兴顿起，和刘副县长的随从挨个儿干起杯来。

小姚和老陈都在场作陪。小姚看着这场景，又想起老陈有一次说过的几句“民谣”：要想换口味，多开大小会，要想多喝酒，基层走一走。想着看一眼老陈，见老陈也早已面红耳赤，正端着酒杯挨个敬酒。

刘副县长一行走后，张书记心头仍很兴奋，想起刘副县长神秘的“天机”，心头就激动不已，就想给地委的老同学打个电话，证实一下“天机”的可靠性。就极想往话务室去，便踉踉跄跄出门而去。太阳正毒，火一般炙烤着大地，院里的梧桐树上，叶子都蔫蔫的晒垂下来。大院里死静，连知了也躲起来不肯叫唤。张书记走路踉踉跄跄，头脑却十二分的亢奋。话务室就在东拐角的楼底下，很僻静，也凉爽。窗帘儿拉着，门也关着，张书记咚咚捶了两下，听到里头似有哗啦的洗水声，心头便有莫名的激情涌动，便更热烈地咚咚急捶起来。过一会儿，门便开了。

唐姐一身短打。短褂短裤，又是刚刚洗浴过的样子，头发湿漉漉地挂着水珠，显得冰清玉洁，出水芙蓉般清丽。满屋子飘荡着花露水诱人的香气。张书记一进屋子，便被这香气弄得气息翻腾，亢奋无比。眼睛亮光光地盯住唐姐不放，早已忘记来打电话的初衷。今日的唐姐又别是一番风情，玉体袒露，酥胸耸动，浑身春情洋溢，一双大眼星月闪烁。张书记不由心神荡摇，骨头都有一种酥化了的感觉。叫一声“小唐！”便咕噜咽下一口涎水。唐姐被张书记的失态有些吓住，但很快反应过来，笑盈盈地瞧着张书记，说，书记你又酒场得意了？张书记只管盯着唐姐，说，小唐你愿不愿意到县里工作？唐姐说，书记你又说笑话了，我一个“农业户”，在乡里都是朝不保夕，到县里工作不是痴人说梦吗？张书记说，我要让你去你就去得了！唐姐说，只要张书记你肯把我“农转非”，我就感恩不尽了。张书记说，那要看你肯不肯了。唐姐说，我如何还有不肯的道理？张书记说，你若肯时，那就好办得很了。说着一把握住唐姐前来送茶的手。唐姐的手指玉润纤长，白嫩嫩的，十分光滑细腻。张书记仔细把玩，亲一口。禁不住心旌摇动，说小唐你不知道，我为你命都肯不要的！唐姐挣了一挣，没有挣脱，脸白白地说，张书记你醉了！张书记说，小唐过些日子我带你到县里去工作。说着将唐姐拥入怀中，嘴巴拱了过来。唐姐被他酒味一熏，噢哇一声差点吐了出来。极力挣扎，说，张书记大天白日的，看有人来了。张书记却早云里雾里的，全然不顾了，只拥了唐姐往床上去。唐姐挣了一会儿，终不能脱身，便不再争。叹口气说，张书记你强要做就做吧，我只问你一句话。张书记急急说，小唐你放一千个心有我就有你，不但转户还让你到县里，我不算数王八蛋！唐姐说，我只问你现在是醉着还是醒着？若是你明明白白地喜欢我，也就罢了，若是借酒撒疯糟践人，我是宁死也不肯的。张书记就拉过唐姐的手打自己的脸，说，我这不是明明白白的吗！唐姐哀哀地说，若是我以前早肯做这种事，也就早轮不到你张书记了。但愿你不是糊糊涂涂的，也算我命好了。说罢眼角淌下泪来，大颗大颗的，珍珠般耀眼。张书记才要动手，唐姐又挡住了，要他拿过床头的一块白巾来，垫放到身下去。

事毕，张书记翻下床来，头脑倏然清醒，一丝醉意也没有了。见唐姐死去一般躺着一动不动，心中吃惊，凑上前去，见唐姐大睁双眼，满脸泪水。心中一时很惶惑，站在那里不知所措。唐姐也不说话，从身下抽出白巾来递给他。张书记看时，见上面斑斑点点的血迹，想到做事时唐姐痛楚不堪的情景，心头突然被一种作孽的感觉攫住，倏然一下子跪倒在床前。

天气奇热。这个夏天在平静中让人感觉到极不正常的燥热。知了忽然奇多，满世界一片疯狂聒噪。乡街上浇了柏油的马路，踏上去黏糊糊粘住脚跟。预报中的雨汛早已过时，却仍不见有一滴雨落下。干燥的空气使风也变得干热灼人。人们见面的话题一律是：这天，要死人！

张书记却格外地关心起防汛来。时不时冒着酷热跑到水坝上去看一看，指示这里该加固，那里该拓宽，真个是“晴空万里不忘抓防汛”了。主管护坝队的副乡长耐不住酷热，几次吞吞吐吐想要把护坝队放了假，张书记却坚决不允，狠批了一通那个副乡长。你就是晒死在坝上也得给我坚守到底！张书记说，不怕一万，就怕万一，万一出了险情，你负得起责任？副乡长就被张书记的“万一”吓住了，不敢再麻痹大意。

张书记又往县里跑了几趟。“副县长”的事仍没有确切消息，但听领导的口风似乎还好。张书记于忐忑中又有所安慰。

这一天，李旺财来找张书记。因为有过前次的“过节”，二人心照不宣，寒暄客套一回，李旺财掏出几条“红塔山”香烟，说张书记上次多亏你帮忙疏通，兄弟才平安无事。总说来拜谢张书记，只是穷忙脱不开身。今天正好有个空闲，就打扰了。张书记嘴里说着不客气，就很后悔上次收了他的钱。李旺财不仅是政协委员，还是县人大代表，有投票权。“副县长”的最后程序是要经过人大代表选举确认的，有时候一票之差也可能断送了锦绣前程，就很懊悔。有心想法补救一下，一时又想不出好办法来。李旺财拉一会儿家常，突然说，张书记，俺想再求你帮个忙。张书记眼睛一亮，问什么事。李旺财说，俺闺女英英今年初中毕业没考上高中，俺好容易花钱托人走通了关系，让她去读高中，她却死活不肯去，整天闷在家里听录音机。我怕她闷出病来，想请张书记在乡府里给她找个差事，工资多少没有关系，只要有个事干就行。张书记想也不想就说，让她下个月一日来报到吧。李旺财满口感激，张书记拍拍他的肩膀，说咱们弟兄，今后还要相互关照呀！

送走李旺财，张书记却有些犯难。让李旺财的女儿来做什么工作呢？去计生办，她年龄太小不合适，去妇联，也不合适。统计、民政、司法、土地、林业、农技，一个一个想过去，全都早已满员了。想来想去，便想起话务室。十六七岁的小姑娘，听听电话，放放广播，轻松自在，倒是挺合适呢。唐姐呢？一想到唐姐，张书记心里便有一种雪块溶化的感觉，很温暖、很滋润。自有了那个中午，张书记在这燥热的夏天里，便感觉到一种出奇的宁静。那种憋胀浮躁已不消自去，有一种快活愉悦充溢着张书记的身心，他又重新能够每天安宁地喝着清茶读报纸，极有兴趣地捕捉着每一个黑色的文字。张书记对唐姐甚至产生了一种感恩的心情。但当张书记冷静下来时，心头却有了一种忌讳，他不想为了唐姐惹上什么麻烦，不想让乡府大院里传出什么闲话。他要用一种表面上的疏远甚至冷酷来掩盖他和唐姐之间已产生的实质关系。张书记想了想，决定把唐姐调整到计生办去。计生工作难，天下第一难。一年四季下乡奔波，挨骂遭罪，何况唐姐还是个没结过婚的姑娘家，肯定不会同意去的。就让她来给我哭，给我闹吧，闹得越狠越好呢。张书记想着，笑了。

关于农转非指标的传言，在乡府大院里已是沸沸扬扬了。尽管这只是仅止于传言的空头指标，但激烈的竞争已在乡府大院明里暗中展开。经常有人在黑更半夜敲开张书记的门，大包小包地提进来。张书记不动声色地接待每一位来访者，对每一个人都说着同样的一句话：我会考虑你的情况的，等过了防汛吧。他把希望留给每一个人。其实张书记心里并没有认真考虑过这件事。他知道这种指标不知道要何年何月才能下来，而等过了防汛，九月份就要换届，那时他或许早就离开洪山乡了。

这天晚上，张书记禁不住又去了一趟话务室。一瞧见唐姐丰腴的身体，张书记心头便立刻泛涌起那种甘美酣畅的回味，很有点不能把持，握住唐姐的手，抚摸着滑嫩的手掌，温存地叫声：小唐！将她拥入怀中。唐姐没有平常那般春情洋溢，狐媚迷人，一双眼里满是哀戚。张书记贪婪地拥吻着唐姐，一股强烈的欲望在体内鼓涌。当他试图进一步动作时，唐姐坚决地阻挡了他。唐姐哀哀地瞧着他，说，张书记你答应我的事，不会不算数吧？张书记愣了一下，想笑笑，却没笑出来，说，小唐你把我看成个甚人啦！我这就想给你调个好工作呢。唐姐说，你调我干什么工作？张书记看着唐姐哀戚的面容，终不忍说出“计生办”三个字来。支吾一阵，说，我想让你给我当秘书，先安个文书的头衔怎么样？唐姐说，我哪儿也不去，我就在这话务室，我不稀罕当甚秘书、文书，我只想“农转非”。从枕下拿出那块白巾来，仔细看着上面斑斑点点的污渍，说，这白巾我留着，它是我人生的一个见证。眼里滴下泪来，扑簌簌滴在白巾上。又抬头瞧着张书记，一字一句地说：它也是你张书记欺负弱女的罪证！张书记便看见哀戚的大眼里倏忽迸射出一束冷光，心头便有一股凛然的寒气掠过，凭空打了个冷战，满身的欲望退潮般消去。唐姐说，我现在就要你给我一句准话。张书记心不在焉，含含糊糊地说，小唐你放心就是了么！

从唐姐那里出来回宿舍，远远就看见一个黑影立在门口，动一动，便发出“笃笃”的响声。张书记心惊，厉声喝问：谁！只见黑影动一动，又发出“笃笃”的响声。那黑影叫道，张书记俺等你好半天了！张书记慢慢走上前去，仔细辨认，才认出是小郑。张书记开门拉着电灯，小郑随后“笃笃”地跟进来。一进门便将双拐扔掉，扑倒在地，大声号啕起来。深更半夜，这男人的哭声凄厉惨然，让人惊心动魄。张书记又惊又怒，忙俯身扶他，小郑却不肯起来，哭诉道：张书记你可怜俺呀，老天爷没有眼呀，俺这废人还要种地呀，不转正俺后辈子咋活呀，俺可是工伤呀，公家不能坑人呀，张书记你行行善有指标给俺转了哇……门外已是人影晃动，全乡府大院都被这哭声惊动。张书记心头本就有无名之火，见小郑如此撒泼，便倏然变色，厉声道：小郑你再这样我让人把你抬出去！再哭一声我让你立刻滚出去！小郑的哭声便立停了。仍匍匐在地上，可怜兮兮地说，张书记俺的情况你都清楚，俺实在是过不下去了，你可怜可怜俺吧！张书记火爆爆地说，你闹个甚呀闹！你要是能哭转了正，我就让你在这儿哭上三天三夜！气咻咻的，又说，我儿子还是“农业户”呢，谁给我转呀！张书记的儿子小青是张书记的独生子，去年学校毕业后张书记安排到乡治安队当治安员去了，户口却还在农村。张书记的老婆是县里给科局级以上干部家属“农转非”那年转为城镇户口的，但小青的户口却一直没有机会解决。张书记经常说，干了几十年革命，最大的收获就是将老婆干成了“商品户”，将儿子干成了临时工。人人心里都清楚，如果真有两个“指标”，其中一个肯定是小青的了。这许多人争来争去的，其实只是在争这另外的一个“指标”。只是张书记突然冒出这么一句话来，小郑却噎住了，眼巴巴瞅着张书记说不出话。

这时老陈走了进来，用力把小郑架起来，责备说，小郑你这是干甚呀，不是让人看笑话吗？张书记严肃地说，小郑你的事组织上会考虑的，你这样子闹是严重错误的！党和政府是不怕闹的，组织上是不怕闹的！你这样闹造成了极坏的影响，回去给我写份检查送来！小郑便乖乖地拄了双拐，“笃笃”地出去了。老陈送小郑出去，门口围观的人也散去了。

张书记心里十分恼火。恶声恶气骂了几声，正想坐下来安静一会儿，见门口人影一闪，又一人走进来。看时却是老陈。心头忽有一股很烦的感觉，便闭了眼睛佯睡不理。老陈小心地叫声：张书记！见不应声，稍顿一下又叫：张书记！张书记睁开眼睛，说老陈呀，有事吗？老陈不说话，只看着张书记。过一会儿说，我刚才到处找你！张书记心头一紧，警觉起来，说，找我有什么事？老陈说，小青来了，找不见你，我把这大院都找遍了哩。小青住在派出所里，很少到乡府这边来。张书记虽然对这个独生儿子看得很宝贝，但一见面说不了几句话，便教训上了，因此小青很不喜欢他这个父亲。父子俩十天半月难得见上一面。张书记问小青来有什么事，老陈说，小青他娘捎信让你回去。张书记自从那次离家后，再没回去过。听到老婆要他回去，心里不高兴，说声"知道了"，便不再说话。停一会儿，老陈又说，张书记我把我老婆接来了。张书记不解地看一眼老陈。老陈说，张书记你没见过她那手指头，扭麻花似的不能看哩。家里的几亩地随它荒去，人要紧哩！又说，张书记你看我家咋办呀？没法过哩！又说，听说这次有两个指……张书记终于听出了老陈话中的意思，也明白了他那句"刚才到处找你"的弦外之音，他肯定去过了话务室。心头窝火却又虚怯，沉默一会儿，温和而体己地对老陈说，人家都说老陈你是我的心腹，是"二书记"，我有甚事还能瞒过你吗？只要真有了"指标"，我第一个考虑的还不是你吗？你先把老婆安置好了，这事我心里有数就是了。老陈说，张书记我真不知该怎样谢你呢！便起身退了出去。张书记心头的怒火再也按捺不住，顺手抄起桌上的茶杯朝地上掷去。茶杯爆裂的响声很大，"砰"的一声，把刚出屋门的老陈惊得嗖地跳了起来。

小姚很久时间没有进过话务室。站在门口踌躇良久，还是抬手敲了门。唐姐开门见是小姚，有些诧异，二人都显出窘状。小姚说，我来打个电话。唐姐脸上恢复自然，说请吧。小姚便径直走到电话机旁，抓住摇把呜噜噜摇了一气，接通了父亲单位的电话。他在电话里给父亲说，他星期天不回家了。父亲在电话里有些不悦，说，不是说定了的事吗，怎么又变卦了？小姚说，我这两天不舒服，精神不好，怕会砸了锅。还是过几天再说吧。父亲说，你让我怎样给人家交代？小姚说，你说我出差去了，不就得了！父亲不高兴地说，一个小乡干出的什么差！小姚不耐烦了，说，随你怎么给他们说就是！便挂了电话，站着呆一会儿，才要退出，却见唐姐正定了目光瞧他。那眼神幽怨凄然，令人怦然心动，便又站住。说，唐姐近来还好吧？唐姐说，小姚你好久不来了。小姚支吾说，这一段忙些琐事，总不得空闲。唐姐说，你现在有时间吗？小姚呆一呆，便在椅子上坐下来。坐下，二人却又无话。小姚不觉浑身淌汗，抖着褂子的襟摆，说，这天真热！唐姐也说，可不，要闷死人了。小姚说，这天气不正常，怕真要出事呢。唐姐幽幽地说，我倒希望天塌下来才好！削好一颗酥梨递过去，瞧着小姚说，你父亲要你回家去干什么？小姚说，我父亲要我星期天回家去和一个女子见面。唐姐问，那女子是哪里的？小姚说，是县委李副书记的女儿，在组织部工作。说是副书记的夫人看上了他，答应订亲后就把他调到县委办公室当秘书。唐姐脸上显出酸楚，说，那是好事么，你怎么不去？小姚便看着唐姐，说，你希望我去？唐姐凄然说，姐真心真意希望你幸福。小姚便低头不语。过一会儿说，我对她没有兴趣。二人便又沉默。

沉默一阵子，小姚便对唐姐说，我听说张书记要调整你的工作？唐姐淡漠地说，他爱调不调。小姚说，听说他要调你去计生办，那工作恐怕不适合你干。唐姐有些吃惊，问道，你听谁说的？小姚说，老陈前几天告诉我的。说是李旺财的女儿要来乡府上班。张书记让她接替你的工作。唐姐脸色便灰灰的。突然冷笑，说只要我不同意出这间话务室，谅他姓张的也不敢怎么样！小姚忧心忡忡地说，你不要同张书记搞僵了，你要“农转非”，全靠他呢。唐姐很紧地盯着小姚，冷峻地说，你希望我去同他好？小姚回看着唐姐，说，我真希望能帮你点什么。唐姐神色黯然，说，谢谢你了。我什么都不需要了。

二人又坐一会儿，小姚起身告辞。走到门口，忽然站住，回身看着唐姐不动。唐姐看着小姚，四目相对，默然无语。小姚突然一阵冲动，猛地拉住唐姐的手，说，唐姐我……喜欢你！唐姐一把甩开小姚，说，不要碰我！眼里扑簌簌淌下泪来，含泪悲声，说，我谢谢你的同情。只是我再也不需要你了，你走吧！

小姚慢慢退出屋子，见天黑得很重，云层厚厚地压下来，空气闷热闷热，闷得人透不过气来。

雨是午夜时分悄然下起来的。无风无雷也无闪电。这种哑巴雨的来势十分凶猛，乡街上露天贪凉的人们事先毫无觉察，突然就被一张密集的雨网缠裹住了。最初给人的感觉是，突然被置身于一道瀑布底下，雨柱的密集使人感到窒息。

唐姐不知道这天夜里下了雨。临睡前的这个夏夜，空气奇特的闷热，整个世界就如同捂在一只严实的蒸笼里，闷得不透一丝气。无边无际的热浪，在人们的头顶脚下翻来滚去。人们东转西游，到处躲避着热浪的袭击。唐姐在这奇特的闷热里，感到阵阵难禁的头痛。她在床上辗转很久，后来便陷入一张无头的梦网里挣扎。最初她梦到十七岁那个清晨，她满怀新奇和激动走进乡府大院，空气清新甜润，九月菊在初升的旭阳里含苞欲放，她脚步轻盈一跳一蹦。她梦到那个有点猴样的侯书记，还有那个牛乡长。侯书记笑嘻嘻的，一双红眼紧盯着她的胸，说小唐你想不想转正呀？牛乡长酒气熏天，一边伸手去拉她，一边拍胸膛，说小唐甭怕，你转正包在我身上。她吓得全身发抖，突然哎呀一声扑下身子，大叫心口疼。侯书记、牛乡长全都气咻咻拂袖而去。她梦到正和小姚在一起，小姚温文尔雅又热烈老到地爱抚着她，她身心快活两人极尽缠绵。小姚说唐姐我要娶你，她说晚了晚了一切都晚了，你早干什么去了！小姚说不晚不晚便突然哈哈大笑，却原来是张书记的化身。她心缩成一团，战战兢兢问，张书记你能帮我农转非吗？张书记却伸出毛茸茸的手掌狠劲在她胸脯上揉搓，她便禁不住咿咿呀呀地呻唤……

唐姐是被急骤的电话铃声惊醒的。动一动，觉出满身的虚汗，身下的凉席上湿漉漉一片。她看到屋里光线很暗，似乎是天刚放亮的时光。她想不透谁会这么早的来电话，心里有些不耐烦。听任它响了一会儿，潜意识里忽然就有发生了什么事情的感觉。忙起身去接电话，却连起三次都没有起得来，身子软绵绵，沉甸甸的。强撑着身子爬下床来抓起耳机，就听到话筒里传来焦急的呼叫：我是县政府，请赶快通报汛情！请赶快通报汛情！唐姐张了张嘴巴，答不出话来。她一时不明白发生了什么事。这时，她听到一种奇特的声音，这声音雄浑急骤，在整个天地间连结成一个浑然的音符和旋律，满世界都在响着同一个旋律：哗哇……她猛地拉开房门，便看到屋檐下如注的雨瀑。下雨了！她模模糊糊地想。下大雨了！

耳机里仍在呼叫。唐姐愣了愣，扔掉耳机，便一头扑入大雨之中。雨鞭很重地打她的头颈脊背，她感觉到沉甸甸的生疼。她一边在雨中奔跑，一边捶打一扇扇紧闭的房门。她喊叫着："下雨了！""下雨了！"但整个大院空无一人，空庙一般死寂。整个世界只剩下暴雨的喧啸。唐姐莫名地哆嗦起来，心脏一阵阵猛缩。天哪，特大暴雨终究来了！她惊恐地想着，瞅着如注的雨瀑发愣。愣了一会儿，猛然转身扑入雨中，朝龙谷水库跑去。乡街上洪流四溢。唐姐在洪流中踉跄奔跑，扑倒又爬起。

唐姐爬上堤坝，便看见张书记像一只水淋淋的水鸡在坝上跳来跳去。挥着手臂，跺脚，吼喊，坝里已是恶浪滔滔，山洪像千百只猛兽，疯狂地扑入水库，冲击着堤坝。泄洪道虽已事先进行疏通和拓宽，但水位却仍在直线上升。人们将一只只沙袋叠垒在堤坝上，用以阻挡不断上涨的水位。唐姐跌撞着走到张书记跟前，哆嗦着说，张、张书记，县里让通报汛情。张书记没有听见，嘶哑着声音一边吼喊，一边不住地跳脚。唐姐拉一把张书记，大声说，县里让通报汛情！张书记横她一眼，恶狠狠地说，通报个毬呀！转身抱起一块大石头朝垛口奔去。唐姐不由打个哆嗦，呆一会儿，也弯腰抱起一块石头，朝垛口跑去。大坝上乱哄哄到处是人，雨声涛声吵嚷声交织成一片。

老陈带着小姚等一干人负责泄洪道的疏通和清理。几个人手持长长的木杆子，站在泄洪道的两岸，将上游冲下来的死牛死羊、树木杂草等漂浮物用木杆子理顺，使它们能顺利通过泄洪道，不致造成堵塞。木杆不够用时，还要下到水里去。用绳子把人吊下去，在水里再用木杆子将障碍物撬开疏散。下水的人往往被冲得东倒西歪，洪流里裹挟的木头、石块等撞得身上头上到处伤痕累累。唐姐跑到泄洪道这边来，见老陈已不像老陈，脸上身上满是泥污，嘴唇肿得翻翘起来，样子很可怕，正舞着一支长木杆，指挥着几个人将一棵树干理顺。唐姐看见小姚头发粘在脸上，眼镜也不知到哪儿去了，脸颊肿起老大一块。嘴巴也一翘一翘，一副狼狈相，全没有平时的一丝斯文样子。看见唐姐，嘴巴一张一张，却没说出声。唐姐见了，心里便酸酸的。

到了中午，雨势更紧，洪水也愈发汹涌，堤坝上不时有地方出现塌方，轰隆轰隆的响声让人心惊。堤坝上开始出现混乱，由民兵、民警和治安队员组成的抢险队，东奔西忙，到处出现险情。水势正猛时，泄洪道却出现堵塞。上游漂浮下来的一株连根带梢的大柿树卡死在泄洪道里。大柿树的枝枝杈杈又阻塞了更多的漂浮物，大量的柴草灌木等堵塞了水道。老陈吆喝着几个年轻人用木杆不断地捅着、戳着，漂浮物却越积越多，坝内的水位迅猛上涨。众人乱作一团，急慌中想不出好办法。这时张书记跑了过来，隔远就吼喊，老陈你干毬甚呀你！老陈正盯着那棵柿树不动，转着脑子。张书记过来劈头又吼一句，老陈我日你妈干甚吃的！老陈脑子便乱了。说这、这树……张书记说，你这这个毬呀？下水砍断树干！说着从一个年轻人手里夺过绳子，便往腰里缠系。老陈看见，一把夺过，说，砍树太危险，你不能下！便将绳子往自己腰里缠系去。小姚看着，呆愣一会儿，就去抢老陈的绳子，说，陈秘书，我年轻我来下！老陈已将绳子系好，对着小姚一笑。说，你还没娶媳妇哩，好歹我儿女都有了！小姚看着老陈的笑，便呆住不动。老陈的笑透着凄然、无奈、无谓、无畏种种内涵，使小姚在后来的日子里再不能忘记老陈这一笑。岸上几人拉住绳子，将老陈放入水道里。老陈凫到树干的中段，先一根一根将树的枝杈砍断，然后再砍树干。树干很粗壮，老陈似乎已没有力气，歇了几次才将树干砍断四分之三的样子。才要歇息了再砍，忽听咔嚓一声裂响，洪水冲断了树干，树干便嗖地横扫过来，箭一般窜出。树的断面正撞在老陈的头部，只见老陈身子一翻，扑倒在水里。便有无数树木杂物，将他撞击裹挟而去，眨眼卷入水底。岸上的人们一见不好，一起使力拽拉安全绳，才硬将老陈从水底里拉上来。老陈已是满头满脸污泥血痕，早人事不省了。张书记趴在老陈身上，口里呼唤着老陈、老陈，用衣襟擦拭去老陈头脸上的泥污，却见老陈鼻子、耳朵里在淌血。张书记眼睛便发直，口里只是呼唤老陈、老陈。正在这时，就听轰隆隆一声巨响，毗邻泄洪道的堤坝突然决口。众人哄地发一声喊，便四散欲逃。张书记一个激灵，吼一声："谁也不许动！"跃身就朝决口处扑去。决口在洪水的冲击下，不断轰隆隆地扩大塌方，张书记站立的地方，堤坝也在晃动。张书记一步也不肯后退，朝着众人吼喊：扛沙袋！扛沙袋！滂沱大雨中，张书记挺立的身形显出铁塔般的威武。唐姐呆呆瞧着，便忽然觉得张书记很陌生，很陌生。张书记脚下的堤坝仍在嗯喇喇塌方。小青正在旁边，一见父亲危险，便跑过去拉他。张书记不肯退后，父子俩拉扯撕扭中，张书记红了眼睛，吼一声"快给我扛沙袋"，朝着小青当胸就是一拳。这一拳力道好重，小青哼一声松了手，身子一个趔趄，便跌翻在了决口里。只见洪水里小青黑发翻卷几转，人便没了踪影。众人一时惊呆，张书记自己也呆住。尔后，便疯魔般喊一声：小青——便欲朝洪水里跳扑。唐姐、小姚等人慌忙抢上前去拖拉，几个后生抱住张书记的腰，才把张书记拖过来。张书记一边拼力挣扎，一边疯魔一般呼喊着小青。唐姐使劲拉着张书记的臂膊，瞧着张书记疯魔般的样子，心里忽然一酸，眼泪哗地流淌下来，口里叫着张书记张书记，便带了哭音。这时又是轰隆隆一声响，决口再次塌方。张书记先前站立的地方早已不见踪影，众人好生后怕。正是这轰隆一响，方将张书记惊醒过来，他眼瞪着决口，猛然甩开人们的拖拉，喊一声"快填沙袋呀"，弯腰抱起一只沙袋就向决口冲去。小姚也不知从哪儿来的力量，喊一声都跟我来，"哼"的一声就将一只大沙袋抱起来。唐姐直觉喉头哽咽，也拼力去翻动沙袋……

撤下堤坝来，已是第三天的上午。雨过天晴，太阳清亮亮水洗过一般干净。数百人在堤坝上整整坚守了一天两夜，水库终于安全保住了。只是损失惨重。小青死了，老陈重伤，唐姐是被人从堤坝上抬下来的。她感冒后淋雨，高烧昏迷，被送进了医院。

这个夏天过去，张书记明显老了十岁。原先还不见灰色的头发，忽然间就涂满了霜雪。精气神都不如先前。依然每天读报，讲起话来却迟钝许多，常常发生张冠李戴的错误。老陈还在医院，小姚暂时接替他的工作。张书记常常把小姚喊在跟前，无缘无故却又无话可说。有时和小姚在一起，张书记会忽然叹气，说，绝了种呀，小姚！小姚嘴里说着劝慰的话语，眼睛却常流露出怜悯来。张书记却浑然不觉，只是叹气，发呆，说，绝了种呀，小姚！

老陈住进医院就再没能出来。他在昏迷了许多天后，醒过来成了个痴呆人。坐不起，站不住，只能软塌塌靠在轮椅里。眼睛斜了，嘴巴歪着，不断头地往外溢流涎水。偶尔会张开嘴巴"啊呵"喊一声，没有人能听懂他喊的是什么。医生说是头部小脑受伤出血引起的后遗症，已不能恢复。张书记带着乡干们去看望他，老陈痴呆的眼神毫无反应。嘴巴里流出的涎水湿了胸前一大片衣襟。张书记拉住老陈的手，口里叫着老陈呀，老陈呀，脸上便有两行老泪淌下。张书记对老陈说，老陈你放心呀，只要农转非指标下来，我一定给你老婆"农转非"。你放心呀，老陈！话音刚落，老陈喉咙里"啊呵"一声，眼珠似有活光闪了一闪。张书记惊喜不已，再瞧时，却仍如先前般痴呆。将手指放到眼前晃动，也无丝毫反应，便不由悲伤难禁，鼻子里酸酸的落下泪来。临走，给老陈留下许多营养补品，刚要出门，老陈喉咙里又"啊呵"一声叫，把满屋子人吓一大跳。

不久，县里召开防汛抗洪表彰大会。洪山乡是县里点名指定的"先进典型"，要乡里准备好典型材料大会发言。张书记却连会议都没有兴趣参加，只让小姚去代表。小姚领回来一面绣着"抗洪救灾先进单位"的锦旗，张书记看着那几个字许久，便卷起来塞到墙旮旯里去。小姚见了，重新捡出来挂起，说，这是小青和老陈用生命和鲜血换来的，应该珍惜它才是。张书记便阴沉了脸，说，小青和老陈的两条生命就值个这东西？小姚便噎住，答不上话来。

唐姐在医院住了半月。这期间，小姚回了一趟县城。父亲逼着他去和副书记的女儿会了面。不久，便订了婚。唐姐出院后知道了这事，心里也没有多少难过，只是又如先前那样，每天钻在话务室里不出来。

传言中的"农转非"指标一直没有下来，大院里也没有人再来找张书记。张书记心里总觉得很不安宁，总觉得似有许多对不住的人。又过几天，县里下来了红头文件，公布了新一届县级领导班子，却没有张书记。张书记原职不动，继续任命为洪山乡党委书记。张书记看着那份文件许久，随后丢进纸篓里。

小姚接到调令，调到县委办当秘书。小姚拿着调令，心里却乱纷纷的，在大院里走了许久，便走进了话务室。

唐姐没有洗头，也没有织毛线，正一人坐着发呆。见小姚进来，也不动。小姚说，唐姐我来给你道个别。明天我就要回县城了。唐姐毫无表情，仍在发呆。小姚说，以后到县城来，不要忘了来看看我。唐姐看着小姚，不说话，过一会儿，突然说，小姚我也给你道个别！小姚看着唐姐，不懂她的话。唐姐说，我明天就回村里去了。小姚很诧异，说，回村做什么？唐姐说，我已决定辞职，离开这里了。小姚一时愣住，随后显出着急的样子，说，唐姐你千万别意气用事，回村去你一辈子的前途就完了。你已经熬了这么多年……唐姐低垂了眼睑，说，我熬够了，也厌倦了。长长的睫毛上便挂了晶莹的泪珠。又抬头一笑，做一副失去重负的轻松，说，世上活人的路子很多，我会活得很好的。小姚便不认识似的看着唐姐。过一会儿，小姚问唐姐，有没有给张书记说过辞职的事，唐姐说还没有。小姚就说，那咱们一块儿去和张书记道个别吧。二人就一同去了张书记的办公室。走着，小姚就说，张书记好可怜的。唐姐也说，好可怜的。小姚又说，其实张书记也是个好人，唐姐便没有说话。

张书记也没有读报纸，只坐在桌前发呆。唐姐和小姚说明来意，张书记早知道小姚调走的事，却对唐姐的辞职感到意外。看着唐姐，心想必是因为自己的缘故，心头便生出许多愧疚，当着小姚的面说，小唐，你还在恨我？你真的把我这书记看得很坏？唐姐便也看着张书记，不说话，目光却显得极为复杂。张书记低下头，面颊显出痛苦的抽搐。尔后抬头，极为真诚地看着唐姐，说，小唐你若能信得过我，就再等一段时间。等真有了指标，我豁出去这个书记不干，也要把你和老陈家属的户口转出来！唐姐摇摇头，有些感动地说，谢谢你张书记，我一切都不需要了，我只想回家。张书记便闭了眼不再说话。沉默一阵，凄然说，既然留不住你们，我就给你们饯行吧。

三人来到醉仙楼，张书记要了满满一桌菜，先给小姚倒杯酒，说，小姚你在乡里呆的时间不长，对我或许还不真正了解。不管我这书记当得是好是坏，喝了这杯酒，咱们今后就是朋友了。小姚举起杯，真诚地说，我只当了半年多的乡干，但我这一辈子都不会忘记我这一把子乡干朋友。洪山乡的这段生活在我心里永远不会忘记。张书记脸上便显出感动，说谢谢小姚兄弟！又给唐姐倒一杯酒，说，小唐我有很多对不住你的事，我无法祈求你的原谅。只请你喝了这杯酒，我就很感谢了！唐姐接了酒杯，仍是目光极复杂地看着张书记，说，今后的日子还很长，你多保重呀！三人一同喝了。唐姐便觉有火辣辣的滋味窜上心头，再几杯过去，已不胜酒力。回想十七岁来乡里二十八岁却又返回去，十年来的苦苦辣辣，心头酸楚，眼泪便哗地淌流下来。一时不能自禁，趴在桌上大放悲声。张书记闷头喝酒，数杯下肚，眼睛也已红了，见唐姐放开悲声，忽然也触动心事，也趴在桌上又哭又骂。哭自己命苦，哭自己断子绝孙，哭自己这时运不济的乡干生涯，又骂自己是畜生，是混账，骂自己活该绝种，活该断子绝孙断香火。小姚呆愣在一边，看着张书记和唐姐二人醉闹，心里就觉得沉甸甸难受，长长叹出一口气。

第二天一早，小姚坐车回县城，唐姐带着行李回了村里。张书记没有来送行，也没有其他人送行。大院里的人们还在睡觉。临别前，小姚握住唐姐的手，说，唐姐，你要保重！唐姐粲然一笑，笑得十分轻松。说，我会活得更好。小姚车子开走的时候，看见唐姐仍在那里，拎着个小小的行李卷，孤零零的。

（原载《山西文学》1993年第11、12期合刊）

谭文峰

1959年出生于山西垣曲县的一个农民家庭。1997年加入中国作家协会。现任山西垣曲县文联副主席，运城市作家协会副主席。

1980年开始发表文学作品。著有中短篇小说集《乡殇》《走过乡村》等。

马桥人物(两篇)

韩少功

烂杆子

“烂杆子”的意义很模糊,大体上是指最没有用的男人。如果对这个词还想有更多的了解,就不能不提到马鸣。

马桥下村的人多住茅屋,穷杆子多,但叫作烂杆子的只有“四大金刚”,马鸣只是其中之一,他的三个同道马世光、胡二、尹道师先后谢世,只剩下他还住在“神仙府”(又被人们戏称“敬老院”),一栋无主的青砖瓦屋,一洞尘封的黑暗。我到神仙府去过一次,是受干部的派遣用油漆刷写毛主席语录牌,不能漏下这一个角落。我去的时候马鸣不在家,咳了几声未见回音,只好怯怯地被几级残破的石阶诱入门洞,陷入一团漆黑,有灭顶者的恐惧。幸好,侧身探进右厢以后,屋角缺了几片瓦,漏下一柱光线,让我的双目绝处逢生最终有所依附。我慢慢才看清,这里有一片砖墙不知为什么向外隆胀,形如佛肚。这里的木板壁全是虫眼,遍地是草须和喳喳作响的碎瓦渣。靠墙有一口大棺木,也用草须覆盖,还加上一块破塑料布。我看见了主人的床,是墙角草窝中一块破席,上面有一堆黑如烟尘的棉絮,大概是暖脚的那一头,用一根草绳紧紧地捆成一束,显示出主人御寒的机智。草窝的旁边,有两节旧电池,有一个酒瓶和几个彩色的纸烟盒,算是神仙府对门外世界的零星捕获。

我的鼻尖碰到了一团硬硬的酸臭,偏过去一点,又没有了。偏过来一点,又有了。我不能不觉得,臭味在这里已经不是气体,而是无形的固体,久久地堆积,已凝结定型,甚至有了沉沉的重量。这里的主人肯定蹑手蹑脚,是从来不去搅动这一堆堆酸臭的。

我也小心避开酸臭,找到一个鼻子较为轻松的地方,做了一块语录牌:即"忙时吃干,闲时吃稀,平时半干半稀"一句,希望对这里的主人有所教育。

我听得身后有人感叹:"时乱必乱时矣。"

我身后有一个人,走路没有脚步声,不知何时冒了出来。他瘦得太阳穴深陷,过早地戴起了棉帽,套上了棉袄,笼着袖子冲着我微笑,想必就是主人了。他的帽檐如这里的其他男人们一样,总是旋歪了一个很大的角度。问起来,他点点头,说正是马鸣。

我问他刚才说什么。

他再次微笑,说这简笔字好没道理,汉字六书,形声法最为通适。繁体的时字,意符为"日",音符为"寺",意日而音寺,好端端的改什么?改成一个"寸"旁,读之无所依循,视之不堪入目,完全乱了汉字的肌理,实为逆乱之举,时既已乱,乱时便不远了。

文绉绉的一番话让我吓了一跳,也在我的知识范围之外。我赶忙岔开话题,问他刚才到哪里去了。

他说钓鱼。"鱼呢?"我见他两手空空。

"你也钓鱼么?你不可不知,钓翁之意不在鱼,在乎道。大鱼小鱼,有鱼无鱼,钓之各有其道,各有其乐,是不计较结果的。只有悍夫刁妇才利欲熏心,下毒藤,放炸药,网打棒杀,实在是乌烟瘴气,恶俗不可容忍,不可容忍!"他说到这里,竟激动地红了脸,咳了起来。

"你吃了饭没有?"

他捂着嘴摇了摇头。

我很怕他下一句就找我借粮,没等他咳完就抢占话头,"还是钓了鱼好。好煮鱼吃。"

"鱼有什么好吃?"他轻蔑地哼了一声,"食粪之类,浊!"

"那你……吃肉?"

"唉,猪最蠢,猪肉伤才思。牛最笨,牛肉折灵机。羊呢,最怯懦,羊肉易损胆魄。都不是什么好东西。"

这种说法真是我闻所未闻。

他看出我的疑惑，干干地笑了，“天地之大，还怕没什么可吃？你看看，蝴蝶有美色，蝉蛾有清声，螳螂有飞墙之功，蚂蟥有分身之法，凡此百虫，采天地精华，集古今灵气，是最为难得的佳肴。佳肴，啧啧啧……”他滋味无穷地咂嘴咂舌，突然想起什么，转身去他的窝边取来一个瓦钵，向我展示里面一条条黑色的东西。“你尝尝，这是我留着的酱腌金龙，可惜就这一点点了，味道实在是鲜。”我一看，金龙原来就是蚯蚓，差点翻动了我的五腑六脏。

“你尝呵，尝呵。”他热情地咧开大嘴，里面亮出一颗金牙。一口黄酱色的馊气扑面而来。

我赶快夺路而逃。

以后我很长一段时间没有看见他，几乎没有机会碰到他。他是从不出门做功夫的，他们四大金刚几十年来是从不粘锄头扁担一类俗物的。据说不论哪一级的干部去劝说，去训骂，甚至去用绳索捆绑，统统无济于事。如果威胁要送他们去坐班房，他们就表示求之不得，到了班房里还省得自己做饭吃。其实他们已经很少做饭了，对班房的向往，不过是他们图谋把懒推到一种绝对、纯粹、极致的境界。

他们并无伙食，也从无饮食的定时，谁饿了，就不见了，回来时抹着嘴，可能已吃了什么野果野虫，或者已在人家的地上偷了一个萝卜或者包谷，生生地嚼下肚而已。若是烧上一把火煨熟来吃，已经算是辛苦万分劳累不堪的俗举，要被其他的金刚耻笑。他们一无所有，对神仙府的产权当然也是糊糊涂涂。但他们又无所不有，用马鸣的话来说，“山水无常属，闲者是主人”，他们整日逍遥快活，下棋、哼戏、观风景、登高远望，胸纳山川，腹吞今古，有遗世而独立羽化而登仙的飘逸之姿。在地里做工夫的人当初看见他们“站山”，免不了笑。他们不以为然，反过来笑村里的人终日碌碌，吃是为了做，做是为了吃，老子为儿子做，儿子为孙子做，一辈子苦若牛马，岂不可怜。纵然积得万贯家财，但一个人身穿不过五尺，口入不过三餐，怎比得上他们邀日月为友，居天地为宅，尽赏美景畅享良辰大福大贵！

到后来，人们再看见他们白日里这里站一站，那里瞅一瞅，也就见多不怪，不去管它。

四大金刚中的尹道师，有时候还去远乡做点道场。胡二则去过县城讨饭，一去就个把月不回村。县里发下话来，说马桥的人进城讨饭影响太坏，村里应该严加管束，实在有困难的就应该扶助救济，搞社会主义不能饿死人。村长无法，只好叫会计马复查从仓里出了一箩谷，给神仙府送去。

马鸣是很硬气的人，瞪大眼睛说：“非也，人民群众血汗，你们拿来送人情，岂有此理!”

他反倒有了道理。

复查只好把一箩谷又扛了回来。

马鸣不吃嗟来之食,甚至不用他人的水。他没有为村里的井打过石头,挑过泥巴,就决不去井边汲水。他总是提着他的木桶,去两三里路以下的溪边,常常累得额上青筋突暴,大口喘气,一桶水压得全身几根骨头胡乱扭成一把,走几步就要歇三步,鼻子不是鼻子,嘴不是嘴地哎哎哟哟。有人见此情形有点同情,说全村人的井,就少了你的一口水?他咬紧牙恨恨地说:“多劳多得,少劳少得。”

或者标榜他的讲究:“溪里的水甜。”

有人敬过他一碗姜盐芝麻茶,定要他喝下去。他喝后还没走出十步,就哇哇哇地呕吐起来,吐得悬涎悠悠两眼翻白。他说不是他不领情,实在是他的肠胃沾不得这等俗食了,这井里的水一股鸭屎味,如何入得了口?当然,他也不是完全没有受过他人之惠,比方他身上那件无论冬夏都裹着的棉袄,就是村里给他的救济。他开始坚辞不受,直到老村长改了口,说这不是救济,算是请他给村里帮个忙,不要再穿得破破烂烂到外面去坏了马桥的脸面,他这才成人之美,助人为乐,勉勉强强把新袄子收了下来。而且以后每提起这件事,就像吃了天大的亏,说不看他老村长上了年纪,他是断断不给这个面子的——这袄子烧骨头,无病也会穿出病来。

他确实不怕冷,时常在外面露宿,走到什么地方不想走了,一个哈欠,和衣倒下盘成一个饼,有时盘在檐下,有时盘在井边,也没见他盘出什么病来。用他的话来说,睡在屋外上可以通天气,下可以接地气,子时纳阴中之阳,午时采阳中之阴,是最补身子的。他又说人生就是一梦,人生最要紧的就是梦。睡在蚁穴边可做帝王梦,睡在花丛里可做风流梦,睡在流沙前可做黄金梦,睡在坟墓上可做鬼神梦。他一辈子什么都可少得,就是梦少不得。他一辈子什么都可以不讲究,就是睡的地方不可不讲究。他最可怜世人只活了个醒,没有活个觉,觉醒觉醒么,觉还在前。不会做梦的人等于只活了一半,实在是冤天枉地。

他的这些话,都被人们当作疯话,当作笑话。这使他与村人的敌意日益加深,在公众面前更多地出现沉默和怒目。

确切地说,他是一个与公众没有关系的人,与马桥的法律、道德以及各种政治变化都没有任何关系的人。土改、清匪反霸、互助组、合作社、人民公社、社教四清、文化革命,这一切都对他无效,都不是他的历史,都只是他远远观赏的某种把戏,不能影响他丝毫。办食堂的那一年,有一个外来的干部居然不谙事,把他一绳子捆到工地去劳改,结果无论如何棒打鞭抽,他还是翻着白眼,宁死不劳,宁死不立——硬是赖在泥浆里打滚不站起来。而且既然来了就不那么容易回去,他口口声声要死在那个干部面前,干部不论走到哪里他就爬到哪里,最后还是被别人抬回神仙府去。他不打算做人,就比任何权威更强大。他轻易挫败了社会对他的最后一次侵扰,从此更加成为了马桥的一个无,一块空白,一片飘飘忽忽的影子。以至后来的成分复查、口粮分配、生育计划乃至人口统计——我协助村里做过这样一些工作——谁也没有想起还有一个马鸣,不觉得应该考虑到他。

全国的人口统计里,肯定不包括他。

全世界的人口统计里,肯定不包括他。

显然,他已经不成其为人。

如果他不是人,那么他是什么呢?社会是人的大写,他拒绝了社会,也就被社会取消了人的资格——他终于做到了这一点,因为在我的猜想中,他从来就想成仙。

我略感惊讶的是,在马桥以及附近一带,像马鸣这样自愿退出了人境的活物还不少。在马桥就有过四大金刚,据说远近的大多数村寨也各有这样的杆子,只是不大为外人所知。如果不是外人偶然地发现,好奇地打听,人们是不会谈到这些活物,也差不多忘了这么回事。他们是这个世界里已经坍缩和消失了的另外一个世界。

复查说过,他们根本不“醒”,父母大多数也并不贫寒,而且聪明得不和气。他们小的时候不过是调皮一点,不好生读书,算是最初的迹象。比如马鸣,他从不做作业,做对联倒是出口成章。其中有一副是“看国旗五心不定,扭秧歌进退两难”。反动虽反动。对仗倒是天衣无缝。是不是?批斗他的时候,谁都赞叹这个娃崽的文才了得。这样的人一旦失其怙恃就烂起来了,不晓得是中了什么魔。

乞丐富农

农村里划阶级成分有地主、富农、中农、下中农、贫农等等,从没有听说过“乞丐富农”。我听党支部书记本义说他婆娘铁香的家庭成分是这个词时,不免有些奇怪。

后来才知道自己错了。

铁香的父亲,确实只有定这个成分才最合适最准确——虽然上面发下的文件上没有这一说。他是人所共知的乞丐,但一直吃香喝辣,比好多地主的日子还过得好。但他没有一寸田土,不能划为地主。也没有铺子,算不上资本家。最后勉强把他定为“富农”,是不得已的变通。历次复查成分的工作组觉得这个成分不伦不类,但只能马虎带过。

这个人叫戴世清,原住长乐街。那里地处水陆要冲,历来是谷米、竹木、茶油、桐油、药材的集散地。当然也就历来人气旺盛，青楼烟馆当铺酒肆之类错综勾结，连阴沟里流出来的水都油气重，吃惯了包谷粥的乡下人，远远地只要吸一口过街的风，都有点腻心。长乐街从此又有了“小南京”的别号，成为附近乡民们向外人的夸耀。人们提两皮烟叶，或者破几圈细篾，也跑上几十里上一趟街，说是做生意，其实完全没有什么商业意义，只是为了看个热闹，或者听人家斗歌、说书。不知从何时起，街上有了日渐增多的乞丐，人瘦毛长，脸小眼大，穿着各色不合脚的鞋子，给街市增添了一道道对锅灶有强大吞吸力的目光。

戴是从平江来的，成了这些叫化子的头。叫化子分等级，有一袋、三袋、五袋、七袋、九袋。他是九袋，属最高级别，就有了“九爷”的尊称，镇上无人不晓。他的讨米棍上总是挂着个鸟笼，里面一只八哥总是叫着“九爷到九爷到”。八哥叫到哪一家门前，他不用敲门，也不用说话，没有哪一家不笑脸相迎的。对付一般的叫化子，人们给一勺米就够了。对九爷，人们必须给足一筒，有时还贿以重礼，往他衣袋里塞钱，或者塞腊鸡肝——他最爱吃的东西。

有一次，一个新来的盐商不懂此地的规矩，只打发他一个铜钱。他气得把铜钱叮当一声甩在地上。

盐商没碰到过这种场面，差点跌了眼镜。

“岂有此理！”他怒目。

“你你你还嫌少？”

“我九爷也走过九州四十八县，没见过你这样无皮无血的主！”

“怪了，是你讨饭还是我讨饭？你要就要，不要就赶快走，莫耽误了我的生意。”

“你以为是我要讨饭么？是我要讨饭么？”九爷瞪大眼，觉得应该好好地教育这个娃崽一番才对，“天有不测之风云，人有旦夕之祸福。流年不利，国难当前，北旱南涝，朝野同忧。我戴世清虽一介匹夫，也懂得忠孝为立身之本，先国而后家，先家而后己。我戴某向政府伸手行不行？不行。向父母兄弟三亲六戚伸手行不行？也不行！我一双赤脚走四方，天行健君子自强不息，不抢不偷，不骗不诈，自重自尊，自救自助，岂容你这样的势利奸小来狗眼看人低！有了两个臭钱就为富不仁的家伙我见得多了……”

盐商没听过这么多道理，被他横飞唾沫刷得一退一退的，只好举手告饶，“好好好，说不过你，我还要做生意，你走吧走吧。走呵。”

“走？今天非同你理论个明白不可！你给我说清楚，是我要讨饭么？我今天是来找你讨饭么？”

盐商苦着一张脸，多掏出了几枚铜板，往他怀里塞，有一种败局已定的绝望，“是的是的，今天不是你要讨饭，你也没找我讨饭。”

九爷不接钱，气呼呼地一屁股在门槛上坐下来。“臭钱，臭钱，我今天只要讨个公道！你要是说在理上,我的钱都给你!”

他掏出了比盐商还多得多的铜板,闪闪发亮,引得很多小把戏围上来观看。

后来,要不是他突然产生上茅房的需要,盐商完全没有办法让他离开门槛。他返回时,盐铺已经紧紧关门了。他操着棍子使劲打门,打不开,里面有男声女声骂出来,嘴臭得很。

几天之后,盐铺正式开张,做了几桌酒肉宴请镇上的要人和街坊,鞭炮刚响过,突然来了一群破破烂烂的叫化子,黑压压的发出莫名的酸臊味,围着盐铺喊喊叫叫。给了他们馒头,他们说是馊的,一个个甩回来。给他们一桶饭,他们又说饭里面有沙子,把饭吐得满地满街。路人没法下脚,来吃酒席的客人也连连招架溅上鼻子或额头的饭粒。最后,四个叫化子敲一面破鼓,窜到席间要唱花鼓贺喜,但身上全抹着猪粪狗粪,吓得客人一个个捂住鼻子四散而逃。他们便乘机朝桌上的佳肴一一吐口水。

客人跑了一大半,盐商这才知道九爷的厉害,才知道自己闯了大祸。他托街坊去向九爷求情,九爷在河码头边一棵大树下睡觉,根本不理睬。盐商无奈,只好备了两个腊猪头,两坛老酒,亲自去谢罪,还通过街坊拿钱买通了一个七袋,也就是级别仅次于九爷的丐头,从旁撮合。戴这才微微睁开眼皮,恨恨地说天气好热。盐商赶快上前给他打扇。

戴一个哈欠喷出来,挥挥手,说我晓得。

他意思很含糊,但盐商讨得这句话已经不易,回到家,竟然发现叫化子们已经散去。只剩下四个自称是五袋的小丐头,围一桌酒肉海吃,也算是留有余地。盐商笑着说吃吧吃吧,亲自为他们斟酒。

流丐进退有序令行禁止,戴做到这一点当然也不是一件容易的事。据说原来的九袋是一个江西跛子,勇武过人,一根铁拐棍在丐帮里无可匹敌。但此人心黑,收取的袋金太重,划定丐田的时候好田尽归他侄儿,也就是说,油水足的地段从不公平分派。当时位居七袋的戴忍无可忍,终于在一个黑夜,率领两个弟兄将其乱砖砸死。他当了九袋之后主事比前朝公道,重划丐田,肥瘦搭配,定期轮换,让每个人都不吃亏,都有机会到大户“涮碗”。他还规定帮内人凡有病痛,不能下田的时候,可以吃公田,到他那里支取一定袋金,这更使帮内人无不感激。

九爷不仅有丐德,还有丐才。河边有一个五莲禅寺,有一颗从普陀山请回的舍利,香火很旺,几个和尚眼看越长越肥了。但从来没有人去那里讨回过一碗米,怕得罪菩萨,也不敢去那里强取。戴九爷不信邪,偏要涮涮这只“碗”。他独身前往,求见住持法师,说是疑心寺内所藏舍利的真假,想亲眼看一看。和尚没有提防,小心翼翼从玻璃瓶里取出舍利,放到他手中。他二话不说,一口就把那颗舍利吞下肚去,气得对方浑身发抖,揪住他的胸襟就打。

“一到你们这里就特别饿，不吃不行的。”他说。

“打死你这个泼皮!”和尚们急着操棍棒。

“你们打，你们打，闹得满街的人都来看，看你们几个丢了舍利子是不是?”他及时威胁。

和尚们果然不敢真下手，只是团团围住他，欲哭无泪。

“这样吧，你们给我三十块光洋，我就还舍利子。”

“你怎么还?”

“那你们就不要管了。”

对方不大相信他的话，但也没有别的办法，急忙忙取来光洋给他。戴一清点，笑纳于怀，然后取出随身带着的巴豆——一种大泻药。

他吃下巴豆，片刻之后鼓着眼睛在佛堂后面泻了一大摊，臭气冲天。法师和几个手下人总算找到舍利，用清水洗干净，谢天谢天地重新置于玻璃瓶。

这以后，他乞无不胜讨无不克，名气越来越大，势力也扩展到罗水那边的平江县一带。连武汉大码头上九袋一类的同行也远道来拜访过他，口口声声尊他为师。他烧一块龟壳，就能卜出什么时候行丐最好，去什么方向行丐最有利，别的人照他说的去做，没有不发的。街上人办红白喜事，席上总要给他留出上宾的位子。不见他来，就担心一餐饭吃不安稳，担心叫化子们前来吵棚。一位当过县长的朱先生，外号“朱疤子”，还曾经赠给他楹联匾额，黑底金字，花梨木的质地重得要好几个人来抬。

两联是:“万户各炎凉流云眼底;一钵齐贵贱浩宇胸中”。

横匾是:“明心清世”——暗嵌了九爷的名字在其中。

九爷有了县长送的匾，还在长乐街买了一处四厢三进的青砖豪宅，还放贷收息，娶了四房老婆。他当然不用天天去讨饭了，只是每个月的初一和十五才亲躬，在街上走一轮，算是身体力行与手下打成一片。他这样做似乎有点多余，但知情人知道，他不讨还不行，据说十天半月不讨一讨饭，就脚肿，而且只要有三五天不打赤脚，脚上还发出一种红斑，痒得他日夜抓搔，皮破血流。

他最重视大年三十讨饭。在每年的这一天，他拒绝一切宴请，也不准家里生火，强令四个老婆都脱下绫罗丝绵，一律穿上破破烂烂的衣衫，每人一个袋子或一个碗，分头出去讨。讨回来什么就只能吃什么。铁香还只有三岁的时候，也在他打骂之下，哭哭泣泣地随他出门，在刺骨的风雪里学讨饭。

他说，娃崽不懂得苦中苦，以后还想成人?

他又说，世人只知山珍海味，不晓得讨来的东西最有味，可惜，实在可惜。

他后来划成分被定为“乞丐富农”，是因为他既有雇工剥削(剥削七袋以下的叫化子)，又是货真价实的乞丐(哪怕在年三十的晚上)，只好这样不伦不类算了。

他一方面拥有青砖豪宅四个老婆，另一方面还是经常穿破衫打赤脚——人们得承认这个事实。

他对此很不服气。他说共产党过河拆桥，刚来时还把他当过依靠力量。那时候清匪反霸，一些散匪四处逃躲。戴世清配合工作队，派出叫化子当眼线，留意街上来往的可疑人面，还到一家家去“数碗”，也就是借口讨饭其实暗中注意各家洗碗之多少，从而判断这一家是否增加了食客，是否暗藏着可疑人员。不过这当然只是一个短暂的时期。戴完全没有料到，革命最终也革叫化子的命，竟把他当作长乐街的一霸，一索子捆起来，押往四乡游斗。

他最终病死在牢中。据与他同过监房的人说，他临死前说：“大丈夫就是这样，行时的时候，千人推我也推不倒；背运的时候，万人抬我也抬不起来。”

说这话的时候，他已经站不起来了。

他的病从两脚开始——先是肿大，鞋子袜子都穿不进去了，剪开了边也还是套不住，脚腕的曲线都没有了，两脚粗圆得如两袋米。然后，红斑照例出现，个把月后红斑又变成紫斑。再过一个月，又成了黑斑。他抓挠得脚上已经见不到一块好皮，前前后后都是血痂。监房里彻夜都听到他的喊叫。他也被送到医院里去诊过，但医生打的盘尼西林，一点也不起作用。他跪在牢门前把铁门摇得咣当响，哀求看守的人：

“你们杀了我！快点拿刀来杀了我！”

“我们不杀你，要改造你。”

“不杀就让我去讨饭。”

“到了街上好跑是不是？”

“我喊你做菩萨，喊你做爷老子，快点让我去讨饭。你看这双脚要烂完了哇……”

看守冷笑：“你不要到我面前来搅。”

“不是搅。你们要是不放心我，拿枪在后面押着也行。”

“去去去，下午搬窑砖。”看守不想再啰唆了。

“不行不行，我搬不得砖。”

“不搬也要搬，这叫劳动改造，你还想讨饭？还想不劳而获好逸恶劳？新社会了，就是要整治你这号人的骨头！”

看守最终没有同意他去讨饭。几天之后的一天早上，犯人们吃早饭的时候，发现戴还缩在被子里。有人去拍醒他，发现他已经硬了。他一只眼张着一只眼闭着，枕边的窝草里飞出四五只吸血的蚊子。

（原载《湖南文学》1995年第6期）

韩少功

1953 年出生于湖南省长沙市。1982 年大学毕业，在湖南省总工会工作。先后任《主人翁》杂志编辑、副总编。1985 年在武汉大学英文系进修，后到湖南省作家协会从事专业创作。1979 年加入中国作家协会。1988 年调海南省文联任《海南纪实》杂志主编。现为海南省作家协会主席，《天涯》杂志社长，海南大学兼职教授。

1974 年开始文学写作。有中短篇小说集《月兰》《飞过蓝天》《诱惑》《空城》《谋杀》，长篇小说《马桥词典》《暗示》，散文集《山南水北》，评论集《面对空洞而神秘的世界》及《韩少功文集》(10 卷)等。小说《西望茅草地》《飞过蓝天》分别获 1980 年和 1981 年全国优秀短篇小说奖，散文集《山南水北》获第四届鲁迅文学奖。

椿谷谷

田中禾

那时候椿花还没有开，他在池塘边栽的柳树刚披下鲜嫩的枝条，远望像一团绿云。

那时候风轻日暖，不像现在炎热。池塘被鸭子搅出纷乱的涟漪，日子倦怠慵长，大白天耕牛闲在场院里，摇着颈下铃铛，咀嚼满嘴洁白的泡沫。

她是怎样走到我面前的，当时我没留意。我同现在一样，独独坐着，望塘那边庄稼地，望远处的公路，望公路上时不时溜过的汽车。只是不像现在这样光着上身。那时候还需穿夹袄。我没有夹袄，披着破棉袄，两臂松松放在腿边，不像现在这样无情无趣，那时候我这样坐惯了。碾盘冰凉，屁股冷冷的。

“九叔。”头一次同我说话，她声音有些畏怯，“我想……”

我诧异地扭头看她。村上年轻媳妇是很少同我说话的。

“桶掉下去了。”她说。最初，眼睛里闪出一丝羞涩，接着便大大方方望着他，“这什么链钩啊，咋也挂不好，一松手……”

他就呵呵笑着，摆出长辈的宽厚，站起身，找一支铁耙来，系上绳子，三脚两手，桶就从井底捞上来。“看！”我哗啦啦摆弄着辘轴上的链条，“这叫……”我忽然打住了，因为这种连环我们叫它“狗连蛋”，我改口说，“叫连环……套。拉着这个，把它穿进去，就脱不了啦。”

我本想帮她把水挑回去，可是，我只把水绞起，放到井沿上，问：“行吗？”

“行！行！”她应着，把肩上钩担悠悠晃着，弯下腰，露出白嫩的后颈，剪发在眼前跳一下，我闻见一股清香，耳朵里轰了一下，就连忙背过身，走回碾盘那儿去。

他望着她的背影，摇摆的腰肢，桶里溅出的水，一双墨绿色布鞋，后跟稍微高出一些，在眼前起落。

那时候这一切对于他没有什么特殊意思，除了一霎间他觉得大地向下沉了一下，一切都很正常。过后也全忘了。每天看见这个侄媳妇从门前土路上走过，匆匆的，同村里别的女人没有什么两样。下地时候抗着篮子，回来捎着草或挟着红薯秧；也许早晨，也许黄昏，在井台上打水，熟练地穿铁环，再没有掉过桶；同姑娘媳妇们熟稔以后，有说有笑，连最初那种局促感也消失了，她也就完全溶进小村的女人群里，走入与他隔膜的另一个世界。

那时候还没有分家，我喂着两头牛，一头是自家的，一头是后院的。老二刚添过一个孩子，老三才定亲，到了忙季，他们都需去给岳家帮忙，十几亩地，全靠妈和我伺弄。那时候他干得挺有劲，不觉得苦累，也谈不上有什么不公道，倒是觉得只有忙起来才能让人知道他的价值。在晨昏里，星光还没有隐去，他就在沉沉的田野上吆牲口，“打——”“吠——”他觉得这声音很响亮，很动听，在静静的黎明显得悠远而谐和。他觉得得意。赤脚踩在松软的湿土里，凉凉的，想唱点什么，可惜什么也不会唱，就只会闲暇时坐在碾盘上向远处呆望，同现在一样。

他是什么时候突然注意到生活的不公平呢？

我记得铺上褥子那个晚上，怎么也睡不着觉，好像躺在烧热的鏊子上。我害怕出汗把褥子弄脏，偏偏就真出汗了。愈翻腾愈燥热，汗水先在脚脖里，接着在背上、胸上黏渍渍地浸出来。我不得不把被子掀开，露出胸脯和腿。

窗外风声吼着，雪从一个亮闪闪的圆洞里向里扑。那是为了出牛粪，在板打墙上掏出的窟窿。他爬起来，给牛拌一伙草，泼上一瓢水。墨水瓶做的煤油灯在墙上忽闪忽闪跳，冒出浓黑的烟。他头一次打量自己的床，烂草苫铺在半人高的麦草上，一领缺边少沿的苇席，一个棉花包似的肮脏的被子，同刚铺上的干干净净的褥子简直无法相比。这褥子让他闻到肥皂的气味，闻到女人的气息。活到三十七岁，他是第一次铺褥子睡觉。我用拌槽棍支着身子，久久俯在床前，鼻子扎在褥子上，拼命嗅着那上边的气味。好一阵，我转过身，拍着牛，抚摸牛光滑的脖子，用脸同它摩擦。我觉得牛哭了，在我腮帮上流过热乎乎的泪。

她为什么要送我一床褥子呢？让我一下子觉出自己的可怜。让我从此不想干活，不想出力流汗。我为谁呢，老二老三都有女人，我没有。到了农忙，他们去给丈人干活，我给他们犁、种、收、打。他们闲了同女人去赶集，我闲了就有亲戚干部来找帮忙。盖房子、脱坯，砌锅灶；谁家待客，我去挑水、劈柴、烧锅。晚上，他们搂着女人睡觉，我躺在牛屋里，半夜要给牲口拌草，早上铡草，晚上垫土、挑饮水。隔几日，还要从这窟窿里把牛粪撂出去。我给谁干呢？

他这样坐在自己床上，坐在软软的褥子上，脑子里再不像从前那样一片空白。现在他觉得自己的脑子很管用，能够清楚地回忆几天来的情景，能够有条有理地思考。

她的婆母去世了，保山来请他去帮忙。他套上牲口，给他们拉棺木，拉砖，帮他们收拾坟场，下葬，待客。这样事情他干多了，似乎成了婚丧方面的专家，不但能出力，而且懂规矩。知道停灵、守孝、送路、报庙、入殓、起灵一整套烦琐的礼仪，甚至知道墓坑如何打，坟地怎样选，下棺时的绳扣怎样系。在别人哭哭啼啼手忙脚乱的时候，他简直像一名指挥若定的将军，大声嚷着，指挥着，还亲自动手干最重最脏的活。"啪！"他把手在棺材上一拍，挺起胸脯，手弯到背后，抠着棺材底座，喊一声"起了——"大家就跟着他，"嘿"一声抬起来。

吃饭时候，他觉得自己的腰很疼，坐在那里东扭西歪。她进来了，手里端着油馍："你磨了腰吧，九叔？""没事。"我说，装出毫不在乎的样子，在众人面前承认磨腰，那真熊包。她站在那里，隔着桌子，十分真挚地用一种感激的目光看着我。这时候保山进来了。"保山，九叔的腰磨了。"她说，"温一壶黄酒，多放些糖，喝下去准好。"保山点着头："真是！要不是九叔……""没事，没事。"我用巴掌摁着腰，把左脚拿到凳子上，蹲着。她就提了黄酒来，站在他面前，微微躬着身子。她头上扎着很大的白孝布，穿着素净的蓝罩衫，袖子上挽着黑纱，鞋面蒙了白布。几天的操劳，眼睛红红的，脸色憔悴，深沉的忧戚使她的面容惹人疼怜。"薛姑娘，"我说，"你妈总算安生了。你就不必……""她老没福气，这可刚刚苦过来……"他看见她眼眶里突然盈满泪水，慢慢把头勾下去。他的心忽悠一下，觉得有一股巨大的热流在胸膛里奔突。莫名其妙地，我想起爹，想起他死去的情景，那一领秫箔，一堆黄土，妈牵着弟弟，在坟头上滚得满身泥土。我的眼睛模糊起来，我真想抚着她说："薛姑娘，你真是个好人。"可是，我只是呆呆地望着她，半蹲在凳子上。

傍晚，飘起雪花。她扤了篮子来，装一篮麦草给婆母熏坟。田野上风很大，保山他们打不着火。他站在牛屋门口，望着他们。他觉得自己应该去关照一下，他就去了。帮他们打着火，让袅袅青烟在风雪中升起。他说："对你妈说，让她留个火。""妈，你留个火呀。"他俩喃喃地说。"不兴哭，让你妈安生地走。"他们就不哭，同他一起转回去。她说："九叔，牛屋里四面透气，你铺光席，不冷？""不冷。"我说。"保山，把柜里的褥子给九叔拿一床来。"保山就把褥子送来。我推让着，说什么也不肯接。我身上太脏,被子也脏,咋能铺这样干净的褥子?“别怕,脏了我给你拆洗。”她说,“我们成天麻烦你,让你喂牛。”保山说:“是啊,这又不是外人。我不在家,地全靠你犁呐。”

可她不该这样待我呀,让我把安安生生的日子搅翻。

第二天,他对妈说:“妈,给我撕个床单。”

妈拿诧异的眼光看着他:“牛屋里,要那干啥?”

“给我撕一个。”他口气很生硬。

妈更加奇怪:“你怎么了?牛!”

“我成年累月干,一个床单也不值吗?他们,啥没有?”

妈吞吞吐吐地说:“等过年吧。”

等过年的时候,妈没有给他撕床单。他躺在牛屋里,不出来吃饭。妈站在我床前,拿手抚着牛桩:“牛!你要床单干啥?你从小听话,知道妈的难处,现在怎么了?”

他不吭声,直直挺着腿。

“卖棉花的钱给老三订亲了。过年,两家亲戚打礼,少说得四十斤肉……还有你舅家,你姨家。牛!你怎么这样不懂事。”妈娓娓地劝了半天,他只是不说话。

后来,他把被子掀开,缓缓坐起来,双手抱着腿,不看妈的脸:“妈,我要分家。”

“分家?你给谁分家?”

“给他们分。我只养活你一人,不养活他们。”

妈哭了,扶着牛桩,伤心地站在那里。“牛!你现在跟着妈,妈死了,你跟谁?妈知道对不起你,没给你寻个人。那几年太艰难了。你得往长处想。现在不维持弟兄,老了你靠谁?牛!你好糊涂。”

可是,我不听妈的。我把眼泪咽下去,不在妈面前哭。我知道,就是当牛当马,老了也一样靠不住他们。村上老一辈多得是,我把事情看透了。“分家!”我说,“我够了。”

分家的时候,弟兄们闹了一场。

老三说:“老二自行车、缝纫机、大立柜什么都有。我要结婚,这套东西也得给我置齐。要不,那头牛给我。”

“牛啊,咱们还是不分吧。”妈劝他,“分家,你分不到东西,还得分账。老二结婚盖房借下六百多,三一三剩一,你该摊二百,老三结婚,少说也得一千多,咱还得摊三四百,合起来,就是五六百元啦!”

他坐在牛屋草垛上,抱着头不说话。老二、老三为争一盘豆腐磨,在院里打

起来。妈跺着脚，抹着泪，口沫挂在嘴角：“你们还争！你们就没想想你哥！他喂牲口、干活，吃没吃上，穿没穿上，分家还得给你们担债，这盘磨，谁也不能争，得留给你哥！”

这时候，他再也憋不住，呜一声，号啕大哭起来。鼻涕长长垂下，落在牛槽旁的麦草上，粗哑低沉的喉音哽哽响着，他一边哭，一边呜呜啦啦地诉说。说爹死时候肚子肿得像石磙，合不住眼，怕弟兄三个饿死；说他怎样背着老二去捋榆钱，抱着老三去刨隔年的坏红薯，刨了三个，自己只吃两口，还让看庄稼的老耿踢了一脚；说他起早睡晚，同牛住在一起，没吃过一颗水果糖，没喝过一碗鸡蛋茶，胃疼，几天没吃饭，没有打过针吃过药……他这样诉着，半歪在牛槽上，脚上裂口子布鞋脱落下来，在结满垢茧的大拇指上挂着。

妈陪着哭。

老二、老三不打不吵，站在院里冷冷地对看着。

老二家媳妇抱着孩子走出来，向牛屋高声说：“哭啥？我们没有说分家，谁也没有嫌弃你。是你自己要分。现在又哭着表功。好像我们一家都是吃闲饭靠你养活的。二龙！你养不起老婆就不要接我来。多我娘儿们，我们立时就走。这何必？又哭又闹，好像我们虐待兄长，将来还许雷击了我们呢！走，送我回娘家，立马三刻就走！”

这一下，妈不哭了。转过身，大声训斥他：“牛，你就是！分家就分家，说那么多干啥！”

把舅请来，家总算分开了。五间房，老二两间，老三两间，妈住的一间加上牛屋是他的。各人屋里家具归各人，妈的家具归他。妈只有一口裂口子的旧箱子。十只羊，老二四只，老三、老大各三只。十三棵树，大小搭配以后抓蛋儿。五只鸡妈不让分，说是算她的，可是后来下的蛋老被老二家媳妇收走，妈生气，就干脆给她了。

分宅基地的时候，舅说：“牛，你就一个人，你妈也活不了多少年，宅基地老二、老三平分算了，终究是他们的。”我咬着嘴唇不说话。妈揉了一下眼窝，偷偷瞥着我说：“还是按三份吧，万一将来牛能找下个人，也有块地方。”

分牛的时候最费周折。舅舅不得不在他家多住一夜，同弟兄三个反复商量。舅说：“这头牛作价八百，按人头分。现在全家是六口，每人分一百三十三块三，老二有三口人，再拿出三口人的钱，给老三一份，给老大两份，牛算老二的。”老三立刻反对：“那不行！嫂子侄儿算人头，我们小梅也得算人头，小梅下个月就过门了。”于是两个人吵起来，老二家媳妇又要抱孩子回家，没有办法，妈说：“算了，把我的一份给老三，算没有我这口人。”

分完家，他用被子蒙着头，一整天没有吃饭。晚上，妈坐在他床头，想了半天，叹口气说："牛，你一定要分家，现在没有牲口了，往后咱们的地怎么犁呀？"

就在这时候，隔着被子，他忽然听到一个声音，不很响亮，却十分温柔，一下子使他的神经绷紧了。

"四奶，我跟保山商量了，我们的牛还想托九叔代劳喂，不知道九叔愿不愿意帮忙？"

我一动不动地听着，觉得自己的心原来像一个合得严严实实的铁罐，黑黝黝的没有一丝亮光，这声音一响，铁罐立刻打开一条缝，心里感到豁亮。

"草、料、工粮，还照原先。牛，归咱们两家使。"她缓缓地说。

"你起来！"妈说，"薛姑娘跟你商量呢。"

我慢慢坐起来，不知为什么，不敢去看她的脸，可是，那股幽幽的清香我一下子便闻到了，觉得身下的床悠悠动荡，墙上的煤油灯也摆得厉害。

"我听见了。"我说，觉得舌头不大灵便，"就那样吧。"我觉得还有许多话，想了半天，又说，"只要不怕我把牲口喂瘦。"

"不会的。"（我没有扭头，但我清楚地想象出她脸上那样好看的笑容）"保山说，村上就数九叔会伺候牲口，我们放心。"

我没有话说了，我觉得自己的舌头太笨。

她突然从口袋里掏出一个扁扁的药盒："保山也有胃病，老吃这个，很见效。九叔也吃吃，试试看。"

我马上猜出两天前我在牛屋里的哭诉她准是听到了。我觉得很不好意思，连连摇着头说："不，不，我顶……顶讨厌吃药。"

日子就这样过下去。虽然他仍然住在牛屋里，仍然起早睡晚喂牛、担土、出粪、犁地。他却有一种轻松感。现在他只喂保山家的一头牛，老二的牛由他自己喂。这件事，使老二家媳妇出出进进骂了几个月。可是，我听妈的话，装没听见，不理不睬，反正我再也不替你们卖命。现在我给别人喂牛，人家给我粮食，庄稼季还管饭，给我摆四个菜，把我让在堂屋里，面前放上小桌。给我打洗脸水，泡上软软和和的毛巾，拿来香皂。现在，农忙成了他生命中最有色彩的时刻。那时候，她已经有了孩子。他吃饭，她抱着小孩站在旁边，殷勤劝菜劝酒。当她低头给他盛饭的时候，她的头发垂下来，离他胸脯只有半尺远。他不但闻到那股令人迷醉的香气，还闻到年轻女人头发上所特有的气息。隔着一层薄薄的涤凉衬衫，隐约看见她硕大的乳房，富于肉感地在他面前晃来晃去，让他闻到浓烈的甜甜的奶腥味。他把犁沟扎得格外均匀，土耙得格外细碎，觉得给她出力是一种幸福。

他因此也特别喜欢保山，认为他是村上独一无二的好后生。"我们保山跟罗师傅包了一座楼，四层呢，可不是闹着玩儿。盖那样大家伙，光花花道道的图纸都画了一大捆……"本来，他同保山虽然是同宗，可已经不算近，五服外的第一辈。可是,他在村里讲起来,却比嫡亲侄儿还亲。有一次,在场院里吃饭,他刚说了一句:“我们……”老二家媳妇马上接着说:“我们保山又包一座楼吧?你那保山在外边挣了几座金山?也不拿回来给老爷子翻翻房子?老爷子在家里这般勤快,他也该孝敬孝敬。”他气得真想跳起来甩她几耳巴子,可是,他只把大脚在原地挪动了一下,便低下头去呼噜呼噜喝汤。

妈说:“往后,你不要老说保山了。”

“说说闲话嘛,有什么要紧。”

“反正,你以后少说。”

夏天来了。椿花在塘边地上铺了一层淡绿色的绒毯。五月麦忙天,人累,牲口也累。老三在小满前结了婚,开始割麦时,老三家媳妇哭了一场。她说:“一个村的女婿都去给亲家割麦,偏你不去,让俺爹丢脸,气得摔桌子打凳。”妈站在场院里,掠一把鬓边苍白的头发,无可奈何地叹口气说:“小虎,你去吧。你的麦,我帮你割。”这一下,惹恼了老二家的,立即把镰刀摔在地上,骂着:“二龙!你个死驴头,没本事的!人家都有人疼有人怜,你这窝囊废,让别人甩手看笑话。跟着你,倒八辈子血霉。算了!推车子,送我回家。”就这样,妈和牛还得替两家割麦。只是比往年割得少一些,因为老二老三都不放心,怕他们糟蹋庄稼,到岳家去一天做做样子,就回来了。

收罢麦,落了一场雨。田野里流荡着湿漉漉的雾气。正是赶墒抢茬子的好时候,庄稼人都拼命干。老二从来没使过牛,现在需要自己使牛,地犁得歪歪扭扭,站在耙上摔下来,差点挨牛蹄子。老二家的来送饭,一连气骂了个把钟头。老二烦躁起来,同她吵,抓着牛狠劲打,打得牛在原地团团转。

“你干啥!”他扔下自己的牲口,大声吼着,从旁边地里闯过来。

“想干啥干啥!”

“拿哑巴畜生出气,本事不小!”

“这是我的牲口,我想打,我打死它!叫它吃里扒外,不给我干活。”

他气得脸色铁青,攥着鞭子,在空中狠狠甩了一个响:“告诉你,再欺负牲口,我抽死你!”

老二家媳妇立刻大声嚷着朝他扑过来:“你有本事,你恨我们一家,把我先打死,解你的恨。给你!给你打!”

他惶惶地向后退,躲着老二媳妇,绕着,在地里跑。妈赶来了,拉着媳妇,冲他喊:“牛,你真贱。分开家立开户,各干各的活,你惹她干啥,你个混头!”

他站住了,呆呆望着妈。妈呼呼喘气,拽着老二家的胳膊。老二家不依不饶,在妈手里挣着,跳着骂。当他走回自己犁子前时,感到脚底有些疼,很丧气。“×你妈的!”他低声骂一句,吆牲口继续犁地。

他和保山，两家不过五亩麦茬，太容易犁了。他慢悠悠地操着犁把走。“打——”他吆着，并不挥鞭。我为啥要干那么快呢，干完了，必然还得给老二老三帮忙，再不，就得给槐树门口的狗剩、大箱帮忙，他们是大队干部。我他妈凭什么给你们干呐！从前给你们干的还少吗？我×你们啦！

晌午，她给他打一盆温水：“九叔，你洗洗脚。保山的鞋你穿得上吗？你看，旧了点。等种罢秋庄稼，我给你做对新的。”

我不好意思当她的面洗脚，两只脚在地上擦着。她忽然惊叫道：“啊唷，脚扎破了？流这么多血？”

“刚才……”我更不好意思，是老二家追我时候踩在麦茬上。

她激灵地打个冷战，把孩子放下，忙忙地找来胶布、消炎粉。“看看，流这么多血。”

那时候，我觉得穿上保山这对半新的解放鞋就很好了，没有指望她会真的给我做鞋子。我吆着牲口，冷眼看老二手忙脚乱地干活，心里很痛快。“嗬，你小子！知道什么滋味了吧？到晚上，让你的腰像断了两截的木桩子。”

本来，日子照这样过下去挺可以。他还有什么奢望？他有了一张土坯垒的床，也有了一床花格子铺单。虽然晚上他躺在这张十分舒服的床上难免涌起一股强烈的冲动，难免萌动无法遏制的渴望，但是，现在他感到一个年轻女人的温情笼罩着他，生活充满融融的阳光。

如果没有那片飘飘落下的椿谷谷，如果没有那件事……

“唉——”他沉重地叹了一声，无比痛惜地用拳头轻轻捶着碾盘，“这都是怎么回事啊！”

溽暑的夏天是怎样到来的呢？地里的高粱匆匆忙忙淹没了冈峦和丘壑，粗壮的枝干、浓绿的叶子在热风里摇摆。麦茬垄里的豆子转眼便一片碧翠，蛐子开始在豆叶下响亮地叫。芝麻不知什么时候开花了，迎着炽烈的阳光，一节一节向上窜。

那时候，她真给他做了一双鞋。手工并不精巧，但很结实，很合脚。他想到它们曾经在她胸前翻来翻去，被她丰腴的大腿暖热，被滚圆的手里的汗水溽湿，他真想抱着它们哭一场。

那一会儿妈没有在屋，她把鞋子亲手递给我，笑着，谦虚地说：“不会做，对付着穿吧。”

他久久地回味着她站在牛屋门口，身子挡着光线，手伸着，握着这对鞋的情景。那一刻，她身后鲜绿的椿树娇翠欲滴，她头上的秀发像一团乌云，月白色短袖褂子明明白白透出粉红色的躯体，胸脯上像缚着一对吹满气的气球，好像奶汁随时都会迸射出来。我简直不敢正眼看她，我接过鞋的时候像个傻瓜一样连一句话都没说。不知道为什么，我没有对妈说。我把它压在枕头下，夜夜都感到我的床是那样舒适，那样叫人心神不定。

这是使人发困的季节，午饭过后，蝉在树上发出噪耳的长鸣。太阳把场院和大路晒得滚烫，习习南风从田野吹来，碾盘被罩在浓密的椿树影子里。我正靠在碾桩上打盹，忽然听到一个尖厉的声音喊："九叔——啊唷，快，快！"

我扭过头，看见她在我背后，在塘边，两手水淋淋的，惊惶失措，硬着脖子："毛毛虫，毛毛虫——"

我感到很好笑，呵呵笑着："在哪儿？"

"脖子里。快，它往下爬哩。"

他走过去，看着她婀娜动人的身姿，细腻白嫩的脖颈，一时有些茫然。

"快呀！"她喊。

他就抓着她的衣领，把笨拙粗大的手指小心翼翼伸进她颈子背后去，捏起一个苍绿色的小东西。

触摸到她滑润温热的皮肤，他的心怦怦跳动，有点喘不过气来。她的颈背同他的手指蹭了一下，他觉得天地万物都轰一声燃烧起来。他结结巴巴地说："一个……一个……椿谷谷。"

"是椿谷谷？"她低头在地上找，看到那片瘪瘪的羊眼似的椿树上落下的种子，她嘎嘎地笑起来："我还以为……哈哈哈，你看我！"

他弯腰把它拾起来，忍不住也笑了，笑得很快活："我当真是……哈哈哈。"

这时候，老二家媳妇端着一盆衣服下塘来，走到我们面前，淡淡地说："什么稀罕，叫你们笑的？"

"我在这儿洗衣服，椿谷谷落进脖子里，我以为是毛毛虫，你看我……啊哈哈哈。"

"你九叔多会当娃子头，逗你玩，是吧？"她说。

隔一天，妈问他："你拿椿谷谷当毛毛虫吓她？"

"吓谁？"

"你说谁。"

"那是她自己……"

"你是叔公公，你真是！"

妈妈像看透了他心底最隐秘的东西，惹得他烦躁地嚷："我怎么啦？你才真是！"

两位弟媳的神态也突然变了。老三家媳妇看见他就远远躲着，老二家媳妇从他面前过，眼睛看着地，悻悻的，一脸愠色。

后来，妈终于问起那双鞋："牛，她给你做鞋了？"

他没有承认，也没有否认，默默拿脚尖敲着地。

“哎呀，你怎么能收下她的鞋呢？”

他仍然用脚尖拍着地。

“在哪儿？给我，还给她。”

他只是用脚尖拍着地，眼盯着脚尖。

妈自己动手了。她一把扯起作为枕头的他的破棉袄，便抓起那双新崭崭的鞋。黑黑的鞋帮，白白的鞋底，线绳还没有剪断，两只滴滴溜溜连在一起。

“放下！”他说。

“哎哟，这是……”

“你放下！”

“不怕落闲话吗？你是她的……”

“我叫你放下！”他吼道。

“我给你烧喽！”

“敢！”

“就非给你烧喽！”

妈攥着鞋向外走，他跨出一步，扳着妈的肩膀。

“咋？你还敢打我么？”

这时候，老二老三跑过来。老二手里提着一条扁担，啪，扁担狠狠砍在他肩膀上。他冲过去，同老二拼。老三在中间舞着手，喊着：“哥！你疯了！你真疯了！”啪，又一扁担打在他腿弯上，他扑通跪倒了，躺在牛屋门前粪坑里。他跳出来，带着脚上的牛粪，发疯似地扑上去。老三拦腰抱住喊：“哥！别打，别打呀——”

他绊倒在老三身上，在地下打着滚，踢着脚，直声喊：“谁敢烧我的鞋，我同他拼了！”

可是，鞋还是被妈烧了。我哭着，把床上的被子、铺单、枕席全都撂在地上，踩着，骂着，我想把牛屋点火烧掉，把房子烧掉。我的肩膀、小腿都肿起来，淤着黑紫的血。你们说我疯了，我还不如真疯了好！我绕着水塘跑了一转。不行，我不能在家里活，我跑！我走到天边海角，死都死在外乡。

他踝躞着步子，像一个流浪汉，一夜走了三十里，摸进城，在大街上徜徉。车站上各色各样的人提着包裹出出进进，熙熙攘攘，他一下子觉得自己是这样的愚笨无能。在乡下，他会喂牲口，会犁地，会割麦、打场、摇耧撒种，是一个能干的庄稼汉。在这里，他会干什么？五光十色的店铺张着怪模怪样的大嘴，让他不敢跨进去。花花绿绿的人群板出漠不相关的面孔，让他不敢走近。到处是陌生的眼睛，到处是猜度的目光，他疲乏、饥饿，像一只无家可归的野狗。

他停在一幢大楼的阴影里，背靠石子粘结的粗硬的墙壁，坐在水泥地上，心里忽然激荡着烈火一样的思念。那开阔的土地，平静的池塘，荒草萋萋的父亲的坟头，满头苍白的慈爱的母亲，那小院，牛屋，那给他生命注入光辉的声音，使他怦怦心动的明亮的眼睛，那让他感受到生之幸福的窈窕的身影……

我是怎样摸回去的呢？太阳西斜的时候往回摸，一路浑浑噩噩，失魂落魄，对车马行人好像没有看见。一轮那样沉重的血红的太阳压在地平线上，接着，忽然间不见了。头上的天被一条条锯齿一样的红云割开，顷刻便看见浮动的夜烟。走到村外的时候，天那样黑。星星月亮都没有出来，在小桥边我摔了一跤，膝盖很疼。我踉跄着，看见乌森森的村子，浑身的血像烧滚的开水，汗水变成雾气，从我身上向外冒烟，我的头像刚出锅的馒头。

他从北沟翻过陈刺林，脸被荆棘划破，火辣辣的疼。我怎样走到她门口的，简直像梦游一样昏头昏脑。他看见她在场院里一棵老槐树下躺着乘凉，一弯新月慢慢升起，她和她的场院都罩在朦胧的月色里。看见我那一刻她简直不知道东西南北白天黑夜。她歪着身子，背对着他，一只胳膊搂着孩子。我看见她白白的腰背，她正搂着衣服。他向地铺走去，我觉得浑身像打摆子一样恶寒发冷。

“谁？”她说，把身子仰起，半探着腰。

他没有说话，愣愣地站着。

“噢，九——叔？”

她坐起来，还没有掩起露着奶头的胸怀，他就扑过去，咚地一声跪在她面前：“薛……你救救我。”

她被他吓懵了，惊慌地爬起来，披散着头发：“你……你……”

他突然扑上去，抱着她。一旦挨着她富于弹性的身体，他就完全失去理智，把自己的嘴拼命向她脸上压过去，手也本能地抓住那个突出在胸脯之上的滑润的气球一样的东西，泪水像涌泉一般滚下双颊，又立刻被灼热的颧骨蒸干，变成发烧的一片。

啪！我觉得自己脸上突然炸响一个爆竹，我不知道怎样从半云半雾的状态下醒过来。脚下绊上一个软软的东西，哇哇哇，我听到小孩的哭声。一双手狠命地推着我的身子：“娃儿！娃儿！”我向后退了两步，一下子完全清醒过来。我这是干什么呀，我的妈！我害怕极了，怕她会大声喊。他像一株突然被严霜打倒的小草，萎蔫地勾下头，喃喃地说：“对不起，我发昏，我……混账！”他下意识地举起手，啪，啪，在自己脸上打了两下，匆匆地逃似地溜回牛屋去。

半夜里，他看见妈举着灯，披着棉袄，走进牛屋。她是给牛拌草的。看见他，她喊一声“牛——”慢慢走过去。

妈拉着我的手，举着灯，在我身上照着，妈的眼泪凉凉的，落在我身上。“你还疼吗？牛，我的娃儿！”

我一连三天没有出屋，又是后悔，又是害怕，身上的伤又疼。我屏着气，听着后院的动静。保山回来了吗？她会告诉他吗？保山比老二还有力气。她会不会投井上吊？她会对狗剩说的，大箱就会带着民兵来抓我。让我游村还不如让我死了。

他辗转着，倾听着，村里风平浪静，没有任何事情发生。鸡子叫蛋，鹅从塘里啊啊地向场院里跑，吃饭时大人呼唤小孩，一切都同平常一样。

过了几天，我才听见那个让我心惊肉跳的声音在院里同妈说话。在最初一霎间，我觉得自己突然停止了呼吸。

“四奶，九叔的病轻些吗？”

“轻多了。”

“我同保山商量了，九叔有病，就不麻烦他了。牛，我们同西门上合犋喂。”

我像被人一枪打中了脑袋，我想跑出去，给她跪下：“别这样，牛还让我喂，哪怕不给工粮。”可是……

现在，椿谷谷又挂在这棵高高的椿树枝头，轻风掠过密麻麻的椿叶，蓝天在叶缝里闪耀。他坐在树荫下碾盘上，仰头看着树枝上正弓着身子向前爬的毛毛虫。

现在，我又喂牛了，喂两头牛，是老二、老三的。没有人骂我，没有人说我疯。吃饭的时候，我总是一个人端了碗，蹲在碾盘上。脚上的鞋子早已露出脚趾，妈年纪大了，看不见针线，有谁再给我做双鞋？

吃罢饭，我喜欢这样坐着，光着上身。把饭碗久久放在身边。村里人都说我懒得很，随他们说去。

椿谷谷飘飘洒洒落下来，落进塘里，落在塘边地上。一只牛犊跑过来，头伸进塘里喝水，它把刚刚落在地上的椿谷谷踩进泥里去。

1993 年

田中禾

原名张其华。1942 年出生，河南唐河县城关镇人。1988 年加入中国作家协会。曾担任河南省文联副主席、河南省作家协会主席。现为河南省文联顾问、河南省作家协会名誉主席。

自幼爱好文学。高中时代即出版长篇童话诗《仙丹花》。1982 年开始发表小说。作品有中短篇小说集《落叶溪》《月亮走我也走》，长篇小说《匪首》《城廓》，散文集《故园一棵树》等。小说《五月》获 1985～1986 年全国优秀短篇小说奖。

春水茫茫

叶蔚林

绵密的春雨下个不歇气，河边盛开的桃花被打得零零落落。远山近山，高树低树，一股脑儿笼罩在白蒙蒙的水幕之中。社员们都被困在屋里头，出不得门，做不得事。

夜来雨停了；屋檐水滴嗒一阵也停了。早晨开门一看，地形地貌都变了模样，一大片亮光扑眼而来。哟，春水茫茫，漫过了河堤，漫过了荆棘杂草丛生的荒地，漫过宽阔的田岗，一直泛滥到村子跟前。村子坐落在突出的山嘴上，目下三面环水，成了一个半岛。那条陡斜的，通往井台的石级路，淹了小半截，好像是大海边的码头。大路小路全被淹没了，没有船，除了上后山，谁也莫想离开村子一步。出不去不出去就是，走人家、串亲戚、进城买东西，迟个三五天要什么紧！反正现在生产由自己作主，生活归自己安排，先做哪样，后做哪样，只要调摆得开，不误农时就可以了。何况雨后新晴，即便不出村，也有做不完的活儿！菜园要施肥，蚕豆要除草，粪凼翻一翻，种子晒一晒，犁耙整一整，被窝洗一洗……黄牛水牛快牵上后山去吃吃新鲜，喂了兔子的人家，忙着去割青草嫩叶……那些不当家的小女子们，起得比谁都早，相邀上后山扯笋子去。笋子扯回来，剥壳泡进米潲水，几天就泡成脆生生的酸笋子，等春水退去，正好带到城里去卖；五角钱一扎，十扎五块，一件鲜亮的尼龙衫就穿上身啦……伢子们也忙得不得了。一早就从家里搬来烂木破板，在水边搭起个参差不齐的筏子，撑的撑划的划，吆喝喧天，半浮半沉地驶向茫茫春水，尝试一次伟大的航行……

啊，春天的早晨，忙碌的山村，欢乐的人们！

小船倒是有一条，现在就靠在石级路的下面。不过那是大队干部的专用船；每年春水泛滥时节，只有干部们才能坐这条船出去办公事。社员们很自觉，除了死人倒屋，从来不沾光坐船。眼下大队支书屈汉武和大队会计李正民正在船上。李正民挽绳套挂桨，绳套长又长了，短又短了，双桨老是挂不熨帖。屈汉武弓着背，用一只破脸盆将船底的漏水一下下舀出来。小船长年不用，用起来是要费点工夫的。

太阳出来了，浓艳的光芒暖融融地照射着村子。湿地上立即升腾起缕缕白色的蒸气。清新的空气中，弥漫着泥土、熟粪和腐烂稻草的气息。村子里人来人往，嘈杂一阵之后，各就各位干活去了，整个村子霎时安静下来。只见一个妇女，踮起脚尖，将沉重的被窝很费力地搭到竹竿上晾晒；她额门上扎条新毛巾，大概是个"月婆子"。另外，二娭毑带着她的小孙儿毛伢子，坐在石级上面晒太阳。二娭毑当然并不闲着，她在纳鞋底，时不时举起锥子，往头皮上蹭一蹭。

"支书，你进城么?"二娭毑想起什么事，向下面大声打问。

"不，不进城，我去公社开会，今天不得回。"屈汉武哈起腰，估计二娭毑要搭买东西，推托地说。

"那就算了。"二娭毑说。

"二娭毑是不是要带东西?"会计李正民搭腔，"我进城，今天就回。"

"那可好，帮我买四两麻线来。"二娭毑说，"如今什么都有，就是麻线难得买到。"

"你放心，能买到的。"

"那可好。来，把钱。"

"有钱，买回来再说吧。"

"娭毑，我要买巧克力糖。"毛伢子急忙提出要求。

"什么糖? 没听讲过。"老人不理他。

"巧克力，爸买过给我吃，娭毑也吃过的，怎么记不得!"毛伢子提醒说。

"哟，就是那黑不溜秋的东西呀，焦苦的，味道不正，不好吃。"

"好吃好吃，我要嘛!"毛伢子拉住娭毑，缠闹起来。

"正民伢子!"二娭毑让步了，又向下面喊道："再给我家毛伢子买五块棒棒糖!"

“不要棒棒糖，要巧克力！”

“棒棒糖经得嚼！不听话敲你！”二娭毑曲起手指头，威胁地说。

毛伢子委屈地服从了，无论如何，吃棒棒糖总比吃“爆栗”好哟！想起棒棒糖清甜的滋味，毛伢子心里着急起来：船为什么还不开动？

下面，屈汉武催促道：

“正民，走吧。”

但是李正民又将桨把卸下来，敲打桨把上一颗无关紧要的小钉子。显然他是有意拖延时间，等候什么人。屈汉武狐疑地眨眨小眼睛。

这时，屈青萍从村巷里转了出来。她三十岁挨边的样子，脸圆圆的，头发剪得短短的，她右手挽着帆布旅行袋，左手拎把折叠伞；她上身穿件湖蓝色的灯芯绒对襟罩衫，下身配条青色的直筒尼龙裤。衣裤都很合体，于是她那本来就比较高的身材，显得更加俏拔了。最醒目的是她脖子上那条鹅黄色的围巾；围巾是方形的，对折成三角形，两端披过双肩，垂在胸前。屈青萍挺起胸，迈着匀称的步子，向石级路这边走过来。

毛伢子首先看见屈青萍，忙对老人说：

“娭毑，你看，青萍婶子也进城，叫她买糖，她买得好些。”

二娭毑抬起头，耸耸眉毛，拍拍毛伢子的屁股，小声说：

“莫烦青萍婶子，她心里难过哩。”

“她有病么？”

“不是。她男人赌钱犯王法，她进城去办离婚。”

“么子叫离婚？”毛伢子好奇地问，声音很大。

“离婚就是两公婆分开过……”二娭毑突然醒悟似的，“细伢晓不得的事莫问。去，去要……”

说话间，屈青萍已经走近。她已经听到、或者说已经感觉到婆孙俩刚才在说她。但她像没事人似的停下来，笑吟吟地对二娭毑说：

“二娭毑，我进城去，要带点什么不？”

“啊，难为你，我刚才托付过正民伢子了。”二娭毑望着屈青萍，为了不拂掉她的好意，又说，“青萍，帮娭毑买四两麻线来，男人家不熟行，怕买不到手。”

“我一定买到手。”屈青萍说。

“青萍婶，给我买棒棒糖！”毛伢子急忙插言。

“好，婶给毛伢子买！”屈青萍又笑笑，伸手摸摸孩子的脑壳，然后转身顺石级路走下去。

二娭毑望着屈青萍的背部，望着颈根后面那块三角形的黄围巾，不由叹了一口气。二娭毑是看着屈青萍生下来，一年年长大的。由于家里是富农成分，她从小跟着父母倒霉、受气、受压。好容易盼到舒心的日子才过了两年，没想到男人又不长进……真是苦命人哪！难得的是这个女人好像什么都经得起，挺得住！二娭毑七十多岁了，什么风霜没有经历过，什么感情没有体验过？将心比心，她知道屈青萍的内心是很苦很苦的；她是不愿做出可怜相，硬撑硬挺罢了。想到这些，二娭毑对屈青萍充满了同情，又叹口气，揉揉眼睛。

屈青萍走下几级石阶，看见了小船，看见了船上的屈汉武和李正民，猛然站住了。一瞬间，她不知怎么办才好，甚至想立即转身回家去。她估计今天一定会有干部坐船进城，她估计得不错。但是她没估计到坐船的恰恰是这两个人，两个她平日最不愿相见、相处的人。她并不记恨他们，她明白：过去给她造成那么多的磨难和痛苦，不应当完全由他们负责，那是历史和时代使然。她读过初中，近来时常看报，道理容易懂，但感情却过不去。何况今天进城，要办的事情很不光彩，她的自尊心受不了。然而她很快就镇定下来。她觉得现在的她，已经不是过去的她，是一个能够主宰自己命运的女人，不比任何人矮半截！是的，她不该有懦怯的心理，倒要看看这两个大队干部能把她怎么样……她挑战地挺挺胸脯，一步步走下石级，放松喉咙，沉着地对屈汉武说：

“七叔，进城吗，搭我好不？”

屈汉武不立即回答，小眼睛睃睃屈青萍，又睃睃李正民，这才故意拖长声音说：

“问李正民嘛，我不进城。”

“公家的船，谁爱坐谁坐，只要载得起。”李正民对屈汉武说，转头招呼屈青萍：“上船吧！”

屈汉武扭过脸去，鬼黠地笑一笑。

当屈青萍上船的时候，李正民默默地向她伸过篙子。屈青萍抓住篙子，李正民往后轻轻一带，屈青萍就轻松地跳上翘起的船头；小船晃了几晃。

“开船了！开船了！”毛伢子在上面拍手相送。

春水茫茫，阳光把辽阔的水面照得金光闪烁，好像一只擦亮的大铜盆；小船无声地在上面滑行。好些红蜻蜓跟随小船飞舞，好些卖油郎屈起细长的后腿，在船舷两侧慌忙奔跑，好像在寻找失落的东西。小船时不时从被淹的小树丛中穿过，枝条将船帮擦得沙沙响……举目四望，山岭和树林，岸上的村庄，仿佛退得很远、很远。

周围的景色是很美的，明媚而豁朗。可是船上的三个人，谁也不说话，似乎互相完全陌生不识。李正民在船尾划着双桨，屈青萍背对他，抱着旅行袋，坐在船舱后面的隔板上；屈汉武又背对屈青萍，蹲在船头吸烟。后来，屈汉武大概双脚蹲麻了，转过身来，面对屈青萍坐到前面的隔板上。这一来，屈青萍便处于两

个不友好的男人的“夹击”下了。虽然屈汉武低着头，故意不看她，但她知道实际上是在看她；虽然她看不到李正民在看她，但她感觉到他的目光一直停留在她的背部。屈青萍感到很不自在，意识到不说话反而不好，正想捡点什么话说说时，屈汉武倒先开口了：

“青萍，联生的事，你到底打算怎么处理？”屈汉武的口气是认真的，甚至带着长辈关怀的意味。

尽管屈青萍此时此刻，特别不愿意接触这个问题，但屈汉武既然问及，她不能不回答：“我想先看看他，给他送点东西，情况了解清楚之后，再做打算。”

“有什么不清楚的，莫非公安机关还会搞错！”屈汉武出于习惯，开始教训人了。

“当然不会搞错。”屈青萍说，“‘四人帮’倒台了，决不会冤枉好人的。”

“晓得就好，”屈汉武抬头看着屈青萍，眨眨小眼睛，“看你无所谓的样子，大概是准备打离婚了。”

“怎么，莫非要我现出一副倒霉相，你才高兴？”屈青萍心想，迎住屈汉武的目光，从容地说：“离不离全在我，离了也没有什么了不得的！”

“说说容易，真离了，你一个妇道人家，日子难过哩。”屈汉武笑笑，“当然……”

屈青萍知道他下面要说什么，立即截住他的话：“日子有什么难过的，四亩责任田不够我一个人种。”

“伢子就没有爸了，跟谁姓？”

“有妈，跟我姓，姓屈！”屈青萍提高声音，有点冲。

“嗬，你就这么跟我讲话！好，我不管就是！”屈汉武挥挥手，生气了。停了一会儿，感慨地说，“是呀，如今党的政策好得很：分田单干，解放思想，乡里城里，八仙过海，想怎么说就怎么说，想怎么干就怎么干！毛主席不喊毛主席，喊毛泽东同志，像什么话嘛！乡里妹子也烫头发，癫婆子一样！城里妹子不消讲，衣裤穿得绷紧的，身上凸凸凹凹，拐弯抹角的地方全现出来了，丑不死！离婚也成了时髦，夫妻像‘过家家’、打平伙，说散就散，可鄙！是呀是呀，富起来了，钱多了，钱多有什么好处？歪钱歪用，拿去赌博、犯王法！”屈汉武的话，转了一大圈，最后还是落到屈青萍头上；不叫屈青萍难堪，他不甘心：“怎么，我讲得不对？你家张联生不就落了个好下场！”

屈青萍明白：屈汉武不过是借题发挥，利用张联生的事来发泄对现实的不满，于是平静用力地说：

“七叔，你刚才的话有问题哩！你是支书，老党员，要拥护三中全会精神，跟党中央保持一致才好……”

"要你教育我！"屈汉武面子撑不住，恼羞成怒，吼道。

"青萍讲得对，"一直沉默的李正民说话了。他是高中毕业生，至今未脱学生腔，说话慢慢的，夹着好些书面语言。"我们看问题要看本质，要分清主流和支流。农民致富有什么不好！当然，有了钱，不该像联生……"他忽然停住，避开联生，"不该像个别人那样去赌博、犯法。可是致富和赌博根本不存在必然的联系，这是两码事！共产党叫你致富，没叫你去赌博。这就是主流和支流的关系……再说，社员犯错误，我们党支部也有责任啊，为什么不加强思想政治工作……"

屈青萍多少年没有离得那么近，听李正民说过那么多的话了。当然，他的话书生气十足，对屈汉武根本不会起作用。但他说的道理是对的，而且清晰明了，正说出了屈青萍想说的话。刹那间，为他的声音所引起的种种回忆，像闪电似的掠过屈青萍的脑海；她差点没回头看李正民一眼。

果然，屈汉武气咻咻地反驳李正民："哼，讲话不嫌牙疼！责任制、大包干，一家一户，小锅小灶，来去自由，党支部管得住吗？骂不得，打不得，捆不得，管制不得，玉皇大帝也没法子！"

这些话像一束钢针扎过来，屈青萍心里不由哆嗦一下。是的，如果屈汉武一直可以像从前那样，任意骂人、打人、捆人，动不动就用"群众专政"镇压人，联生大概是不会犯错误的。他哪来钱赌博？即便有钱，进城还得向屈汉武请假啊！然而那是人过的日子吗？赌博不好，但毕竟有了钱才能去赌博啊！坐牢有什么，只要认罪服法，还可以重新做人！无论如何，总比过去缺食少穿，窒息的、没有指望的日子好得多，那是不明不白的无期徒刑！屈青萍知道自己现在这种想法是极端的、错误的，在此之前她从未这样想过，刚才屈汉武的话实在对她刺激太大了。是的，她决不因为丈夫犯法，去埋怨这、埋怨那；只能埋怨联生自己不长进，不争气，不懂得珍惜这黄金般的岁月！

屈汉武又蹲到船头去抽烟。李正民也不再说话，缓缓地划着双桨，桨片带起的水花，一串串落下来……天边移过来一大块灰白色的云朵，云朵遮住了阳光，云影落在水面上，罩在小船上……

十年前，屈青萍十九岁，她长得好，有文化，有心计，手麻脚利，是村子里的人尖儿。按正常情况，她无论如何也不会嫁给张联生。张联生是个孤儿，从小缺少教养，暴躁粗野，好骂人打架。村里姑娘们私下说："哪个嫁张联生，不如嫁头蛮牛！"然而偏偏屈青萍嫁了他。没有人强迫屈青萍，她是自愿的；所以她从来不后悔，现在也不后悔……那是个七月的夜晚，风雨交加，久病的母亲终于死去了。支书屈汉武不发话，谁也不敢帮富农婆料理后事。孤苦伶仃的屈青萍守着死人，哭了一天一夜；死人打发不出去，已经开始发臭。屈青萍去找李正民，李正民不知躲到哪里去了。屈青萍去求屈汉武，这位本家堂叔，六亲不认，硬邦邦甩出一句话:“自己想办法!”屈青萍走投无路,去找张联生。没想到张联生见义勇为,二话没说,一领席子卷起尸体就背上了后山。他挖了个很大的坑,将尸体埋好,又堆起好高的一个坟头,坟前还栽上两棵小桃树。屈青萍将浑身泥水的张联生带回家,给他烧水洗澡,给他做饭吃;含泪说:“联生哥,我不知该怎样感激你才好!”张联生憨直地说:“青萍,你嫁我吧,我一定对你好!”屈青萍一愣,推脱说:“我是富农子弟,你不怕?”“什么富农贫农,你是好人,全村姑娘加起来不抵你一个小手指,我想你还想不到!”张联生说着,便一把抱住屈青萍;他是粗野的、强悍的,有力的……绝望中的屈青萍需要这种男人来支撑!在苦难的日子里,人们的感情需要是简单、粗糙的,相互间只要有一点理解、一点默契、一点依赖也就足够了。他们结婚之后,张联生凭着天不怕、地不怕的性格,保护着妻子;谁敢欺侮她,他就和谁拼命。光棍不吃眼前亏,连支书屈汉武也怯他三分。当然联生也为此付出了代价:被扣上坏分子帽子,挨过斗争,挨过捆打。苦难也容易造就真挚的情感,正如锤锻能使钢铁坚强。在那些日子里,丈夫的一切缺点,屈青萍都视而不见,心中只怀着对丈夫的同情和怜爱。她常常含泪对丈夫说:“联生,千万别跟人打架。要打就打我,用力打,出出你心里的闷气就好啦!”偶尔有点钱,她就打瓶酒给丈夫喝;喝醉了,她就将他的头抱在怀里,梳理他那猪鬃般粗硬的乱发……

旅行袋很重,压得屈青萍双腿发麻。她捧起袋子,想另外找个地方放下,可是船底有水,放不得。李正民在后面说:

“放到这里来。”

“不要,顶好的。”屈青萍说。

但是李正民已经停下桨,向前迈一步,从屈青萍肩后伸手将旅行袋提走了。当他弯腰时,胸脯和她的后脑接触了一下。屈青萍不自觉地回头,想看看旅行袋放在什么地方,结果没看见,只看见李正民高卷裤脚的双腿,左膝上有一块很大的伤疤。她想:他几时落下这块伤疤的呢?

小船晃动,听见屈青萍和李正民说话,屈汉武扔掉烟蒂,转过脸来,满有兴趣地看着他们的一举一动,小眼睛恶毒地眨眨,于是又有要说的话了:

“水往低处流,人往高处走。青萍啊,你说是不是?”话说得没头没脑的,但听得出其中含义。屈青萍很生气,可是不愿意在这个事情上和他纠缠。她装作没听懂,不软不硬地还击道:

“可不是,人不往高处想,朝前看,抱住老皇历不放,活着有什么味道!”

“是吗!”屈汉武也装作没听懂,干脆把话挑明,“青萍妹子,离婚吧,离了张联生,再找个上好的;往高处想,朝前看呀!”

“那不消讲,”屈青萍满脸通红,泼着说,“离了当然要找好的,凭我屈青萍这块脸模子,怕找不着啵!”

“当然。不过要注意影响呢：那里还没离脱，这里就勾勾搭搭，不大好吧！”

这简直是拿猪尿泡打人！屈青萍恨不得跳过去撕屈汉武那张臭嘴。但是她克制住了；她不能这样做，这样做倒好像她和李正民真的有什么勾搭了。同时她也知道：拿男女关系来整人是屈汉武最后一招；说明他已经理屈词穷了。她听见李正民也在呼呼哧哧地喘气，也在生气，于是就用很亲热的口吻说道：

“正民，到了城里，我们一起上街吧。”

“嗯。”李正民喉咙里响了一声。

“你买什么东西？”

“没、没什么买的。”李正民结结巴巴地说。

“提醒我，莫忘记给二娭毑买麻线哟！”

对屈青萍这种不露痕迹的挑战，屈汉武毫无办法，牙齿缝里无声地迸出两个字：“骚货！”

小船箭似的向山边拐去，“咚”的一声猛撞到岸边，差点没把屈汉武摔到水里。屈汉武高声骂道：

“正民伢子，你鬼搞！”

屈汉武刚跳到岸上，李正民理也不理他，拨转船头就划走了。

屈汉武看小船划远，心里特别痛恨屈青萍。“妈的，你敢跟老子平起平坐！”他自言自语地说，“正民伢子没出息！吃锅巴，把给老子也不得要！”

屈汉武离船之后，屈青萍不但不感到解脱和轻松，单独与李正民相处，反而更使她感到尴尬，不自如。她真后悔，今天实在不该坐这条船。根据过去对李正民的了解，她能够猜测到等一会儿他会说什么，怎么说，而且他还可能会哭脸（她最怕这个）。是的，她知道：十年来李正民一直在寻找着向她倾吐的机会，而她都巧妙地、坚决地避开了。今天鬼使神差，到底让他有了这个难得的机会。在茫茫的春水之上，在阳光和微风中，除了天上的飞鸟，水上漂浮的草叶，世界上仿佛就只有他俩。屈青萍打起精神，暗暗告诫自己：不管他说什么，反正我不回答，不表态，不动心。

然而在这不到两丈长的小船上，空间又是如此狭窄，没有回旋的余地，没有回避的可能。沉默是难耐的，相对沉默就意味着心灵在交流。屈青萍依然背对李正民坐着，越发感觉到他那炽烈的目光盯在自己的背部。这时，太阳从云朵中露出来了，阳光直射，屈青萍浑身燠热起来。她想：要说什么你就痛快说出来吧，说完拉倒！

李正民突然停桨，小船滑行一会儿，停住了，打横了。是的，他要说话了。屈青萍按住心跳，镇定地等他开口。

“我手累啦，请你来划一阵好吗？”李正民喘着气说。

这种要求是合理的，而且他还客气地加了个“请”字。屈青萍无法拒绝，无法不表态，站起身说：“好吧，你歇着，我来划。”

他们互换了位置，不同的是，李正民面向她坐着，仰起脸，怯怯地看着她。屈青萍划船的姿势很协调，很美：双脚站成丁字步，双臂节奏分明地划着圆圈，富于弹性的身子非常自然地一俯一仰。由于阳光晒人，由于划船用力，她脸色红润，额角渗出细碎的汗珠，眼睛就像春水那样明亮。她扯下鹅黄色的薄羊毛围巾，搭在右臂弯上。

李正民深深吸口气，眼睛盯住黄围巾，轻轻地说：“青萍，这条围巾还是这么新，都十三年啦！”

轻轻的话，重重地落在屈青萍心上。噢，真是鬼使神差，今天偏偏带了这条黄围巾，现在偏偏又将围巾搭在右臂上……误会了，完全误会了！屈青萍想向他解释：这条黄围巾是她自己新买的，而将围巾搭在右臂，完全出于无意。可是解释有什么用，有什么必要……十三年前，李正民确实送过她一条同样的围巾啊！也是在春水泛滥的时候，也是两个人坐在这条小船上，也是她划桨，他坐着，也是周围没有一条船，一个人影，不同的是，他们不是进城，是从城里回村。那时屈青萍刚满十六岁，初中毕业，她渴望继续读书，但却不得不永远离开学校了。她很难过，但当李正民将一条鹅黄色的围巾披到她肩上时，她展颜欢笑了。虽然他们也估计到，他们相爱，一定会受到阻挠，但他们年轻、单纯，并不放在心上。他们指天画地，海誓山盟，对未来充满希望和幻想。屈青萍放下桨，依偎着李正民。无人操纵的小船，在茫茫春水上，不知转了多少圈儿。他们还约定：严守爱情的秘密，在人们面前不往来、不说话。要会面，要说话就到后山的林子里去；那里有一大蓬广藤，好像一个绿色的篷帐。会面的时间固定在晚饭之后，天黑之前。最后，屈青萍说：“我要你来，就将这条黄围巾搭在右臂上，不要你来，围巾就搭在左臂上……嗳，你记住了吗？”“记住了……”李正民兴奋地说，第一次拥抱了屈青萍，并且在她的腮边吻了一下……每逢学校放假，李正民住在村里的时候，早上起来第一件事，就是从屈青萍家门前走过，看她是不是站在门口，黄围巾搭在右手还是左手。这种约会方式，既浪漫又富于神秘感，因此他们的恋情变得更加甜蜜。可是一年两年过去，随着年龄的增加，随着生活浪潮的冲击，屈青萍的忧虑日益加深，不知道她和李正民的关系会落得什么结果。她把忧虑告诉李正民，问他怎么办。李正民什么主意也说不出，只会抓住她的手哭脸。李正民高中毕业回村之后，立即当上了大队会计，很快又入了党，成了屈汉武的得力助手。屈青萍懂得：她和李正民之间，已经有了不可逾越的鸿沟；她偷偷地哭了。从此，她便决心将那条鹅黄色的围巾压在箱底……接着发生了突然变故，母亲死了，她嫁了张联生……

前面荡着一条带篷的渔船。一个男人站在船头，用竹竿驱赶水里的鱼鹰，左一下，右一下，打得水花溅起。船尾一个妇女，背着孩子，在把老大的捞网扯起来；水漏完了，就看见捞网底部下坠，好些银光闪闪的小鱼在蹦跳。

"青萍，请你原谅我吧，"李正民沉重地说，"我必须承认，当时你妈死了，你来找我，我是有意躲开的……我不想强调客观环境，不想说屈汉武怎样对我施加压力。关键是我自私、软弱，缺乏勇气，目光太短浅……"

屈青萍望着他那垂下去的头，头顶的头发已经很稀薄，有点秃了。"他不是才三十二岁吗？"屈青萍暗想，心里酸酸的，抿紧嘴唇不说话。

"可你知道我心里多难过啊！"李正民慢慢抬起头，继续说："好多个夜里，我爬上后山，在你妈坟前哭过。我缺乏起码的同情心，我对不起她老人家……下山的时候，我摔到崖下，膝头伤得好厉害……"

原来他膝盖上的伤疤是这样落下的啊！屈青萍两眼浓密的睫毛迅速地颤动几下，微微张开嘴唇，但她还是不说话。

"我保住了一些无用的东西，却失去最宝贵的。我一直在寻找、在等待，十年啦……青萍，原谅我吧！"他哀求着，哽咽着，眼泪流了出来。

屈青萍扭过脸去，不忍看他。小船紧挨着渔船擦过。那年轻的渔妇向屈青萍笑笑，挤挤眼，又指指哭泣的李正民。渔妇显然是误会了，以为他们是小两口拌嘴。她的笑、她的眼神和手势是善意的、宽容的；仿佛说：和解吧，原谅他吧！

是的，刚才李正民所讲的一切，屈青萍相信都是真实的。李正民并不坏，也懂道理，可就是有点自私、软弱。现在也软弱，堂堂男子汉竟对着一个女人哭脸，没出息。这种男人本来就不值得留恋和依靠，特别是在困难的时刻。张联生即使有一万条缺点，但从来不哭，这一点比李正民强！她这样想着，心里忽然平静了。

"正民，这十年你心里的苦楚我知道。"屈青萍终于开口说，"可是，你何必折磨自己呢！唉，算了，原谅也罢，不原谅也罢，现在都没有意义了。"

"不，我们还可以从头开始！"李正民泪眼模糊，勇敢地说。

"世界上没有从头开始的事。"屈青萍苦笑说，"做夫妻又不是穿衣服，脏了就脱下，另换一件。"

"如果你跟联生离了婚……"

"你不该这样想，"屈青萍停下桨，痛苦地、真诚地说，"你还是那么自私——我不愿意你这样！你呀，为什么老想着我一定会和联生离婚，然后……不，你是共产党员，首先应当帮助我——一个普通社员，去关心联生。要知道他现在一定很痛苦，最需要谅解和鼓励。他可能也会对我说：'青萍，原谅我吧！'你说，我该怎么回答？"

李正民哑口无言，但等了一会儿，爆发地说道："可是我，我爱你啊！我后悔，心都折磨碎了。我苦等你十年，头发都等秃了……我发过誓：一世不结婚，除非和你！哪怕你头发白了，牙齿掉光了……"他激动得浑身发抖，泪如泉涌。他用力揪自己的头发，稀疏的头发成把揪脱下来。

一股深刻的怜悯之情，像大浪陡然涌上屈青萍的心头。她不由自主地扑到李正民的跟前，抱住他的头靠在自己的肩胛上："正民，别这样，千万别这样……"她掏出手绢，温柔地替他拭擦眼泪，无限哀怨地说："我最需要你的时候，你在哪儿啊?!"

李正民哽咽着，死死地抓住她的双手。

迎面来了一只小船，船上的人望过来；屈青萍匆忙地、低声地说，"放开我。希望是有的，一切都等我见了联生再说……"

屈青萍抓起双桨用力划起来。她避开李正民那充满柔情与期待的目光，朝远方望去。春水茫茫，阳光灿烂，视野无比广阔。山边那些被雨打落花朵的桃树，如今又绽开鲜艳的新花。她抿紧嘴，恢复了平素端庄、克制的神态。她发现自己突立在水平面上，心中洋溢着一种独立的自豪感。不是吗，从前她的命运一直由人主宰，而今她不但可以主宰自己，而且还可以主宰别人！然而她决不矜持、任性。她明白：屈青萍还是屈青萍，这种主宰的力量并不是自身生发的，是时代的赋予，时代的恩赐！她将十分珍重时代的赋予和恩赐，采取严肃的态度，对自己负责，也对别人负责！

一刻钟之后，小船靠上县城的正式码头。

"你也上街吗?"屈青萍问道。

"不，我就在船上等你。"李正民将"等"字说得很重。

"这样吧，"屈青萍说，"我怕时间来不及，你替二娭毑买麻线好不?买好麻线再回船等我也不迟。"

"好的。差点忘了，毛伢子还要买五块棒棒糖。"

屈青萍先跳下船，李正民将旅行袋递给她："看守所在沙坪街……"

"我晓得。"屈青萍点点头，挺起胸脯，理理短发，提着旅行袋，轻捷地走上很陡的码头。她那披着三角形鹅黄围巾的背影很快便消失在码头顶端的街面上。

李正民很快就买好麻线和棒棒糖回到小船上，舀干船底的漏水。然后焦急不安地等待屈青萍，不时看表，不时张望码头高处。下午三点钟光景，李正民终于看见那触目的鹅黄色，顿时，他的心脏猛然紧缩，砰砰乱跳。屈青萍手上的旅行袋没有了，双手摆动着，轻松愉快地走下码头。但当她看见守候在小船边上的李正民时，忽然在码头中间站住了。她似乎犹豫了几秒钟，然后扯下脖子上的鹅黄色围巾，有意无意地搭在左臂弯上……

1993 年

叶蔚林

(1935—2006 年)。广东惠阳县秋长乡周田村人。曾任湖南省作协副主席。1987 年底调海南省工作。任海南省文联副主席、海南省作协主席。

1953 年开始发表文学作品。出版有中短篇小说集《蓝蓝的木兰溪》《五个女子和一根绳子》《酒觞》《割草的小梅》，散文集《海滨散记》等。小说《蓝蓝的木兰溪》获 1979 年全国优秀短篇小说奖，《在没有航标的河流上》获全国首届优秀中篇小说一等奖。

北京有个金太阳

李　锐

一

仲银把双手背到身后，挺起胸脯，然后，再把穿着方口鞋的左脚朝前跨出半步，接着，从他粗壮的脖子里憋出一串音符来，索拉多拉拉索拉拉索米——唱！

立刻，和老师站成一排的学生们扯开喉咙叫起来："北京有个金太阳，金太阳……"

仲银是老师。方圆十里学校只有一个，老师也只有一个，仲银就成了十里之内唯一的文化人。仲银打拍子不是面对演员，而是面对观众。仲银觉得只有这样才过瘾，只有这样观众的羡慕和赞叹才可以尽收眼底。因为是面对观众，仲银省去了手的动作，改而用脚，而且只用左脚，一下一下地把脚尖抬起来，再一下一下用力地踩下去，就把学生们的歌声踩出来，"北京有个金太阳，金太阳……"等到有人唱错了，仲银才用手，把蒲扇大的巴掌伸出去，狠狠地扇一下，歌声里就有了打击乐的音响，北京的金太阳就被打得七零八落的。仲银很威严地把头勾回来断喝一声——重唱！于是，随着那只方口鞋的起落，北京的金太阳就再一次地升起来。

观众们全都怀着新奇和钦佩朝台上看，他们觉得老师的多来米实在是一种深奥的学问。有的时候，大家更欣赏的不是孩子的歌声，而是老师的威严，大家很着急地等着老师伸出手来，随便哪个孩子挨了打，台下就响起一片哄笑声。孩子的父母就会在笑声里给老师加油，仲银仲银，狠打！乡亲们一致认为，在教育孩子的问题上老师有无限的权力。方圆十里的山沟里仲银是最有学问的人，众望所归，乡亲们都觉得仲银才是个金太阳。仲银深知这一点，所以仲银特别爱指挥学生唱歌，沐浴在崇敬羡慕的眼光中，仲银觉得很自豪，很沉醉。

只要从戏台上稍稍抬起眼来，就会看见对面高接蓝天的大山，山坡上四季交替的画面，就会因为一个人的张望而具备了难得的主观意味——方圆十里之内，只有一个人懂得抒情写景这四个字的深奥。所以，在很自豪、很沉醉的同时，仲银也时常会有一点鹤立鸡群的孤独和惆怅，仲银就想，唉，都没文化，没有共同语言。因为自豪，也因为这随着自豪而来的孤独，仲银就觉得自己很需要一句诗，于是就从《毛主席诗词》上摘下一句写到粉连纸上。仲银的毛笔字并不好，但还是把那句诗写得龙飞凤舞的："已是黄昏独自愁，更著风和雨。"仲银知道这不是毛主席的诗，但既然毛主席引用陆游的诗，那就不会有错。仲银把龙飞凤舞的粉连纸挂在办公桌对面的墙上，只要一抬头，"已是黄昏独自愁"的自豪和孤独就有了安放之处。偶尔有人来问问，仲银笑而不答，只说那是一句诗。有一次，生产大队的党支部书记赵万金问他，仲银，这疙疙瘩瘩的写的是啥？仲银就把《毛主席诗词》拿出来说，都是从这上边抄的，是诗，毛主席喜欢。支部书记就笑了，呵呵，仲银真是有学问，看这字写的，看这字写的，我连一个也认不得。仲银就想，唉，没文化，没有共同语言。

像大多数的乡村小学一样，仲银的小学校也办在村庙里，只是所有的神像所有的对联都没有了，只留下两排厢房，一个戏台。校长、教员、勤杂都加在一起，就只有仲银一个人。仲银把那只铜铃铛反复摇上十来次，从各处山村走到教室里的孩子，就又各自回到山腰或是山谷里去。没有神像没有对联的村庙里就只留下仲银，还有他的自豪和孤独。

仲银是"文化大革命"的前一年从中等师范学校毕业的，师范学校的四周也都是山，那些山和眼前的山都属于一条山脉，都叫吕梁山。毕业的时候，学校专门从省里调来两部电影叫大家看，一部是纪录片，演的是回乡青年邢燕子；一部是苏联故事片《乡村女教师》。看完电影以后校长作毕业分配动员报告，于是，所有的毕业生都以邢燕子和乡村女教师为榜样，豪迈地走进吕梁山的崇山峻岭之中。在这股献身的豪情里，属于仲银自己的东西只有一件——一把口琴。来到小学的第一天晚上，仲银靠在棉被上，借着昏黄的油灯嗡嗡嘤嘤地吹起来。吹着吹着，仲银听到门外有人声，推门一看，院子里站了黑压压的一片人。看见仲银出来，人群谦卑地朝后蠕动，有两个胆大的孩子说，老师的琴好听，我村里还没人听过这么好听的琴哩。仲银笑笑，仲银就想起《乡村女教师》来。笑完了，仲银看看天，又黑又深的天上空荡荡地贴着一个扁平的月亮，从那一刻起仲银就觉得冷白的月光，冷白地照亮了自己心里的自豪和孤独。仲银说，这么晚了，都回去睡觉吧，想听，我以后再给你们吹。仲银没有想到，崇山峻岭当中这一丝细若蚊声的口琴，竟给自己的自豪和孤独平添了如此的色彩。

有的时候，仲银也会想家。仲银总也忘不了自己考中师范学校的那一天。那天自己从县城中学把录取通知拿回家，母亲把那只装鸡蛋的瓦罐从躺柜上抱下来说，今天咱吃一回炒鸡蛋，总有八九年没舍得吃鸡蛋了。全家人都笑了。看见大家笑，仲银就哭了。母亲一边抹着自己的泪水，一边说，看你这娃，高兴事也是哭。于是全家人一下子都哭起来。仲银知道，父亲、母亲、哥哥、妹妹，为自己上学吃了许多苦；以后，为了供自己上师范学校他们还要再吃几年苦。可是现在，这一切终于有了报偿，自己终于当上了一名光荣的人民教师，而且，是一名和团中央委员邢燕子一样光荣，也和那位苏联的乡村女教师一样光荣的人民教师。这样想的时候，仲银就常常会看看那张龙飞凤舞的粉连纸，然后，把口琴放在嘴里很抒情地吹一阵，细如蚊声的琴声就在破败的村庙中似有若无地传开，仲银的自豪和孤独，就会平坦而又富于色彩地在心里舒展开来。

等到“文化大革命”传到山里来的时候，仲银平静的教学生涯终于有了一点波澜壮阔的意思。所有党中央毛主席的伟大号召，都是通过仲银的嘴传达给贫下中农们听的，当仲银滔滔不绝地把一份又一份中央文件念出来的时候，乡亲们觉得仲银简直就是站在党中央的家门口。念完了各种文件之后，仲银按捺不住行动的激情，把一张又一张控诉刘、邓、陶的大字报贴到戏台上；然后，又把学生们集中到戏台上齐声朗诵。听到村庙里铿锵有力的朗诵，乡亲们都很惊奇，都说仲银的学越教越有样了，都说，听听，听听，念得多好听，可是仲银不满足，当报纸上登出毛主席戴红卫兵袖章的大照片以后，仲银也学毛主席的榜样，做了一个红卫兵袖章戴在胳膊上。自己戴了还是不满足，又给所有的学生每人做了一个红袖章，大家都戴上。乡亲们又很惊奇，都说仲银真是有办法，都说，看看，看看，袖章有多鲜亮。可是，惊奇了一阵，夸赞了一阵，一切又都归于往日的平静。等到冬天来临的时候，夏天做的红袖章已经裹不住肥厚的棉衣袖子，学生们纷纷把红卫兵袖章装进兜里，做了擦鼻涕的手绢。深深落空的仲银很伤心，仲银只好说，唉，全都没文化，没有共同语言。深深落空的仲银只好再回到自己的自豪和孤独当中去。仲银忽然觉得这么大的吕梁山，怎么就放不平自己的一颗心了呢。这可真是一件叫人想不通的事情。大家都不戴袖章自己也没有什么办法，可自己不能不戴。于是，仲银顽强地戴上红袖章，顽强地在村里走来走去，这样走来走去的时候，仲银分明看见许多的自豪和孤独从别人的眼睛里朝自己走过来，仲银和它们握握手，又随手把它们放在身后。渐渐的，仲银觉得自己很像一列拖了许多车皮的满载的列车。仲银就对自己说，仲银呀仲银，你真是“已是黄昏独自愁”呀。仲银再抬头看山的时候，山上的风景就有了全新的意境，仲银把自己的胸中块垒摆满在莽莽的群山之上。

有一次，仲银独自一人走到山顶上，放眼四望，起伏的群山掀起胸中壮阔的诗情，仲银觉得自己很需要一些诗，于是放声朗诵道——站在山头望北京……有了这一句，一时又想不起下面的，只好再喊——站在山头望北京……四野苍茫，群山无语，吕梁山一瞬间吸干了仲银的诗情。仲银实在想不起下面应该说些什么，想不起说什么的仲银只好空落落地再独自一人走回到村庙里去。仲银靠在棉被上想起毛主席的诗，“一万年太久，只争朝夕”。可是，仲银现在觉得白天很长，夜晚也很长，长得和一万年差不了多少。仲银不知道自己这么多的白天和夜晚，这么多的一万年到底怎么去打发。

后来，我问过仲银，我说，仲银，你那时候一个人孤零零地住在这个破庙里，每天都是怎么熬过来的？仲银淡淡一笑，仲银说，那时候村里人全都没文化，没一点共同语言，我一个人坐得闷了，就吹吹口琴，看看《毛主席诗词》。我拿起那本卷了边角的小册子问他，就这本？仲银点点头，就是。然后，仲银又淡淡一笑，“三十八年过去，弹指一挥间。”我也笑了，我知道，仲银又背了一句毛主席的诗，但不是这本小册子上的。那一刻，我忽然明白了为什么一个白天或一个晚上会等于一万年。

我看着仲银的眼睛，我说，仲银，我真佩服你。仲银没说话，仲银拿起桌子上的铜铃铛转身走到院子里摇起来。

二

仲银对我说，如果不是那些鸡蛋和白面，他早就站到天安门广场上了。

我想了想，我觉得左右人的命运的因素，有时候真是简单得不可思议。

仲银说，我那时候是一个人站在沙漠的中心。

我认真地回忆过，我自己从来没有一个人在沙漠的中心站立过哪怕一分钟，也从来没有在沙漠的中心遇到过鸡蛋白面和天安门广场这样相差万里的问题。

仲银决心找到医治自己孤独的良药，于是，仲银采取了更进一步的行动。仲银把一张停课闹革命的声明，赫然贴在了村庙的大门外。声明说，鉴于目前的革命形势，本校全体师生决定响应毛主席的伟大号召，停课参加文化大革命。本校教师将要参加革命大串联，到全国各地学习革命经验。复课时间，将根据革命形势的发展，另行通知。

声明一贴出去，党支部书记赵万金就来了，赵万金来的时候提着五斤鸡蛋，十斤白面。赵万金把鸡蛋和白面老练地放到桌子上，赵万金说，仲银，咱这苦地方，连狼都不愿意搭窝，你年轻轻能来给咱教书不容易。你要不教书了，孩子们还不是当一辈子睁眼瞎。这面，这鸡蛋你先吃，吃完了，咱再说。仲银很激动，仲银一下子想起母亲的那一瓦罐鸡蛋，想起父亲、母亲、哥哥、妹妹为自己受的苦。仲银觉得有必要解释清楚自己的目的。仲银说，赵书记，毛主席说革命不是请客吃饭，你现在这不是请客吃饭么。我怎么能为了你这五斤鸡蛋十斤白面，就不革命，就不参加"文化大革命"呢。赵万金就又老练地笑了，赵万金说，看你这话说到哪去了，一点鸡蛋白面和革命不革命的有啥关系。要说呢，现在正要打倒当权派，仲银，你吃了这些鸡蛋白面，也误不了你打倒。其实呢，一个农村土干部，不打倒吧，哪一天不是在泥里土里滚呢。其实呢，这些鸡蛋白面也不是我的，都是娃娃们的爹妈们东一家西一家凑的。仲银知道，这地方平常没人吃鸡蛋白面，鸡蛋白面除了过年过节吃一点，就只有女人坐月子才吃，一个男人怎么能吃女人坐月子才吃的东西。赵万金又说，仲银，不怕，吃是吃，走是走，你要真想走，这点鸡蛋白面也拦不住你，人往高处走水往低处流么，人要走到高处了，还不是天天吃鸡蛋白面。赵万金说得不紧不慢，说得滴水不漏，说得很老练。说完就走了。

仲银还是很激动。仲银决定坚决不拿群众一针一钱，并且决定亲自一家一家的去送，亲自向大家说明自己的目的。仲银当时并没有想到这五斤鸡蛋十斤白面竟然会改变自己的命运，竟然阻挡了自己走向天安门广场的道路。仲银拿着鸡蛋白面在街巷里走进走出，仲银这样走进走出的时候，满心的激动渐渐地变成了满心的矛盾和沉重，鸡蛋白面一点也没有减少，反而又得到许多惶恐的道歉和许多真心的同情。乡亲们说，咱这地方真是太苦了，真是留不住人的地方，凭心想想，要是自己的孩子从一个恁大学堂里毕业了，端上国家的饭碗了也不想让他留在这种地方。仲银就反复地说，你们想错了。乡亲们就说，咳，仲银真是好心，除了你想错了能来咱这种地方，还有谁愿意想错了来呀。到最后仲银终于闭上嘴什么话也不说了。仲银刻骨铭心地感觉到无以倾诉的孤独。仲银实在想不出有什么办法可以向别人说明自己。仲银这样提着鸡蛋白面走来走去的时候，忽然觉得自己就像一个走进沙漠的乞讨者，那实在是一种彻底的一无所有。

仲银只好在心里慨然长叹，仲银说，真是没文化，真是没有共同语言呀。

仲银终于放弃了还回东西的努力，仲银站在街巷里环顾群山，仲银觉得有一把火红的烙铁吱吱作响地放在自己的影子上。

仲银带着鸡蛋白面带着满心的沉重走回村庙，仲银推开门的时候，发现了一群怯生生的学生，学生们稀脏的脸上骨碌碌地滚动着许多的担心和留恋。

学生们说，老师。

仲银说，你们没有看见门口贴的声明？

学生们说，看了。老师要走了。

仲银说，不是走，是去串联。

有一个学生把胳膊举起来说，老师，我把袖章又戴上了，要是我们都把袖章戴上，天天都戴上，老师就不走了吧。

仲银苦笑起来，仲银看见了那个袖章，袖章上抹满了干了的鼻涕。

仲银把手上的鸡蛋白面晃了晃，仲银说今天不上课，今儿咱们吃饺子吧。我请客。

仲银说，那是他教学生涯中最难受，也最难忘的一天。那是一日千年的一天。

仲银拿出胡萝卜和大葱，炒熟了所有的鸡蛋，拌好馅，大家一起包饺子。然后，全校师生围着锅台，吃饺子。筷子只有一双，碗只有两个。于是大家就端着碗转圈，每人每次只吃一个，然后就把碗递给下一个人。碗在转，所有的眼睛也在转，一直转到最后一个饺子也咽下去了，大家就笑起来，笑得很开心，很满意。仲银想，真是“三军过后尽开颜”呀。仲银这样想的时候满脸都是苦笑。

看见老师在笑，学生们很高兴，学生们说，老师，咱们唱个歌吧。

仲银说，行，唱吧。

学生们说，先唱《北京有个金太阳》。

仲银说，行，先唱《北京有个金太阳》。

那一次，仲银没有用脚指挥，仲银端起一只粗瓷碗来，用筷子叮叮有声地敲打着瓷碗。大家唱了许多革命歌曲，唱了《北京有个金太阳》，唱了《三大纪律八项注意》，唱了《大海航行靠舵手》，一直唱到把那只粗瓷碗敲破了，才终于停下来。

仲银把破碗放在锅台上，仲银说，放学吧，不唱了。

学生们兴冲冲地走出村庙，走到大门口，有人转回身来喊，老师，明天还上课么？

仲银冲着大门摆摆手，仲银说，上课。

鸡蛋白面没有了，学生们的歌声也没有了，村庙里格外的安静，村庙里还是只剩下仲银一个人。群山冷寂，炊烟袅袅，热闹之后涌上来的还是往日永恒的平静。

仲银走到大门前，咯吱有声地把自己的声明关在村庙外边。

仲银说，那天晚上，一个人对于平静的怨恨，从那只敲破的粗瓷碗里汹涌澎湃地奔流而出，不可遏制地弥漫了整座没有了神像也没有了对联的荒颓的村庙。

三

仲银说，那时候他经常学习毛主席的《矛盾论》，满脑子转的都是偶然必然，必然偶然。可是有一天，他忽然发现还有一种“然”，比偶然必然都厉害，这种“然”到底应该叫什么然，他怎么想也想不出来，反正偶然必然加在一块也比不上这种“然”。仲银说，我到最后还是没有想出来。仲银心平气和地梳理着这些现在已经枯萎了的思想，可是，当年这些思想，在他肥沃的头脑中有如一棵蓬勃的钻天杨。

四

事后，村民们一致回忆说，第一个发现老杨树显灵的是饲养员陈三。

那天清早，陈三去场院担麦秸，从场院回来经过老杨树的时候，陈三忽然发现树干上贴着一张黄裱纸，纸上写了许多字。陈三已经七十岁了，陈三知道那些字都是蝌蚪文，只有跳神的神官才认得。陈三记得自己七岁那年，皇上下诏停了科举，老杨树就显过一次灵。陈三慌忙跑回村去，于是，死水一潭的村子，忽然间爆发出“五洲振荡风雷激”的气势来。男女老少全都跑到老杨树底下，看见黄裱纸和蝌蚪文大家全都惊讶紧张得喘不过气来。不知哪一个扑通一声跪下了，接着，大家就全都跪下了。大家全都跪下的时候，并不知道这会是一件破坏“文化大革命”的反革命煽动案。大家跪在老杨树底下还是没有什么办法，有人就说，快把仲银叫来吧，叫仲银看看都写的是啥。

跟着，仲银就来了。仲银把蝌蚪文看了一遍，又把跪在地下的人群看了一遍，仲银什么话也不说，掉头就走。人群追在身后求他，仲银仲银，快给说说吧，快给说说吧。仲银还是不说，还是走。走了一阵觉得身子后头没了声音，一回头，看见乡亲们都朝自己跪着。仲银说，好吧，我告诉你们，纸上说文化大革命是天下大事，叫你们全都听毛主席的话参加文化大革命。要是不听，老天爷就要罚人。大家又问，仲银，你说该咋办。仲银说，组织红卫兵，破“四旧”，贴大字报，游行喊口号。说完，仲银掉头又走。

老杨树是村里的神树。老杨树长了足有半间屋子粗，足有四五层楼高，郁郁葱葱的树冠遮盖了村口二三亩好地。谁也不知道老杨树有多老，只在村庙的碑记上刻着，永乐十年重修村庙的动议就是在老杨树下议定的。村民们对老杨树的崇拜和尊敬是不能用语言来言说的，也不是喊口号和朗诵诗可以表达的。那年冬天的那个早上，村民们对仲银给蝌蚪文作的解释将信将疑。就在这个时候，党支部书记赵万金闻讯赶到了。赵万金对惶恐不安的人群非常生气，赵万金说，解放都这么多年了你们还要搞迷信，文化大革命就是要破“四旧”，你们还要搞封建，你们这是不把新社会放在眼里，你们这是想造反，你们……

赵万金的话还没有说完，就出事了。后来大家一致向公安局反映，要不是出了这件事也就不会有什么反革命煽动了。赵万金说，你们这是想造反，你们……接着，就出事了。大家眼睁睁地看见党支部书记的嘴歪了，接着，就不会说话了。大家忙喊，万金、万金、万金。可赵万金就是不会说话了。村民们还没有谁曾经在一个早上同时看见这么多奇怪的事情。有人喊，这不是仲银说的那话么，这不是应验了么。于是，所有的人全都无比崇敬无比恐惧地朝着老杨树转过脸去，所有的膝盖全都不由自主地朝着黄土跪下去。

后来，县公安局的人就进了村。

公安局的侦察员老张先把手枪从腰里摸出来，老张重重地把枪往炕桌上一放，然后，老张看看脸色苍白的陈三，老张说，陈三，你老实交代，你到底什么时候发现那张黄表纸的，快说。

陈三很慌乱，陈三说，我都是七十多岁的人了，我不能胡说，我咋能发现呢，我就没有做下那发现的事情，我就是去场院担麦秸，回来就看见那张黄表纸，纸上全是疙疙岔岔的蝌蚪文。

老张说，还没让你交代这呢，你说，到底是什么时候。

陈三说，这还用问，这还用交代，天天都是早上担麦秸么。

老张很气愤，老张说，早这么说不就完了，你给我老老实实地交代，不许耍滑头。你们这些老百姓，一点文化也没有，就是会搞迷信。

陈三说，是哩，就是没文化。我七岁那年皇上下诏停了科举，我爸就说念书没用了，连秀才都不念书了你更不用念了，乖乖地种地吧。

老张更气愤了，老张说，行了，行了，你说的这都和案子没关系，你别和我兜圈子。你说说那张黄表纸到哪去了。

陈三说，没到哪去，大伙立马拿来香点上，又供献了，磕了头，求了几句神灵保佑，天下太平，就把纸烧了。

老张说，你们这是销毁证据！

陈三慌忙解释，老张你不用生气么，大伙又不知道你要来，要是知道，还敢不给你留着么。老百姓是啥，老百姓就是得听公家的么，连人都归公家，要那么张纸做啥。我七岁那年，老杨树显灵，树上的那张黄表纸也是这么烧的。

老张说，你给我交代交代目的吧，就是你们到底想干啥。

陈三说，没啥目的，老百姓能干啥，老百姓的事情就是种地养娃娃，就是想图

个天下太平么，天下太平，老百姓就能种地养娃娃么。

老张说，你咋这么啰嗦。你再交代一下，是谁最先说的老杨树显灵。

陈三毫不犹豫地抬出党支部书记来，陈三说，这事全都怪万金，万金的嘴要是不歪，谁能相信老杨树会显灵，哎呀，你说怪不怪，偏偏就那会儿万金歪了嘴。我七岁那年停了科举，也没闹得这么邪乎。

老张是公安局里最干练的侦察员，可是最干练的侦察员到底碰上了最棘手的案子，连证据都烧了，你还查什么。但是老张并不气馁，老张决心干到底，老张说，“金猴奋起千钧棒，玉宇澄清万里埃”。我就是要把这些牛鬼蛇神全都揪出来。

可惜，老张的豪情壮志到底没能实现。没等案子继续侦察下去，老张的公安局出了问题。县城的革命造反派宣布，公安局是代表刘、邓修正主义路线的反动工具，必须砸烂、取消。老张接到一纸立即返回县城的命令。临走那天，老张在村口的老杨树底下迎面碰上了仲银。两个人心照不宣地相互看了一眼。

老张说，仲银，案子的线索我全都掌握了。

仲银说，可是你得走了。

老张说，我早晚要把这个案子办了。

仲银说，老张，其实你并不理解人民群众需要什么。

老张说，我只需要几个人的口供，就可以证明那张黄表纸上的字是谁写的。

仲银就笑了，仲银说，你真是什么也不理解，我和你没有共同语言。

老张朝仲银看看，老张发现仲银根本就没有看自己，仲银远大冷峻的眼光，从自己的头顶上高高地越过去，仲银的眼睛正在横扫吕梁的千山万壑。

这么一来，村子里顿时形成了权力真空。党支部书记不会说话了，公安局来办案的老张也走了，老杨树显灵的事情谁也不敢再提了，好像一个旋转的旋风，突然不动了，所有的沙子、石头、枯枝、败叶一下子都从天上掉下来，一动不动地躺在地上。整个村子就这样失魂落魄地闷了几天。终于，在一天的早上，仲银摇响铜铃铛把学生们集中到教室里以后，又把学生们放回村里去，孩子们把自己的父母全都带到学校来。仲银走到戏台的中央，仲银深知历史给予自己的机会和使命，仲银举起手来庄严地宣布，从今天起，咱们的红卫兵组织就算是恢复了，咱们要响应伟大领袖毛主席的号召，积极参加文化大革命，“破四旧，立四新”，横扫一切牛鬼蛇神，写大字报，学习毛主席著作，批判刘、邓、陶。尽管台下是一片紧绷绷的沉默，但是，仲银还是体会到了深透骨髓的幸福和快乐。这些幸福和快乐好像一片白云，把他高高地从人群的头顶带上蓝天。最后，仲银又补充说，以后咱们还要大唱革命歌曲。咱们现在就唱一个吧。仲银把穿着方口鞋的左脚朝前跨出半步，粗壮的脖子里憋出一串音符来，索拉多拉拉索拉拉索米，北京有个金太阳，——唱！

没有人唱。

台下的乡亲们全都紧绷绷地看着仲银，突然，会场上爆发出震天动地的笑声。笑声中有人喊，行啊仲银，全听你的，啥时候想唱了，你就吆喝人吧。

雷动的喊笑声中仲银突然冷静下来，突然感到从没有过的难堪，仲银拧起眉毛，仲银指着台下晃动的人群说，全都是榆木脑袋，全都是没文化，我和你们没有共同语言。这么说着仲银就哭了。乡亲们一下慌了神，仲银仲银你看你，哭啥呀，老百姓可不都是榆木脑袋么，可不都是没文化么，连万金都叫老天爷罚了，谁还敢再不听话呀，都跟上你闹文化革命不就对了。仲银说，不是跟上我，是跟上毛主席。对、对、对，跟上毛主席，反正是跟上就对了么，快不用哭了。

后来，仲银对自己流眼泪的行为一直追悔莫及。那两行眼泪许多年都留在记忆里，浸泡着仲银的自豪和孤独，虽然毛主席写过"泪飞顿作倾盆雨"，可自己的那场雨下得实在不是时候，那时候自己完全应该是"唤起工农千百万"，然后再"宜将剩勇追穷寇"，而绝对不应该是哭。

又过了一些时候，村子里又恢复了往日的平静。这平静慢慢煎熬着仲银的自豪和孤独。有一天晚上，仲银独自一人找到陈三，仲银说，陈三爷，我知道那张黄表纸是谁贴到树上的。陈三不答话。然后，陈三说，我啥也不知道。仲银扫兴地从陈三家里走出来，走出来的时候看见天上一轮皓月，如水的月光投下自己瘦长的影子，瘦长的影子在银白的路面上浮动，像是一条黑色的大鱼，神秘地漂荡在夜晚冰冷的水面上。仲银抬起头看看月亮，低下头看看影子。然后，仲银从冰冷的水面沉进无底的黑暗中。

仲银在黑暗中看看荒颓神秘的村庙，仲银想，那里面就住了我一个人。

然后，仲银又想，我也许该做那件事情了。

五

我后来一直想，到底我和刘平平是加快了那件事情呢，还是延缓了那件事情呢。但是，不管加快还是延缓，我这一辈子也忘不了仲银出村时的情形。

公社刘主任把我和刘平平领进村庙，刘主任说，这就是学校，这就是仲银，以后学校的教育革命就靠你们三个人搞啦。仲银没抬头，仲银说，这地方什么也搞不成，全是榆木脑袋。刘平平瞪大了眼睛，你这人，对待贫下中农什么态度。仲银说，我们家三代贫农。一句话呛得刘平平的眼睛更大了，你这人，简直没法理解。后来，仲银戴着手铐走出村的时候，刘平平的眼睛也是这么大，说的也是这句话。刘主任说，行了，行了，"军民团结如一人，试看天下谁能敌"。仲银，你得和毛主席身边来的红卫兵搞好团结，这可是个原则问题。仲银忽然抬起头来，眼睛对着眼睛地看着我问，你们真的在这呆一辈子？刘平平抢着说，不是一辈子，是世世代代扎根山区干革命。

仲银转过脸去看看刘平平，仲银念了一句毛主席的诗，仲银说，“蚂蚁缘槐夸大国”。

事后，刘平平对我说，这家伙是个怪物。仲银对我说，那女人能得要长出球来。

刘主任把我和刘平平领进村庙的时候，仲银那张龙飞凤舞的粉连纸还在办公室的墙上贴着。我和刘平平当时都没有也都不可能想到，这张粉连纸深远的意义。刘平平说，这是谁的呀，字儿写得不怎么样，味儿挺酸的。我说，毛主席的《咏梅》前面有一句话，“反其意而用之”，实际上是对陆游的一种批判。说完，我们相视一笑。看见我们笑，仲银就涨红了脸，仲银说，我写这句诗，只代表我自己的意思，不是毛主席的意思，也不是陆游的意思。如果你们不喜欢我可以把它摘下来。刘平平说，我帮你摘吧。仲银断然拒绝了，仲银说，这件事情和你们无关，这是我自己的事情。仲银当着我们的面把那张龙飞凤舞的粉连纸摘下来，又当着我们的面把它撕碎。仲银嚓嚓作响地把那张龙飞凤舞的粉连纸撕得大雪纷飞。

仲银后来非常坦诚地告诉我，当时有两件东西最刺伤他的自尊心：一件是我和刘平平的那种亲密；一件是他母亲给他亲手缝做的方口布鞋。

其实，我和刘平平的亲密是再自然不过的事情，就像我们后来的分手一样自然。我和刘平平原来是同一个学校的，现在又同在一起插队。一个男的，一个女的，再加一座荒颓孤独的村庙，当然就会有些故事，当然就会有些不同一般的亲密。我和刘平平是在一次谈话中，漫不经心地提起仲银的方口鞋的。

那时候，我常常和刘平平一起走出村庙，沿着庙旁的那条小河信步而去。有时走得很远，有时走得很近。这种时候刘平平最爱唱《远飞的大雁》，“远飞的大雁，请你快快飞，捎封信儿到北京，翻身的人儿，想念亲人毛主席”。唱完了刘平平就说，我真想我妈。我就说，现在才知道北京有多远。这样说着，这样唱着，就把许多城里人的眼光洒在荒远的山坡上，就慢慢地看懂了夕阳西下，看懂了新月东升。后来，我到北京的一座四合院去看望刘平平。那时候她已经结婚了，孩子上初中，丈夫是个出租汽车司机。一架茂盛的葡萄在院子里搭出一个硕果累累的秋天。隔着窗户我听见刘平平在唱歌，唱的还是《远飞的大雁》，只是节奏有点快。隔着窗户我看见，原来她在摆弄一台洗衣机，她的大雁现在是跟着洗衣机飞了。

当我们或近或远地从河边走回村庙的时候，常常不是看见仲银窗口上的灯光，就是听见仲银一个人嗡嗡嘤嘤的口琴声。仲银好像在有意地回避什么。我对刘平平说，咱们应当和仲银搞好团结。如果不是那次讲起了鸡蛋白面的故事，也许真的可以像刘主任说那样和仲银搞好团结。那一次，我把仲银告诉我的鸡蛋白面的故事讲给刘平平听。听完故事刘平平笑得直流眼泪。刘平平一边笑一边说，因为五斤鸡蛋十斤白面就去不了北京啦，还别说，他要真去了，连天安门广场也放不下他那双方口鞋……正笑着，我觉得门外好像有人。走出去正好看见仲银。

我说，仲银进来吧。

仲银说，我不进，我穿的是方口鞋。

我忽然很不好意思，我说，仲银，咱们三个还是搞好团结吧。

仲银说，团结？咋团？咋结？你们这些大城市来的少爷小姐哪理解人民群众需要什么。我真后悔我在山上作了那句诗。

我说，哪句。

仲银极其轻蔑地对自己冷笑起来，仲银说，说了你也不理解。

仲银说完话掉头就走。第二天上课的时候，我发现仲银不但是穿的方口鞋，而且专门脱了袜子光着脚板。乌黑的鞋帮上突兀着一片白白的冷冷的皮肤，我不由就想起那张龙飞凤舞的粉连纸，想起那一地纷飞的大雪。

后来，我问过仲银。我说，仲银，你当时为什么那么反感我们。仲银宽和地笑笑，仲银说，我当时实在没有想到，天安门广场会突然走到我眼前。

我们知识青年的出现，确实使仲银显得无足轻重了。仲银再也不是方圆十里之内唯一的文化人，再也不是村民们崇拜的惟一中心了。仲银忽然再也找不到自己的自豪和孤独，没有了自豪和孤独的仲银深深觉得，每一个白天和夜晚都是对自己的侮辱。仲银就想，老张怎么就不来呢。仲银终于明白了老张的存在对于自己难以估量的价值，和老张的那场游戏，是让旋风重新旋转起来的唯一的力量。

后来，就出了那封轰动一时的匿名信。信是用一把尺子比着，一笔一画地写出来的，每一笔都是笔直的，根本无法验证笔迹。信是直接寄给县革命委员会的，信上说，关于老杨树显灵的反革命煽动案查与不查的问题，是一个革命和反革命的试金石。把伟大领袖毛主席的绝对权威，和老杨树显灵这样的迷信活动联系在一起，纯粹是阶级敌人对毛主席的侮辱，贫下中农坚决不答应。这封信从县里转到公社，从公社转到大队，然后，老张就回来了。县革命委员会责令老张立即恢复追查，并且一定要查个水落石出。老张回来的时候没有直接进村，而是直接进了村庙，仲银看见老张就笑了。

仲银说，我就知道你得回来。

老张说，我知道那封匿名信是谁写的。

仲银笑笑，笑得很奇怪。仲银说，老张，你还是什么也不理解，你什么时候才能理解人民群众到底需要什么。

老张说，仲银，这一次我就是要按照县革委的指示，发动群众，依靠群众，彻底查清。

仲银再一次冷笑起来，老张没有抬头看他，老张知道仲银的眼睛这会儿正从自己的头顶上越过去，仲银正在横扫吕梁山。

老张不理仲银的眼睛，老张说，不管是谁干的，这一次查出来他就得跟我回去蹲监狱。老张说这句话的时候正好能用得上冷酷无情，或是无动于衷这样的形容词。

我和刘平平忍不住在一旁插了几句话。刘平平说，我觉得这件事情还得分析分析，不管怎么说，事情的结果是导致了群众积极参加文化大革命，并没有把矛头指向毛主席。最多也就是个人民内部矛盾问题，是个教育群众的问题。刘平平这样说的时候，仲银并没有转过头来，我只看见仲银的耳朵忽然涨红了。于是，我赶紧发表意见，我说，仲银当时虽然对蝌蚪文作了解释，但是根据群众的反映，仲银说的话全都符合党中央的精神，并没有什么政治性的错误。

老张还是无动于衷，老张撩起自己的绿警服，露出腰带上的手枪和手铐，老张拍拍它们，老张说，我不管，这次查出来，那人就得跟我回去蹲监狱。

正当我们这样说来说去的时候，仲银突然转身而去。仲银回到自己的房间里靠在棉被上吹起口琴来，仲银吹的是《北京有个金太阳》。嗡嗡嘤嘤的琴声很怪异很高昂地在村庙里荡来荡去。

刘平平说，这家伙第一小节从来就没有唱准过。

那是我们插队的第一个冬天，那是一个奇冷无比的冬天，奇冷无比的冰天雪地中只有这么一个必须查清的案件，和仲银怪异高昂的口琴声。渐渐的，追查工作归结到案件的中心，中心里只剩下最后的两个人，仲银和陈三。村民们都在叽叽喳喳地推测，不知道到底要抓谁呀，不知道还能不能在家过上年了。老张每天挂着手枪和手铐，在大家的推测中无动于衷坚定不移地走来走去。老张说，总得有一个跟上我回去蹲监狱。

仲银想了半个冬天，终于想好了。仲银想好的那天早上，老张正在陈三家里吃派饭，仲银走进去的时候老张嘴里正塞满了窝窝头。

仲银说，老张，不用查了，是我。看看老张的窝窝头还没咽完，仲银又说，我要不自首，你今年冬天就别想回家过年了。

老张又咬了一大口窝窝头，老张说，你先坐下，等我吃了这个窝窝。

老张吃完窝窝头，又喝了一大碗米汤，然后，老张抹抹脸上的汗水，取下腰带上的手铐给仲银戴上。老张说，我早就知道是你，走吧，跟我回去蹲监狱吧。

老张和仲银这样说话的时候，都没有注意到陈三放下了饭碗，只吃了一半饭的陈三张着嘴，愣愣地看着仲银，嘴里的窝窝金灿灿的很黄，很亮，很鲜艳。仲银出屋的时候转过身来看看陈三很黄很亮的嘴，仲银说，陈三爷，你好好在家放心过年吧。

然后，仲银对老张说，我得和村里的乡亲们告告别。

老张说，不行，这不符合政策，你给我老老实实地走吧。

这时候七十多岁的陈三忽然敏捷无比地从炕沿上窜下来，陈三跑到街巷里喊起来，仲银叫抓走啦，仲银叫抓走啦，仲银叫抓走啦。七十多岁的陈三把满嘴的金黄，灿烂地喷到那一年冬天的冰天雪地之中。

村里人都以为陈三老汉是疯了，都从家里跑出来看疯子，跑出来了才看见仲银手上银晃晃的手铐。银晃晃的手铐把大家的眼睛弄得很疼，村民们就都叫起来，老张，老张，你可不要乱抓人呀。老张，老张，你别是弄错了吧。仲银，仲银，你快跟老张说句好话吧。老张坚定不移无动于衷地往前走着，一面走，一面把那支阴森森的手枪提在手里，老张把手枪举到那年那个奇冷无比的冬天里。

老张说，你们这些老百姓都给我听着，都给我老老实实地站着别动，谁要敢动一动，我就开枪。现在可是考验你们的时候，谁是什么阶级立场，一眼就能看出来。铐子我是没有了，绳子有的是。

就在老张坚定不移无动于衷地发表讲话的时候，仲银无比自豪地转过身来，在那个奇冷无比的冬天，仲银平生第一次感觉到了自己的感召力，平生第一次真正体验到了领导人民群众的幸福和快乐，这一次自己绝对不会再流眼泪了，这一次自己获得的是真正的胜利。仲银看到世世代代麻木冷漠的群山，终于被自己的力量驱赶着蠕动起来。看着自己眼前这惶恐不安六神无主的人群，仲银想起一句毛主席的诗来，“雄关漫道真如铁，而今迈步从头越”。跟着，又想起一句歌词，“戴镣长街行，告别众乡亲”。仲银想，我现在就是要告别众乡亲。这样想着，仲银把自己自豪远大的目光，从苍凉荒远白雪皑皑的群山上收回来。

仲银说，乡亲们，我还会回来的！

老张不耐烦地摆摆手枪，老张说，快给我走吧，等刑满了当然放你，这是政策。

我和刘平平当时也站在人群里，我分明地感觉到仲银骄傲轻蔑的眼光，在冰天雪地之中火辣辣地从我们身上居高临下地扫过。

我说，刘平平，我怎么觉得这件事情总有点奇怪呀。

刘平平很激动，刘平平说，我这辈子还没有见过这种场面，我怎么觉得他这会儿变得像个革命烈士，整个儿一个慷慨激昂，这个人太奇怪了，简直不可理解。

我们这样说话的时候，老张已经押着仲银走到了村口，走到了老杨树的下面。一条白晃晃的冻土大道上，走着自豪孤独的仲银，我忽然就想起来村庙里嗡嗡嘤嘤的口琴声，我觉得自己的鼻子有点酸，我忍不住对着远去的背影大声喊，仲银，你放心，我给你送行李去。

仲银听见了，可仲银没回头。

村民们久久地聚集在一起，叽叽喳喳地诉说着自己的惶恐和不安，诉说着这个奇冷无比不可理解的冬天。就在这时候，陈三突然坐在硬邦邦的土地上嚎啕大哭起来。陈三用苍老的双手拍打着冰冻的土地，陈三说，仲银仲银仲银……仲银呀，你咋这么糊涂呀。

就在那年冬天，七十多岁的陈三爷真的疯了。

六

那年的冬天，仲银成了方圆十里之内人们议论的中心。其实，从那以后的许多年里，仲银都是村民们感叹、猜测、回忆、崇拜的中心。就像那座没有了神像没有了对联的村庙，空出来的庙宇，反而容易放下更多的想象。

仲银在下决心自首之前，曾经考虑了整整半个冬天，仲银把一切都想好了，就是没有想到被抓进监狱之后，再也没人搭理自己了。

我给仲银送过行李，又送了几次衣服，每次仲银都催我，仲银说，你给问问，他们到底什么时候给我定案，到底什么时候开我的公审大会呀。

那时候，宣判犯人都讲究开个公审大会，每次公审大会都是全县轰动的大事。人山人海，万头攒动，人们的眼睛全都盯着台子上的犯人。然后，用红笔打了叉的布告，就会贴遍每一个山庄窝铺。我觉得我有点猜透了仲银的心思，猜透了以后就有点害怕。我就说，仲银，你放心，我给你催催他们。然后，我就去找老张。

我说，老张，仲银的案子怎么样了。

老张说，我比你更急。现在县革委会里两派打仗，几上几下换了好几拨人啦，没人理我这个案子。

我说，老张，当初我们就说过，让你好好想想，你非得抓人不可。

老张说，说得好听。听你的？我得服从上级，我得按政策办事。

我说，老张，有件事情我想求你，不管符合不符合政策，你都得答应我。

老张说，说吧。

我从兜里把仲银的口琴拿出来，我说，求你把这个交给仲银。仲银平常只有这么一点爱好。

老张无动于衷坚定不移地把手一挥，不行。这不符合政策。

我说，老张，我这辈子也忘不了你。

可是除了忘不了，再没有第二个办法。我只有拿着口琴干干地站在县监狱高高的灰墙外边，然后，我想，要不然就在这吹个歌吧，也许仲银能听见。又想了想，就吹《北京有个金太阳》吧，仲银最爱唱。于是，我憋足了力气把《北京有个金太阳》吹得山摇地动慷慨激昂。后来，我问过仲银。我说，仲银，那一次你听见了没有。仲银说，听什么，墙那么高，我什么也没听见。

仲银曾经和我非常认真非常抽象地讨论过时间的问题。仲银说，时间只有在你经历它的时候，它才存在。在经历的前一秒和经历的后一秒，都不存在时间。而且，所有经历过的时间，不管它是一秒、一天、一年，还是一千年，全都是一样长的。仲银说，所以，我在监狱里蹲了八年，两千九百二十天，这和秦始皇公元前二百二十一年统一中国至今的时间一样长。仲银说这些认真抽象的问题，语气平平淡淡的，眼神也平平淡淡的。我有些不大习惯仲银这种平淡无奇的样子，就很仔细地看着他。

我说，时间消失了，有些东西也就永远消失了。

仲银淡淡一笑，说，那当然。

仲银这样说的时候，眼睛看着面前的一只茶杯，茶杯里白色的水汽正一缕一缕的婉转着飘起来，又一缕一缕的转瞬消失在冬天的冷气中。仲银说，他在监狱里老做一个梦，总是梦见毛主席和周总理接见自己：毛主席说，你来坐下，你是人民教师，你对人民是有功劳的。周总理就说，仲银同志，主席叫你坐下，你快坐嘛。仲银说，可是自己总是找不着椅子，一找不着，就急，一急，就醒了。

谁也没想到仲银在监狱里一关就是八年。

我从来没有问过仲银这八年他是怎么过来的。仲银自己也从来不提。

如果不是陈三临终前说了实话，仲银可能还要在监狱里继续关下去。陈三临终前让家里人把党支部书记赵万金叫到炕头前。陈三说，万金呀，我有句话不能带进棺材里去。党支部书记说，有啥话你就说吧。陈三说，万金呀，老杨树上的那张黄表纸，是我贴的。

赵万金就跳起来，陈三爷，监狱里都关了一个啦，你是不想进坟地想进监狱呀。

陈三说，万金，监狱我不怕，坟地我也不怕，我是怕做下亏心事小鬼给我割舌头，拉我下油锅。黄表纸真的是我贴的。那天早上，我去场院担麦秸，就把纸给贴上啦。

赵万金说，好好的，你为啥要贴它呀。

陈三说，我七岁那年皇上下诏停了科举，老杨树就显过一回灵。那时候，我是看着天下要闹乱子了。你想想，这天无二日，朝无二主，连我那马号里一个槽上还拴不住两头驴呢。我实在是害怕，天下一乱，咋种地，咋过日子呀，我就是想求求神灵保佑天下太平。可我没想到仲银他认了案子。原先，我也想认，可看见老张的那枪、那铐子，看见老张的那张黑脸，我就怕了。

赵万金说，陈三爷呀陈三爷，你可真是我的那活爷爷。你这叫干了件啥事情呀。

陈三老泪纵横，陈三说，我活了快八十了，我没做过别的亏心事，我就是对不起人家仲银。那时候你们都说我是疯了，我哪是疯呀，我是难受。

陈三爷说了这些惊天动地的话以后，就心平气和地死了。陈三爷死了以后公社刘主任来找我。刘主任说，县公安局来了通知要放人，你现在是学校负责人，你去把仲银接回来吧。我说，他们到现在也没给仲银定案，也没开公审大会，就这么白白关了八年，算是怎么回事。我不去。

刘主任说，你们这些教书匠，非得枪毙了才算回事？去吧，去吧。你不去仲银还得白白地在那关着。

我就去了。

从监狱里出来以后，我带着仲银进了县城的工农饭店，我要了一瓶白酒，要了好几碗肉菜。端起酒杯来，我说，仲银，陈三爷说那张黄表纸是他贴的，根本就没有你的事。

仲银伸出筷子来说，咱们先吃饭吧。

吃完饭，我把老张交给我的那张释放证拿出来，我说，仲银，这是老张给的释放证，这上边没写你有罪，也没写你没罪。就写了入狱时间和释放时间。

仲银说，你现在是领导，你拿着吧。陈三爷死了，也不知道我爸我妈还活着么，我现在就想回家看看。

我说，行，你先回家吧，反正这个学期也没有安排你的课，等过了寒假再说吧。

要分手的时候，我忽然想起一件事来，赶紧打开书包拿出仲银的口琴递过去，我说，仲银，你看看，我差点忘了。

仲银接过口琴说，这么多年不吹，大概都忘了。仲银犹犹豫豫地把口琴放到嘴上，犹犹豫豫地吹了几句，仲银吹的是《北京有个金太阳》。那时候正流行气声唱法，大家唱的都是《妹妹找哥泪花流》，已经没人唱《北京有个金太阳》了。工农饭店里的人，都很惊奇地看着仲银吹口琴，看得仲银很不好意思。仲银放下口琴说，真的都忘了。那时候，刘平平总说我第一小节从来就没有唱准过，现在更不准了。

我赶紧说，谁说的不准，挺准的，挺好听的。

可仲银还是把口琴收了起来，仲银说，咱们走吧。

我们就走了。仲银回家。我回学校。

后来，仲银又回来当老师。那时候刘平平早就离开村子好几年了，早就回了北京。仲银回来，学校里又成了两个人。有一次，我们带领学生们上山去采树籽，无意中走到陈三爷的坟跟前。我说，仲银，这是陈三爷的坟。仲银看看坟，然后，仲银说，陈三爷为什么非要把那件事情说出来呢。

仲银说这话的时候平平淡淡的。我在后边看着仲银的背影，我发现仲银的头发已经开始灰白了。

没过多久，我也考上了大学，临分手的时候，仲银一直送我走了三十里山路。仲银说，从你们来的第一天，我就知道你们早晚都得走。刘平平还说，世世代代呢。我们才是世世代代。

这么说着，仲银抬起头来，平平淡淡的眼光平平淡淡地打量着苍茫的群山。

我说，仲银，等将来毕业了，我回来看你。

仲银笑笑，仲银说，看也行，不看也行。

走到临时停车点，汽车还没有来，一条灰白色的道路意味深长地在群山之中蜿蜒盘旋而来，又蜿蜒盘旋而去，把思绪和回忆都拉得很长很长。

仲银说，汽车没来。

我说，没来。

仲银说，晚点了。

我说，对，是晚点了。

仲银说，别着急，肯定来。

我盯着公路，我说，不急，不急。

仲银知道我急，仲银就笑了。仲银故意找了个别的话题，仲银说，以前有个想法不敢说，现在可以说说了。毛主席的诗说，“乌蒙磅礴走泥丸”，我觉得不确切，既然是磅礴，怎么又成泥丸了呢？你现在看看咱们眼前的山，像不像泥丸，像吗？要我说，山就是山，山什么也不是。

这时候汽车来了。山里人都是等车等怕了的，全都急急忙忙地往上挤。好不容易挤上去，车立刻就开了，连和仲银挥挥手的机会都没有。满眼苍莽荒凉的群山，沿着那条蜿蜒盘旋的公路，扑面而来，又匆匆而去。

仲银说得对，那些山根本就不像泥丸。山就是山。

——原载《收获》1993 年第 2 期

李　锐

1950 年出生于北京，祖籍四川自贡。1988 年曾任山西省作家协会副主席。2003 年辞去山西作协副主席职务，并退出中国作家协会。现为赵树理文学院专业作家。

1974 年开始发表文学作品。出版有小说集《丢失的长命锁》《红房子》《厚土》《传说之死》《太平风物》，长篇小说《旧址》《无风之树》《万里无云》《银城故事》，以及散文随笔集《拒绝合唱》《不是因为自信》《另一种纪念碑》《网络时代的方言》等。小说《合坟》获 1985～1986 年全国优秀短篇小说奖。

耙耧山脉

阎连科

祭

这年冬天反常。雪是黑的；天低得很，云一线线绕着脖子，风也硬，青一块紫一块地吹，如后娘掴在脸上的耳光；还有树芽，要发时又缩将回去，躲在皮里成了一薄冰壳。李贵大早起床，站门口栽下一阵，抓一把云丝在嘴前搓着，听到了村口冰凌白亮的唤。

“不好了——他死啦——”

“不好了——他死啦——”

是女人的声音。李贵寻声望去，见是村长的女人大惊小怪，便缓缓着走去。

问：“谁死了？”

答：“他。”

又问：“谁？”

又答：“村长。”

再问：“真死了？”

再答:“都硬啦。”

李贵说不会吧,有这么快? 就跟着村长媳妇往村长家里走。路上说,天真他奶奶的冷。村长媳妇说冷死了哩。他嘴里的唾沫都成了冰,水缸也裂了一条缝。村长家住梁上,新搬的家,为的是靠着梁上的公路。盖房时候,李贵用毛驴车给村长运了半月砖,村长说要给李贵家孩娃划一块宅基地。可现在村长竟死了。李贵在村长家院落站了片刻。忽然发现村长家因为村长死了,两层楼房低了许多,红砖墙上蒙着一层霜白,鸽子屎点点滴滴白。

李贵说:“这屋子住着冷吧?”

村长媳妇说:“不冷。他睡在东屋。”

东屋倒是一个好的去处,墙壁冷白,屋中央有一炉过夜炭火,空气红艳艳的。墙角上,绕着一盘眠冬的青蛇。村长睡在床上,李贵掀开被子,看见村长的脸微青微紫,瘦削,像切了一晌青菜的刀。那脸曾经荣光,红彤彤的,仿佛一盘日头,气色如朝阳。他把手放在村长的鼻前试了一会儿,又把手拿回放在火上烤着,反复地搓着。暖了,又从桌上取村长一支烟细抽,有滋有味,去看那烟的牌子,见是外国的字,说,怪不得的。

村长媳妇木在门口,样子似有人来了她就没了啥儿事情,望着李贵的脸,又如自言自语,说:

“说死就死了。”

李贵吐了一口浓烟。

“也值了。”

村长媳妇朝前走了一步。

“贵哥,你得管他。”

李贵抬起头。

“死前说了啥儿?”

村长媳妇拉凳儿坐在火边。

“前几天说他死了谁主持后事不能亏谁。”

李贵弹弹烟灰。

“多少?”

村长媳妇默了一阵。

“一千块。”

李贵站了起来。

“我俩耍一个泥猴长大,咋能不管。”

从村长家出来,李贵昂在梁上。远处的山脉模糊一片,近处的村落黑塌塌如一堆牛粪。村子里有搅水的声音,叽咕叽咕响得白亮。走了一程子路,又烤了火，再被冬冷一袭，一热一凉，他忽觉浑身受活起来。骨关节咯啦咯啦响。在梁上用力咳了一下，日头受惊似的跳了出来，村街上有湿润的红光。回家时，碰到挑水的村人，他对人家说：

“村长死了。”

那人怔着：“死了？”

“死了。”

回到家，他立在院子中央，面对大儿子和儿媳住的厢屋，大声地唤，起床吧，村长死啦，日头也照到了村头。听到了床上的响动，他就往上房里去，一转身看见儿子光脚光身，单穿个花裤衩儿立在门口。

“爹，你说啥？”

“叫你媳妇起床烙几张油馍吃。”

“面还没磨。”

“借。”

“村长死了？”

“村长死了。”

吃罢早饭，全村人就都知道村长死了。乌鸦在树上叫得厉害。白色的声音，一波一浪，滚到对面梁上。男女村人，老老少少，都来立到树下，鸦鸦一片。说起来，一村人大多李姓，数李贵辈分靠上，又与村长亲近。早年村长的前房媳妇生过死婴，就是李贵扛到梁上埋的。村长说，贵，守两天吧，大小是条命，别刚埋就让野狗扒了。李贵就领着孩娃去那小坟边睡了三天。再说，都知道李贵是名好土匠，三邻五村死了人，都要请李贵领班打墓，且木匠活儿也一知半解，独个儿能做桌椅、房梁、棺材，只是活儿粗些。村人们都那么站着，好像是在等着李贵出来。李贵来了，说你去打墓，你去烧饭，你垒锅灶，你去找几个木匠，男人却都站着不动。

李贵说：“人死了总得埋呀。”

就都分头去了，村里一片乱麻的脚步声。男人们走了，仅余女人们歪在树下，李贵看着她们，说都愣啥，该买布的去要钱买布，该做寿衣的回家拿针线做寿衣。于是，女人们也都走了。走了，李贵又唤住一个俊俏女人，说：

“你在娘家开过饭铺？”

俊俏女人说：“哎。”

“烧饭去吧，”李贵说，“烧好吃些，别可惜油，村长家有好几头大猪。”

这就忙起来，村里村外挤满了声音。从后山坡传来的打墓的音响，沉闷而又笨重；村头上木匠们忙着棺材，叮叮当当，声响灵巧清脆，极如百灵的叫。灵棚扎在村长家门口，那儿有一片空场，有时候村长被镇上的小车送回，小车就在那儿调头。做寿衣的女人们，在村长家的新房里，本可以缄默制作，又偏把话儿说得很开，问村长的女人有没有改嫁的意思。打听村长死后留下多少银存，议论谁会接坐村长这把椅子。而最响亮的，还是灵棚下的哭声。村长兄弟三个，有一群侄男侄女。虽然和眼前的女人是二婚夫妻，还未曾留下后代，然前妻死后却留下二男一女。孩娃们哭天唤地，撕裂了嗓子，在行礼途中，把悲戚雨样洒满了山梁。来吊唁的人也山海。毕竟村长活着时节，管了耙耧山脉的许多百姓，人物哩。李贵是忙成了一锅糊浆，四处地黏着沾着，往墓地跑，往棺材场上跑，往灵棚下跑，往寿衣床边跑，还要应酬吊唁的来宾。

问说："这就死了？"

他说："这就死了。"

人家说："想想，心凉。"

他说："想想，也值了。"

天黑冷，他身上总是黏渍渍着有汗。第三天，村长的女人说，真幸亏村长生前有你这个朋友。李贵笑笑，说你知道，村长从来没把我当做人看。

村长的女人说："过去的事就别提啦。"

李贵说："你得去村长的灵前哭一场。"

她说："他活着的时候我的泪就哭干了。"

李贵说："哭给人看的。"

村长的女人就去了，烧了一堆黄纸，哭得声动山河。村人们都说，真苦了这女人，刚嫁来几年。村长的女人去了，李贵便独自在村长的屋里细看。先前，他来村长家里，村长从来没让过他坐，他总是圪蹴在村长面前的一角，像怕冷的狗。村长坐在桌边的椅上，吸着烟。瞟他一眼，说吃过了？不等他回话，就又瞟了别处。村长的椅子上有一个海绵垫子，李贵摸过，软得如女人的肚子。李贵在屋里目搜一遍，把村长用过的一个烟嘴装进了口袋，还把村长玩的麻将，抓一把丢在箱子缝里，最后在那海绵垫上坐了下来，学着村长跷腿的姿势吸了一根卷烟。正享受时候，有人走了进来，说要装殓了。该给村长的棺材里装些啥儿。李贵便将村长的女人、孩娃叫来，说最后一次尽孝的机会了，你们最知道村长爱啥要啥，问该往棺材里装些啥儿呢？

女儿说："多装些冬天的衣服，爹怕冷。"

孩娃没有说话，抱着桌上的麻将盒出去了，李贵看了一眼箱缝，问村长的女人：

"村长活着时最爱啥儿？"

女人说："女人。"

别说气话，李贵说人死了一了百了，连我都为他做了主事，你又何苦哩。他让女人把箱子打开，找找村长有没有心爱之物。这当儿，女人忽然想起一事，说村长有个小木匣子，从来都锁在箱里，不知里边装了啥儿。李贵让取了出来，见匣子漆已剥了，很像相传的什么藏物。李贵说是钱吧，女人说不会，村长这几年有生意，不缺钱花。又说："也许是首饰。"

李贵说："村里解放前连个地主都没有，哪有首饰。"

想开匣子，女人又找不到钥匙，翻遍了村长的旧衣，急了，李贵便拿火炉旁的火钳撬了，从中取出一团红布，打开，见是一枚大队改为村时，大队党支部的那枚旧公章，还有印章盒，一个红皮笔记本。笔记本上写满了字，一行一行，是账。从村长当村党支部副书记的1961年算起，记满了村人吃返销粮的名单和数字。李贵从第一页往下看，看到1961年的名单里，写着李贵35斤，1962年的名单里，李贵40斤；1963年，李贵：17斤。翻到最后一页，1985年：

李庆：70斤

李彬：80斤

李大海：100斤

李三狗：90斤

李贵：50斤

李小树：95斤

张妞：200斤

李贵把目光搁在张妞的名下，不动了。张妞原是村中的一个寡妇，一母一子，两口人，竟有这么多的返销粮。李贵存疑，又倒着前翻，发现自她男人修梯田死在崖下的来年，她的粮数就比别户日渐地多。好在张妞死了，上吊的，也就不去计较了。村长的女人见李贵翻着那本儿愣怔。说扔了吧，没用了的。李贵说，放棺材里，村长的命哩。

外面冷得少见，灵棚下生了大火。孝子们都在烤着。村长躺在棺材里，如睡在床上无二，无边的安详。他穿了九层寿衣，脸上搭了一方白布，把棺材塞得满满当当，加上孩娃女儿尽孝，又在棺材中放了许多别的东西，都是村长生前的心爱之物或常用的物件：几条好烟，狗皮褥子，麻将，烧酒，一叠《人民日报》，一本《农村基层干部手册》，还有一个收音机，手电筒，七七八八，零零碎碎。放满了，孩娃还拿了一个简易老式录音机，几盒豫剧磁带。说是村长生前最爱听的，想放，又放不进去。为难时，李贵来了，不由分说，把这些零碎全都拿出来扔了。

女儿说："贵伯，这都是俺爹生前用的。"

李贵把眼睛瞪了一下，说这么孝顺，还不知道你爹最最需要啥儿。儿子说，把录音机放进去吧，他爱听戏。李贵把那枚大队党支部的公章亮了一下，说：

"有这全都有了。"

把公章放在村长的右手下，红皮笔记本放在左手下，都是红的，艳在两边。棺材里立马有了红光，连村长那微青微白的脸，也些微红润起来。孩娃、女儿对望一眼，觉得李贵说得在理，也不说啥，开始收拾他扔在地上的零碎。似乎是受了李贵的启发，孩娃将那一叠儿《人民日报》放在了村长头下，女儿把那本《农村基层干部手册》并着红皮笔记本放了左侧。

这就算把村长装殓了。

李贵从灵棚出来，落日西去，日光暗红，他脸上红光满面，村人都说知村长者莫过于李贵。李贵笑笑，说该忙啥忙啥，明儿一早出殡。

村长在灵棚上睡了三天，孝子们守了三天，人都累了，安排夜间守灵时候，李贵说，谁守？孩娃、女儿、侄男、侄女，皆都默着不言。李贵说我来守一夜吧，好坏吃返销粮时，村长从来没有忘过我家，分地时还分了一块好地。这时候就有许多村人说贵伯守了，我也守吧，说哪年哪月，曾得过了村长啥儿好处。就有许多男人站将出来，要同李贵一夜守灵。

夜里，在灵前把火生得大极，烧的尽是村长家盖房时用下的木椽，劈劈啪啪，响得山崩。没有月亮，对面山梁上的雪光黑成一片泥塘；近处被火照亮的地方，呈出黄的颜色。村子里静极，偶尔响起的脚步声，由远至近，又由近至远，终于如村长一样消失在梁上，只有一句半句的对话，在山梁上飘动。

“李贵这人……”

“好哩。”

“村长若在天有灵，该知道满村人唯李贵对他真心。”

李贵们围火守灵，只看棺前桌上的草香将尽时立马换上，断然不让香火途中灭了。其余时间打了扑克，说了笑话，论了天气，年轻人就都睡了。李贵独自坐着，取出村长的烟嘴抽烟。连抽三支，忽然想尿，走出席围的灵棚，梁上风利刀一样砍来，本已解了裤子，忙又系上，退进灵棚内。风把油灯吹得摇曳，似乎想熄了灯火。李贵用一席将棚门堵了，又换了三炷细香，把供品盘中的油饼拿一块烧焦吃下，独自坐着仍是想尿。在灵棚里走了一圈，见横七竖八都是睡着守灵的李姓村人。硬是找不到解的去处，在棺材边上站了一会儿，就立到架棺的凳子头儿上，取出自己那样东西，朝棺材里村长的九层寿衣上尿了一泡，臊气漫天弥地，最后尿将完时，忽然想将尿水朝村长头上浇上几滴，半转了身尿却完了，后悔着打个寒尿战，骂声奶奶的×，村长真个儿好福气。下来凳时，却看见身后立着一个半大孩娃，是寡妇张妞家的，十七余岁，瘦条条如一段干枝，脸上凝了极厚一层惊疑。

“贵伯，你敢这样？”

“尿吧，是个机会。”

“敢吗?”

“你不觉得你娘死得冤屈?”

孩娃就学着李贵模样,跳上凳去,在村长脸上浇了一泡长尿。下来,便同李贵伙着拉过一条被子,钻进被窝睡了。

来日,匆匆忙忙盖了棺盖,出殡前孝子依着血缘亲疏,依次行了十二叩拜,秩序井然,响器箫乐欢畅生动,仿佛溪水在村长家门前潺缓流动。最后是朋友亲戚依次烧纸磕头,以示哀悼。亲戚朋友也很讲究,亲密的不仅烧纸磕头,还在灵前烧了纸马纸牛,金山银山,童男玉女之类的阴礼,稍远的,也就单单磕下一头算了。至尾轮到李贵在棺前行礼时候,都想他会在村长的棺前磕头了事,因为他为村长的后事操心费神,尽过了情意,且也没谁见他买来纸货,然却不想他忽然跪在棺下,从口袋取出一叠儿捆好的十元的真钱,一张一张丢进火盆里烧掉,每烧一张,都说一句你买盒烟抽,或你买瓶酒喝,再或说冷了买件衣服。一村人为李贵的举动愕然,谁也不知道他从哪儿弄来那么多钱。灵棚前烧钱的气息,是一种白浓浓的烧布的煳味。村人们看着那钱烧了可惜,说李贵伯,你疯了,那是真钱。

李贵说:“一辈子就村长对我家好,不这样我心里难受。”

村长的女人从人群外冲了进来,说:

“贵哥,那是一千,不是小数。”

李贵没有扭头,依旧一张张地烧着。

“数小了村长也不会拾在眼里。”

一千块钱就这么烧了,烧出了一村人的唏嘘。葬了村长,村人们都说,村长有李贵这么个知音,死了,值。

两个女人

村长的坟被盗了。

坟在后山阳坡。阳坡上无雪,枯败了密密杂草。土地是黄褐的颜色,坟地是灰白的颜色,村长的新坟是一圆红丘,如一轮落山的日头,在那山坡上鲜活搁着。满山遍野都是新坟新土的馨香。及至掘墓贼掘了那墓,那新土就七零八落一片,土香味更显浓烈,远看那墓,又像碎在山梁上的一地蛋黄了。

掘墓贼没拿啥儿了不得的东西(也没了不得的东西供他拿),拿走了村长那枚大队党支部的圆公章和历年村里返销粮的分配统计本儿。村委会干部领着乡政府的干部来看了,问了情况,瞅了现场,最后说:妈的,啥鸟人都有。就撤走了。

村人也都来看了,看一遍物件,一件衣服不少。只少了那枚公章和红皮本儿,也都说:“就是,啥鸟人都有。”

这是案子，乡干部没说把墓封了，村长的墓就那么敞了三天。村长的女人去问，乡干部说封墓还要交代？再不封村长的尸体还不喂了野狗。

村长的女人来封墓。

独自来了。扛了锨锄，锄把前后排了两个很重的包袱，连村长的前妻孩娃、女儿也没叫。有日光，薄薄如水湿在梁上。梁上委实地静，除了偶有乌鸦、麻雀在飞，就剩下村长的女人在梁路上摇。晨时，影子拖得细长。冬风吹在她的脸上，麻辣辣地疼。为了避邪，穿了一件婚时的红袄，如慢慢滚动着一团火。到坟地那儿，四下瞅了，就急步走至被掘的坟前，要跳下坟时，又忽地退回站着。

竟从那坟坑里又爬出另外一个女人。也是一件红袄，略瘦脸儿润白，俊俏。村长的女人一眼就认出这是李贵家的儿媳。她因慌张，还没瞅见村长的女人，待从那墓槽中蹬着脚窝爬将出来，一抬头，见了。

村长的女人拿鼻子哼了一下。

李贵家儿媳瞟一眼她，不言，走了。

村长的女人望着走远的李贵家儿媳，收回目光，很快地将两个包袱用锄勾着，系进墓里，然后自己就跳将下去。墓里倒觉温暖，空气是浮白颜色，如了蒸气。墓室很大，村长的棺材架在中间，左边是他的前妻，其棺木都已朽了，黑漆变成了霉腐的草灰。右边宽敞如半间房屋，不消说那是留给这女人的位置。她立在自己的位置上，静一会儿，借着薄光看村长的棺盖半盖半开，显见是被刚才那个女人动了。我照你说的做了，村长的女人对着棺材说，几天前没在你的棺里放一样值钱东西，让盗墓贼白盗一场，现在我来给你送你要的东西了，你该知道是哪个女人对你真心了。有良心你就躺着别吓我。说完这些，女人用力把棺缝打得再开些，让从墓槽透来的光亮照过去，粗粗往里看了，见村长的九层寿衣依然还在，依然还是仅仅少了那枚公章和红皮本儿，她便利索地打开一个包袱，是几件衣服包着的一个十四英寸的电视机，将其放在棺里村长的脚头。又将另一个包袱打开，是衣服包的一个簇新的录音机，和十几盒常香玉唱的豫剧磁带，将其放在村长的手边。再把一些零碎的物件：一个手电筒、二个袖珍收音机，一副扑克牌，几盒好烟。一股脑儿兜着倒进棺里。之后，她从口袋摸出一个红布包的东西，小心地放在了村长的口袋里。

是一根金条。

“都有了，”女人说，“你在那边好好过吧，我全照你说的做了，有合适的我就嫁人啦，别再怪我了。”

说完这些，女人去移动棺盖，要盖时，手却僵住，把目光搁在村长的脸上。那脸上如在灵棚一样，盖着一方白布。村长的女人在那白布上看了一阵，摸出棺里的手电筒，打亮，掀开白布，人就呆了。

村长的阳物竟被割了下来，如枯萎的一节萝卜，结实地塞在村长的嘴里。村长的嘴被那阳物撬歪了。

村长的女人想吐，干干咳了几下，把手电筒往棺里一丢，匆忙着移了棺盖，慌慌张张逃出了墓室。爬至墓槽口边，空气爽爽朗朗扑来，日光轻纱一样摸她。她深深吸了一口气，坐在墓口的土上，听到了一个很细的声音。

“你动它了？”

回头，见身后坐着折回来的李贵的儿媳。仍是红袄，如一团火。

“动啥？”

很平静的。

“嘴上的东西。”

终于吐出一口唾沫。

“没有。”又说，“我恶心。”

山梁上很静，冷得萧条，沟边的槐枝孤零零地在空中摆动，声音细微如村长在墓里的呼吸。有一只乌鸦在枝上静卧，看着这两个女人。两个女人皆都默着，都缓过一口气儿，是两张漂亮的脸。远处的山梁，在白光中清晰了轮廓，有一条河在山脚下静静地流。这样沉沉地过了许久，一个女人缓缓看着那河说：

“没想到你和他真有那档儿事。”

另一个女人说：

“你早该知道的。”

这个女人说：

“我早知道了，不敢信。”

另一个女人说：

“村长压根儿没有喜爱过你，看你是姑娘才娶了你。”

这个女人说：

“知道的。”

另一个女人问：

“知道了还嫁？”

这个女人说：

“图他是村长。”

另一个女人哎了一声。

这个女人问：

“你以为他喜爱你？”

另一个女人说：

“不喜，他图我脸白，身腰也细。”

这个女人又问：

“你图啥？”

另一个女人说：

“划宅基地，要盖房子。”

这个女人说：

“不是早就划了嘛。”

另一个女人说：

“划了。他是村长，我赶不走他。”

这个女人问：

“你男人不知道？”

另一个女人说：

“知道。他不是男人，只会摔东西。”

这个女人长长出了一口气。

“这下好了，死啦。”

另一个看着她。

“你为他守寡？”

她说：“婊子才为他守寡，我早就有了主儿。”

日头有些正顶，山梁上透了淡暖。两个女人开始封墓，一个用锄扒土，一个用锨撂土，把黄土的腥鲜金灿灿地扬在梁上。乌鸦从树上走了，翅膀扑打的响声，惊天动地。两个女人抬头看了，擦了汗，又干。把村长的坟墓封得很大，很高。又把一边乱碎着的花圈，捡来插了。

李贵的儿媳拍拍手上的土：“对得起他了。”

村长的女人望着她审看一会。

“你是替他封墓还是替我干活？”

“替你。”

“你恨他？”

“后悔最后一夜没有朝他后心扎上一剪子。”

“我刚才朝他棺里放了金条，你家盖房时可以扒出来。”

两个女人开始往山梁下面村落走。李贵的儿媳说，真是一日夫妻百日恩，他死了，你给他买了电视，录音机，还放了金条。村长的媳妇说，都是他死前交代的，他知道他死后有人会盗墓，说先让人盗个空墓，然后再放这些贵物。李贵的儿媳说，你也真去给他放？村长的女人说，他说了，放了让我改嫁，不放就别想再婚。

走近了村口，两个女人像两团红火，跳跳荡荡分开，朝着两个方面红去，留下很响的唤：

“那东西就你知道，需要了去取——”

凶　手

事有意外。

这事也只有耙耧山人可为。

村长的坟封过不久，他的表弟回来了。表弟是个头面人物，在洛阳的律师事务所混事，听说表哥猛地死去，到村长家坐了，问了村长家大儿一些情况，说了人生人死乃自然规律的劝慰，也便走了。然事未过夜，来了两个乡村警察，并不往村长家去，只住村里，逐户地了解，问村长生前和他的女人关系如何，在村中得罪下了谁，有否仇人。不消说，显见是怀疑村长的死。这样一来，村中已沸沸扬扬，村长家里还以为是调查是谁盗墓。

第四天，乡村警察找了村长的女人。

“我们要开棺验尸。”

“为啥?”

“村长可能是非正常死亡。”

那不行，村长的女人说，我是村长的媳妇，我不同意开棺。也不问为啥? 女人却只是嗫嚅，这样事情就有几分明朗，要把女人带走审了再说。时候是午时，阴天，山梁上阴沉着空气，又湿又冷，有雾在沟里黏稠地流。一村人都围到村长家里，见村长的女人又哭又唤，说不是自己害了村长，说夜里睡觉，不在一张床上，醒来他就死了。村长的一双儿女还小，大十三，小九岁，在一边看后娘像一个疯子，既说自己不是凶手，又不让开棺验尸，还不肯同乡村警察到镇派出所受审。抱着门口的一棵小树大闹，哭得唤天叫地，警察拉她，她抓着小树不放。小树断了，倒在地上，又抱着树桩。

警察在她身上踢了一脚。

一个孩娃从人群冲将出来，突然说是他害了村长，村人都呆着，乡村警察也愕然。孩娃不到十八，小个，黑脸，穿蓝袄，他立在人群中央，就如那断了的树桩，很俨然。

“不是她，”孩娃大声说，“是我害了村长。”

乡村警察不知如何是好。人群立马静下，能听到人群的呼吸，又白又亮，天依然的冷，谁摔鼻涕的声响，枪声一样脆在墙上。村长的女人看这孩娃时一脸雪色，嘴半张半合。有只乌鸦从人群上空飞过，一滴鸟屎落在警察的大壳帽顶上，就有了满梁便腥的青藻气息。警察醒来，说先把他带到村委会里。

另一个警察就领走了孩娃。

这孩娃是寡妇张妞家的，十七岁零半。寡妇几年前上吊死了，他独自着过。被警察领着往村委会去，穿过人群，穿过村街，谁也不看，样子是对世界不屑一顾。脚步很重，用文章的话说，很勇敢的，只是进村委会大门时，才回头看了一眼跟来的人们。

“想不到呀。”

“这孩娃长大成人啦。”

“寡妇有这孩娃死了也安。”

一村都是这样议论。议论如冬末春初相交时候的雨水，落遍山梁，外寒内暖。说起来，事情村人皆知。那时候村长的结发妻子死了，二房还没续上，闲不住，和寡妇好。都以为要合铺为家。寡妇也对人说要和村长成婚。可是，忽然一天，村长就娶了眼下他这女人。结婚那天，寡妇就上吊死了，那时孩娃还小，十二，在母亲的尸体面前还不会悲伤，只会睁大一双不知发生了啥儿的眼睛。五年过去。孩娃就长大了，知道替母亲报仇了。

村委会有三间大屋，会议室，门口放了一张桌子。年岁大的警察坐在桌前，寡妇的孩娃坐在离桌丈远的椅上，年小的警察立在孩娃身后。村人们围在门口、窗下，听他们在屋里一问一答。

“你叫啥？”

“李小狗。”

“大名？”

“李小狗。”

“小名呢？”

“也是李小狗。”

“啥学名？”

“没上过学。”

“多大？”

“十七。”

“是你害了村长？”

“哎。”

“为啥？”

不答。

“为啥？”

仍不答。

“村长欺负过他娘，”有人在门外唤，“说要娶人家又不娶了。”孩娃从屋里用眼剜了门外人群一眼，那说的就不再说了。这样的事情，也许警察已有耳闻，并不深问，接下就问孩娃咋样杀了村长。孩娃说用“敌敌畏”，说他早就想杀了村长，说村长结婚的前一夜还住在他家，早上起床走时，母亲不让他走，他打了母亲一个耳光。说村长走了，母亲就上吊了。说那时候他小，眼下长大了。说那一天村长让几个村人去把他家地边翻了，他去啦，回来才知道村长有病，不会动的，晚上去给村长家送铁锨，村长让他去梁上的路边饭店给村长端一碗羊肉汤喝，就在汤里放了敌敌畏。问孩娃敌敌畏瓶在哪儿，孩娃说在家里窗台上。一个村干部去了孩娃家，果然在那儿取回一个敌敌畏的空瓶儿，乡村警察接过那瓶看了，嗅过，把瓶放在桌角上。

“你知不知道杀人要偿命?”

“知道，”孩娃把脖子梗了梗，说，“他是村长，我是百姓，都死了也是他吃亏。”

乡村警察不再问啥，对望一眼，说带回去再说，就从腰里取出一副手铐，又圆又亮，冷得很，铐子相撞的声音丁丁零零，像自行车的铃声，清脆。孩娃看见手铐时，脸黄了，额门上有了汗，然他还是把手伸了出去。到此，村人也才想到事情严重，也真的是要杀人偿命。立马都在窗外，门外呆着，自动闪开了一条让警察带人的通道。可是，从那道上走进屋里一个汉子，横在了那手铐和孩娃中间，说你们被这娃子骗了，他说的全是我说给他的。

警察说：“你是谁?”

汉子把手伸着往手铐里送。

“把我带走你们就都知道了。”

警察说：

“你要干啥?”

汉子说：

“是我往村长碗里倒的敌敌畏。”

警察看他的脸。

他说：“那瓶扔在村长家大门后，不信了去拿来看看。”

警察就不再说啥，两个手铐环儿，一个套了汉子的左手，一个套了孩娃的右手。套孩娃当儿，汉子挣了一下身子，大声地喊：

“别扣他!”

都没想到这汉子的嗓口这么洪亮。他是李贵家的儿子，原是说话低声小气，走路慢慢悠悠，杀鸡都要头扭向一边的人。老婆打他，也未曾还过手的。不还手时，老婆又拿着他的手来打自己，对天哭喊，说我一辈子咋讨这样窝囊一个男人。倘若不是李贵在村中人缘极好，又有些辈分，邻舍一再劝说，说好女不嫁二男，你再走一家遇了恶男天天打你，那时候便后悔莫及，说不定老婆就和他离了婚的。就是这样一个男人，可谁想他竟敢说他杀了村长，还吼喝警察，不让带走孩娃，连警察一时都吓得哑然。可是孩娃，他却并不领了汉子这份人情，他伸出他又瘦又黑的细手，很轻松就让它钻了手铐的冷环，就如学生把钢笔插进笔筒一样。

把孩娃和汉子带走了。

大凡村里老少，皆都走出门来，站在自家门口，一脸半惊讶半冷漠的神情，望着孩娃和汉子，默默着无言。村街是条狭窄的胡同，人们竖立两旁，很像十里相送。孩娃和汉子是并着肩的，他们脚步都有脚力，把村街砸得极富声响。这个时候，天空有泥浆般白光，他们的脸都气色尚好，威武而又平静。汉子步大，孩娃为了和他并肩，脚下是半走半跑。穿街而过时候，他们是英雄模样，昂头，仰视，傲然。都没有戴帽，风吹乱了他们头发。有只狗跟在他们身边，是孩娃喂的，走至村半，孩娃朝狗腰上踹了一脚，断喝说："回家！"狗便卧在街上怪叫，出来一个老汉，抱了那狗，说：

"放心去吧，我先喂它。"

"粮在缸里，"孩娃说，"有米有面。"

看着那狗，汉子突然停下脚步，拽了一下孩娃。

"你回家去吧。"

孩娃用戴手铐的小手又用力一拉，并不说话，挣着要走，把手铐链儿拉得哗哗啦啦，如碎玉的响声。

这时到了汉子家门口，李贵来到街上，对他儿子说：

"你让他去吧，尽尽孝心。"

又说："家里有我，走吧你们。"

汉子和孩娃走了。景象很像汉子领着孩娃赶集。

村街苦短，不久也就上了梁路。依村落习惯，是上了梁路，就算离了村子。这时村人都想起汉子与孩娃，终于告别村子要去蹲班房了。有了哭声，追着送至梁上，看见村长的女人梳了头发，手持一柄大锄，一把圆锨，样子俊丽，肃穆，拦在路的中央。

"别抓他们，"她说，"开棺去吧。"

警察是再也懒得和这村人胡搅啥儿，接过女人递来的锨锄，扔到路边，把女人也给押着走了。女人很温顺地跟着孩娃、汉子走了。她的不是亲生的一双儿女立在门口发怔，她就回头说：

"先去你们大姑家住上几天。"

可这时不知汉子的女人从哪走了出来，她左手拉着那男娃，右手揽着女娃的头，对村长的女人说："你去吧你，亏不了他们。"

就都走了。

梁上有很大的风，柴草追着他们卷动，吱吱地响，把他们的袄角掀起老高。

村落没有多大胆略，解放至今没人蹲过监狱，被事情吓得发抖，家家彻夜不眠。夜显得长，无头无尾。白天也长，也无头无尾。以为事情会立马有个决断，等着来人开棺验尸，也便水落石出，总不至于是他们三人共同杀了村长，至少可以放回两个。

然而，一连几日，没人来开棺，只有村长的表弟去那坟上闲走几次。再半月，村长的表弟回洛阳上班去了。孩娃、汉子、村长的女人都又回了村里。

无事。

问："都回了？"

答："回了。"

回来那天，孩娃去他娘的坟上放声哭了一夜，骂自己窝囊，对不起娘。

选　举

村长死了，要重新选村长。

选村长很肃然，乡长亲自主阵。乡长和村长家有些亲戚。也没啥，就是村长把十几岁的女娃许给了乡长男娃。乡长家本也是农民，家住得山深，孩娃讨媳不易。

村长说："把我闺女订给你孩娃吧。"

乡长说："中哇。"

这就订了。乡长给村长家女娃买了几套城里的衣裳，女娃也就穿了。眼下，乡长立在村长的坟前，抽烟。雾腾腾的。天冷，那烟在冷里沉沉慢慢升。没有日头，天色蒙蒙的昏。村长的坟土依然新，只是淡了黄土的腥鲜。村长死了月余，乡长立了一阵，丢下烟头，在坟前用脚尖拧灭，从口袋取出一封信，看了，说：

"我给你还愿来啦。"

事情没人知道，村长的女人，李贵家儿子和寡妇家孩娃，无端地被乡村警察带走，又无端地被放回，都多亏了这信。

信上说，张乡长，你见了这信我就死了；我受不了这疼，我疼的时候怕是有人笑哩，看着人笑，倒不如我自己去猛然死了。我自己死了也吓村人一跳，让他们少开心一会儿。我死了，有两件事求你，一是不能让我的女人改嫁，你一定要想法儿挡住她，我不能让别人再使唤我的女人。二是我家老大二十七岁，又识字，你一定让他当上村长，这样我也算不白白跟着共产党干了一生。我也就安心在土下合眼了。

乡长在县里开了半月会，要深入乡村改革，就又坐着县政府的大轿车，去南方参观了十几天。回后，一开门见那信从门缝塞进屋里，仰躺着，蒙了厚灰。拆了，忙拿电话问去，就在电话里哭了，想：人啊，说死就死了，一个来月前两个人还并肩去乡卫生院，又说又笑。

村长说："给我们村几吨化肥吧。"

乡长说："你们村计划生育工作最差。"

村长说："你没见我在超生户门口骂她祖宗？"

乡长说："我知道你是先放跑了那女人再骂的。"

村长就笑，乡长也笑了。笑声还没消失，人就死了。从坟上回来，山梁上的小路，载不动乡长的许多心绪，就扭得折折曲曲。乡长想到了村长许多好处，觉得全乡再没比村长能干的乡村干部了。县里的公路，修到各村庄、各坟地都不顺畅，农民不让。有一段路乡长挂帅去修，到这梁上穿坟时，全村人坐在坟地不动，不得不停工，无奈请村长出面。村长到坟地的村人面前走了一圈，说：

"谁家不想迁坟也成，出钱让我去请乡里干部吃一顿饭——一个坟头一桌。"

就都迁坟了，公路河水一样顺畅地过了山梁。乡长从小路上踏进梁上的公路，在路边略站片刻，望着那公路灰白灰白，在阴冷天里，如一股烟尘曲曲弯弯，随物而赋形，触景生情，乡长叹了一口长气，缓缓进了村里。村里最老的人是二爷。二爷七十一岁，好身体，走远路不比人差。辈分最高，连李贵都要向他叫叔。乡长从村头小店里买了二斤饼干，红盒，显吉利，提上去了二爷家。二爷在屋里烤火，见来了生人，又说是乡长，惊了，忙让座，烧荷包蛋。乡长平易近人。同二爷促膝长谈，问寒问暖，最后乡长说：

"我真想让你出来当村长。"

二爷更惊："你这是笑话。"

乡长说："不是笑话，可惜你年龄大了。"

这时，村长家大孩娃扛一袋化肥进屋竖在门后，说有客人呀二爷，我给你送一袋化肥，你就别托别人走后门买了，买不到的。一开春小麦施肥时不够了我再给你买。二爷去屋取钱。村长的儿子把钱扔在地上，怒说：

"二爷你是没把我当成你的孙子看！"

二爷捡钱怔着。

村长家儿子出门走了。

乡长说："谁家孩娃，精明能干。"

二爷说："村长家的，你不认识？"

乡长说："不太认识，竟长这么大了。"

又说："选村长就选这样的最好，又年轻，又肯为村人办事。"

二爷说："他倒真的合适，跟着他爹见过世面哩。"

乡长说："哪能说选就选上他哩？"

二爷说："能。我说能就能。"

乡长在二爷家吃了一顿饭，和二爷说了许多话，走了。后几天，全村各家各户都得到了一袋自己买不到的后门买的日本尿素。都是村长家儿子帮着买的。后几天乡长不光去二爷家，还去了许多人家，宣传民主，让村人都要投出神圣一票。后几天，凡是乡长去的人家，都是二爷首先去过的，或被二爷差人叫走说过啥儿的。乡长无论到哪家，都说不能任人唯亲，全村李姓人占四分有二，从解放至村长死，都是李姓人当村长、支书，这一次李姓人也应该选外姓人当村长，就是选李姓人，也最好不要选村长家老大，这样免得让人觉得是世袭。如此云云。村人都说乡长倒公正，不是那种徇私枉法者，且过去看上去和村长关系好，现在村长死了，才看出来彼此关系也甚为一般。不然，怎么动员村人不要选村长家儿子呢？

选举这天在月末，后晌，日头平南时候开始。村人十八岁以上的都来了。其实，十八岁以下的也都来了。孩娃们在会场上满世界跑。日光黄爽，微微地暖着，对面山梁起伏成一行驼背。会场设在村中的饭场，很大一块地场，平平坦坦，往时这儿拴牛拴羊，现在成了饭场，又成了会场。平坦的东端，放了两张桌子和一条凳子，这就是会场了。四个自然村的群众都集中在这里，坐着，也是鸦鸦一片。选举前，乡长讲了话，就是法制、民主之类，各种大会上常讲的。最后提出了候选人的名字。候选人中只有李姓一个，有外姓人三个。乡长念了候选人名单，村中李姓人就都愤然。四个候选人，竟有外姓三个，而外姓人却只有村人的一半。可是，又都只能哑然。候选人是有条件的，首先得是四十岁以下，其次，老婆得是按计划生育结扎过的。而且，这条件不是乡长定的，是从文件中念出来的。李姓人够此条件的，也就村长家老大了。再说，还真幸亏村长家老大，几天前让老婆挨了一刀，要不，连这一个候选人怕也没有。念了候选人名单，乡长就在桌上放了四个碗，每个碗上写了候选人的名字，给每个群众发了一粒花生米，让同意谁当村长，就把花生米丢进谁的碗里。为了防弊，乡长请德高望重的二爷上台监督，凡十八岁以上村人，都得去丢一次，但绝不能一人丢进两粒。

完了，乡长喊："现在选举开始，都来丢吧。"

日光温暖，可觉冷得很。二爷在台上坐着，胡子银白，在日光中灼灼生辉。会场上没人动弹，二爷咳了一声，吐了痰，孙女去给他披了羊皮大衣，顺势往村长家老大碗里丢了一粒。花生米又大又满，润红色，有油光，从碗边滚进碗底时，叮当作响。

便都开始丢了。

最先接连不断去丢的，倒都是杂姓人，他们鱼贯着，或这里那里，情势严峻明朗，竟没有一个丢进李姓人的碗。事情这样，也就不好了，这就激了李姓人的血呢。李姓人也自然不会把花生米丢进杂姓人碗里。再说，二爷的目光，少见，利啊。寒寒的，一眨不眨，每一个去丢花生米的李姓人，在那目光下都冷了身子，把花生米慌慌地丢进了村长家儿子的碗里，急切切地走下台来，长时间默着。也有人想把手里的一粒，丢进外姓人碗，如李贵，可上台看了一眼二爷，二爷说：

“贵，过几天去把我的棺材合一下。”

李贵应着，就把花生米丢进了村长家儿子碗里。村长家儿子碗在中央，碗里已有半碗。炒了够下一顿酒呢。外姓人碗里本就不多，又分散在三个碗中，三颗两粒，可怜显见的。

说起来，李姓人不顾二爷的目光，把花生投进外姓人碗里的，仅就一人，也就是村长的女人了。二爷拿目光剜她时，她说二爷你今天身体可好，我因守孝，没有顾上看你。这样说着，就把那粒花生，当众投到了人家的碗里。没人知道，那碗上的名儿，就是她要嫁的主儿了。

二爷的目光无奈何她。

然而末尾，还是选上了村长家儿子继任村长。大众选的，碗里的花生，远远超出了杂姓的三个白碗，数了那花生的粒数，宣布了李姓中选，会场有了零星掌声，稀稀落落，拍得十分讽嘲苍凉。但是，毕竟一切都在意料之中，乡长也就请村长家儿子来了几段就职演说。村长的儿子也就气宇轩昂地站在台上，讲到乡里又催集资款和集体工程粮了。请明天各户人家把粮款交到村委会上。说明天吃过早饭八点半钟，他在村委会等着登记过秤。

散会了。

天冷，人都走得很疾。乡长走在最后，离开会场拐过一个墙角，看到麻乱乱地站着一群老人、男人，都是自然村落中的杂姓。乡长走过去，对大家叹了一口长气，说：

“真没想到选举会是这个结果。”

杂姓人群中就有一个六十岁老人跪在了乡长面前，说：

“满意了，有你乡长抬举我们外姓人，我们也就烧了香喽。”

慌忙把老人扶起，一直把这人群送到梁上，告别时，杂姓人群竟又集体跪下给乡长磕了一个头，情况十分动人，乡长差点流出泪来。直望着他们在梁上渐次消失，乡长才转身去了村长的家。村长的女人和乡长本都熟，一见面自然说了人生不测、生死难料的话，当着村长女人的面，乡长还擦了几把眼泪，最后说，总算又选上儿子做了村长，你的日子终归好过了些，没人敢因你是寡妇就在门前走来走去，就领着儿女们好好过吧。

村长的女人不言，去给乡长烧了几样菜，温了半斤酒，乡长和新任村长喝过吃过，就要离村走去。来了一个吉普车接他，乡长说要到村长的坟上告别一下，步行着去了坟上。村长的女人、儿子陪着，吉普车停在路边，就都亲眼看着乡长缓缓走至村长的坟前，默站一会儿，取出了那封信来，划燃火柴，蹲下烧了。火是金色，在灰暗的冬季增亮了坟地上光色。乡长说：

“我照你说的做了，放心去吧，三年五载把小女儿娶走，我也不会亏了她的，该合眼合眼是了，世界上有我在呢。”

火熄了。

乡长起身拍拍灰，上车走了。

听　夜

是年夏时，从解放军艺术学院回去休假，片片段段，知道这些。向我讲述最多的，是我母亲，其次，我的堂弟。怕我不信，堂弟曾在梁上，指着一个坟道：看，这就是村长的坟，似是藉以证明。并说：

“你可以来坟地听夜，村长每夜都要在坟地开会，训话，来得巧，还能听到许多妙事。”

村长的坟已经陈旧，只不过相对别的，它还略带红色，然长出的野草，却同整片坟地一样的青旺茵茵。倘若不是坟土还插有花圈竹条的圆环，怕是无新旧可言。堂弟小个，矮胖，话间爱舞，手脚不停，说着，便拉我衣袖，怂恿我到村长的坟前细看，说夜间村长讲话，就坐在他的坟顶，那坟顶长年累月，有了一个屁股痕儿。

看了，果然。笑笑说，放羊的孩娃也可以来这坟上坐一屁股的。堂弟不言拿一三角尖石摆在坟顶，说明早你来，这石就被村长坐时扔到一边了，有时还有烟灰、酒气。将信将疑着，次日来看，又果然。三角石被扔到了坟下。坟上是新坐的痕儿，灰白烟灰，被潮气沾在草上。

决定弄个究竟。

罢了夜饭不久，就同堂弟前往听夜。走到梁上，碰到了村长的女人，她问干啥？我说不干啥，走走。

她说：“别去坟地瞎跑，都是别人编的。”

我说：“天热，走一走。”

村长的女人已经猛然显老，一年不到，仿若增了十岁，嗓子也枯，话音干裂得很。她站在自家门口，如同生长半途萎缩了的杨树。月光清明，她的脸苍白衰败。从她家门口走过，使人心儿陡然沉重。堂弟说，她原是要嫁的，对方是邻村人，属这个村委会管辖。村长的儿子又当了村长，那男的就再也不敢娶她，也有别的人动她心思。可听说好歹也算村长的娘，胆就蔫了。山梁上月色似乎更为明净，能望见邻村的几窝赤黄的灯光。从远处传来的狗吠，清水凌凌的响亮，显得这山梁越发空寂。坟地离村庄本就不远，四里，或者五里六里。总之，我们走着走着，也就到了。按照堂弟的经验，躲在了山梁上的一棵树上，大槐树，上百岁的老，树影隐含神秘。能看见不远处的坟地，在月光中分明如一片土色，还有几棵半大的柏，在坟地下角，微微地摇，细碎的声音摩挲着我们的耳朵。夜凉爽身，有些淡冷。偶尔有一声知了从这棵树上至那棵树上地飞叫，如一串珠子在很远的空中碰撞。再就是我们的呼吸了，压不住的粗重。

堂弟说："你怕？"

我说："本不信的，怕啥。"

这说话之间，听到从身后哪里，传来了走路的脚步声。我说有人来了，堂弟说别吭，会议开始了。我闭了呼吸，细加分辨，竟真是从坟地那儿传来的脚音，由远至近，凌凌乱乱，渐渐清晰起来，还有说话的声音，全是纯浓乡音，听了使人觉得半恐半亲，然却是会前会后的一片嘈杂，并听不清说了什么。我很愕然，在树下听了一阵，终不知坟地那儿都说了什么。

堂弟说："听清了吧？"

我说："听不清。"

堂弟说："这是在争吃返销粮的。"

再听，果然就是，在那一片吵嚷中，就慢慢听见了村长的吆喝："别吵了，再别吵了。就这么定了，一个人头十五斤，不满十四岁的十斤，明天都到我家领粮本去。"

吵声也就小了。听见了一个又粗又重的说散会吧的声音，是十二年前死了的民兵营长，汽车轧死的，我当兵走时他送我上的汽车。之后，就是散会的脚步声，堂弟告诉我，还有两处可以听到，一是前面的风口，只要刮西风，那声音就格外清楚；另一处，是坟左侧的庄稼地里，因为村长讲话总是面向那儿。我问那儿能听到什么，堂弟说庄稼地能听到村人十年前分地争地的吵骂，有时还为争好地打架，村长在劝架，还打了打架的社员。我说风口呢？

堂弟说："半夜零点，风口能听到村长和老支书在争那大队党支部的公章。"

很想去听，却不是西风，就回了村里。不想村长的女人还在门口等着，她说："听到吗？"

我站着。

"真有声音。"

她从暗影里走出来。

"谁的？"

我说："村长。"

她说:“说啥?”

我说:“开会,分返销粮。”

她便笑了:“又是这。”

隔了几日,我都睡了,堂弟隔窗叫我起床,说今夜西风,时间也是正好。既已醒了,就同他去了。观村长的女人,在这么深重的黑夜,还是孤零零在门口坐着纳凉,堂弟悄声说也许在等哪个男人。我和她随口几句闲言,也就匆匆走了。到坟地西风口上,隐在路边崖下,等了许多时辰,不见有任何声音,扫兴走时,听到了隐隐约约有砰啪之声,猫着腰往前面走走,伏在潮湿的地方,果然又听到有争有吵。

村长说:“你把公章和本儿还我。”

死了三十年的老支书说:“本来就是我的。”

村长说:“是你儿子盗墓从我棺中偷走的。”

老支书说:“你别忘了,还是我介绍你入的党,拉你当的村干部。”

又听一阵,反复就此几句,不知道是他们在反复吵这几句,还是在这儿只能听到这几句。也许换个地方,能听到许多别的,听过九遍之后,我领着堂弟,在坟地四周寻找,一会儿站起,一会儿猫下,再也没找到新的听夜的去处。重新回到风口,依旧那么几句:

“你把公章和本儿还我。”

“本来就是我的。”

“是你儿子从我棺材中偷走的。”

“你别忘了,还是我介绍你入的党,拉你当的村干部。”

觉得乏味。夜也已很深,就走了。另说,老支书死得甚早,三十年了,连我都记不得他的音容。只听家人说老支书是解放那年当的村支书,三年大灾时饿死了,村长是支书死时当的村干部。再就一无所知,觉得为那公章如此无聊。中国各级公章,也就村这一级最小,又不是什么大印。心下就开始瞧不起了他们。到家,堂弟回去睡时,问我:

“还听吗?”

“没意思。”

进屋,灯还亮着,竟是村长的女人和家人在座。见我进来,她迎面站起,问:

“又听到了?”

“听到了。”

“不骗我吧兄弟,我信你的。”

“真听到了,我都觉奇怪,不敢相信。”

又说几句,女人走了。问家人她来说啥,答说她想改嫁,便共同替她感叹几句，上床睡了。月亮是天将晓时升起的，爬在窗上明明白白。想起听夜，想起湖北人常说，荆州长江岸边的古战场上，时常听到万马嘶鸣、刀枪剑戟的拼杀之声，就一夜不能入睡。听着村街上的夜蝉鸣叫，心绪愈加烦乱。终于熬至想睡时候，忽然听到从山梁上传来由小到大的嘶唤：

“我要改嫁——我要改嫁！”

“我要改嫁——我要改嫁——”

是女人的叫声，一声比一声尖厉，终于就叫到了村街。听到街上有开门的声音。继而，我家门也开了。想必家人也因那叫声起了床去。我想睡，那叫声不断，只好下床，天却亮了。走出大门，见一村人拥着村长的女人，当了新村长的村长的儿子极孝敬地搀扶着她往家走去，她却边蹦边叫：

“我要改嫁——我要改嫁——”

她竟是疯了。

原来她昨儿夜离开我家，径直去了坟地听夜，谁也不知她听了啥儿，回来也就疯了。

又几日我假满返回，次年春天再次休假，村长的女人已经因疯死去，埋在村长坟内右侧。堂弟对我说，去听夜还能听到村长的女人在坟地大唤“我要改嫁”哩。

再去听，也竟果然。

（原载《萌芽》1994年第6期）

阎连科

1958年出生于河南洛阳嵩县田湖瑶沟。1992年加入中国作家协会。任第二炮兵电视艺术中心编剧。2004年退出军界。现为北京市作家协会专业作家。

1980年开始发表文学作品。著有小说集《和平寓言》《乡里故事》《黄金洞》《横活》《朝着天堂走》《欢乐家园》，长篇小说《情感狱》《最后一名女知青》《生死晶黄》《日光流年》《受活》《风雅颂》《丁庄梦》，散文随笔集《回望乡土》《桎梏》及《阎连科文集》(5卷)等。中篇小说《黄金洞》《年月日》分别获第一届和第二届鲁迅文学奖。

杀 羊

张 继

1987年搞了一冬计划生育教育，年终的时候上面要组织检查，说是一乡检查一个村，具体检查哪个村由乡里定。乡长觉得随便指定一个有失公允，就把全乡五十六村的村长召来抓阄。五十六个纸蛋子大小颜色都差不多，拨来拨去最后就被小桥村的村长四平抓着了，四平的脸一下子拉多长。乡长拍着四平的肩说："没说的了四平，乡里这一炮放得响不响就看你的了。"

四平苦着脸说："乡长，我怕这一炮我放不好。"

乡长说："你说的比唱的还好听，放不好我不愿意你。"又说，"四平，你别害怕，其实也没有什么难的，你每晚七点到九点把村民招呼到一起将乡里发的宣传教育材料读一读就行，但要保证人数，检查时要对户口本子的。"

四平知道这事没什么再推脱的了，就问："几号检查？"

乡长说："我也说不准，反正三天之内吧，这几天你每天都准备下就是。"

四平叹了口气。

乡长又问："发给你的那本材料你还有吗？"

四平想了想也没想起放哪儿了，就说："没了。"

乡长就转回屋给四平寻了一本。四平拿着书就往村里回，离村子还远呢就看村头的生产路上有一个人挖土，四平本来心情不好，这会更来了气。他想前几日光见土少没见到挖土人，今天撞上了一定不能轻饶他。走近一看原来是文书王才，就泄了气，说："我以为是谁呢，原来是你。"

王才说："昨夜黑鸡窝倒了，拉点土垫垫鸡窝。"

四平说："别垫了别垫了，乡里来事了。"

王才说："嘛事？"

四平晃晃手里书本说："计划生育教育要检查呢。"

王才说："乡里的？"

四平说："乡里查就不怕他奶奶的了，是市里省里。"

王才就有些慌，市里的干部都没见过，别说省里的，他说，"这事重大呢，村长你说吧，你说咋办咱咋办。"

四平想了想说："上面检查光看人数，关键是召集人。"

王才说："一会儿我就挨门挨户去喊人。"

四平说："这几年不是前几年了，开个村民会比揪头还难，就怕你喊不来。"

王才说："那怎么办？"

四平想了想，眼睛忽然一亮，说："账上还有钱吗？"

王才说；"我接手的时候就是空账，哪来的钱，前两天乡建房办来人吃喝还是我在门市部里借的呢。"

四平说："你家里有吗？"

王才挤了眼说："是你用还是村里用？"

四平说："村里。"

王才说："一个也没有。"

四平知道王才要滑头，就有些生气，说："你还想把这次检查弄好吧？"

王才说："这么大的事我怎么不想弄，再说不弄乡里能愿意咱？"

四平说："既然想弄你就别给我斗嘴了，你想法给我弄只羊，能借来钱就用钱买，借不来钱就借一只羊。"

王才说："借羊干吗？"

四平说："搞计划生育教育。"

王才怔了一下就明白了，说："你要请参加学习的人喝羊肉汤。"

四平说喝羊肉汤。

王才迅速算了一下账说："要三天呢，一天一只，三天也要三只，六七百块呢，怕是喝不起。"

四平笑着说："要看怎么个喝法了，弄好了一只羊也不用呢。"

王才想村长可能要在羊汤上捣鬼，王才又想既然是捣鬼为什么还逼我去借羊，村长家现成就有一只呢，王才就说了。村长一听就寒了脸，村长说王才这多年了你还不知道我吗。王才猛然想起村长惧内的事，就知道撞了四平的忌讳，连忙赔笑说："不说了不说了，我保证借只羊就是。"

傍黑的时候文书王才就从山上孙二家的羊栏里牵下一只羊。羊不大，有六七十斤的样子，倒是怪胖。王才先没把羊往家里牵，而是牵到村长家给村长看。村长说小了点，小了吸引力不大。

王才说大了咱怕还不起。

四平说只要你按我说的法杀，就是牵头牛来我也还得起。

王才说怎么个杀法。

四平就给王才说了。四平说完又想起乡长拍着他的肩膀说的那句话，就原汁原汤地传给了王才，说："王才，村里这一炮放得响不响就看你的了。"

王才这一会儿已听得两眼放光，说："村长，你就听好吧。"

王才说完就牵着羊围着村子转一圈，看到的人就问："买了一只羊？"

王才说买了一只羊。

又问是喂还是杀？

王才说杀。

问的人就笑说："你个馊货，一二百块呢，舍得吃？"

王才说："我当然不舍得，这是村里杀，晚上用的，参加学习的一人一碗羊肉汤。"

问的人说，可真？

王才说不信就罢了，自顾牵着羊往家里走。

一会儿工夫，就传开了。但许多人都不信，就到文书王才家看羊。羊果然在文书门前的枣树上拴着，一圈圈地转，咩咩地叫，再看看院里，王才的女人正在刷桌子，一瓢瓢冒着热气的水往桌面上倒。王才却没在家，一问，女人说借刀去了。许多人互相对视了一眼，就信了，就开始往小学校里去，很快学校里就聚了一大堆人。

四平村长是在众人来得差不多了时才进来的，四平把那本书揣在怀里，缩着脖子一点儿也不像教师的样，屋子里的人就笑起来。四平看着这一屋人也想笑，但他忍住了，并且故意绷起了脸，说："叫大人来学的，怎么小孩也来了，这是计划生育教育跟学生上课一样，都把孩子送回去。"

带孩子的人都不愿意，都央求村长让孩子留下。四平村长考虑了好一会儿才说："留下来行，但不能乱说话，谁要乱说我就拎着他的耳朵把他扔出去。"

小孩子们果然都噤了声，屋子里显得安静了些。有几个声音说："村长，怎么个教育法你就教育吧。”

村长说：“其实也简单，就是念一念这书本。”

下面的人就说你念吧。

四平就打开了书本。四平是个老花眼，看了两行就看不清了。说忘了拿眼镜，十几个小伙子都争着替他回家拿，四平后来选了一个叫全胜的去了。全胜好大一会儿才回来，四平说你怎么用了这么大一会儿。

全胜不好意思地说：“我在文书家拐了个弯。”

下面的人就问：“杀了吗？”

全胜说：“还没呢，文书正在磨刀。”

四平问：“王才说什么话了吗？”

全胜说：“文书说保证误不了今晚的事。”

四平说好。四平说完就开始念那本书。四平虽是小学五年级，但由于当村长当久了讲惯了话，读起书本来很带劲，一小会儿就念了两大段。正在兴头上，王才推门进来了。

屋里人看见王才兴奋得嗷了一声。四平一惊，问：“这么快就杀了？”

王才说哪能杀这么快。

四平松了口气，说，你不在家杀羊跑这里做什么？

王才说：“来查查人，也好准备碗筷。”

四平笑了，说查吧。

王才在屋里指指点点一会儿，数到八十的时候就不再数了，说：“村长，这么多人碗筷是没法准备了，倒不如散了会各人准备各人的。”

下面的人就说各人准备各人的。

四平就对王才说你忙你的去吧。然后接着念。四平念了好大会儿，第一讲就念完。四平还要念第二讲，下面就不愿意了，说：“村长，肉也该熟了。”

四平看看表，九点多了。检查的时间过了，看样检查团今天不来了。又叫过全胜说：“你到王才家看看肉煮好了吗。”

全胜这回比刚才那趟快多了，全胜进门就说：“村长不好了。”

四平说怎么了。

全胜说羊跑了。

屋里的人一听炸开了锅。

四平的脸一下子变了色，说王才呢。

全胜说追羊去了。

四平说这个王才，这个王才！

王才就是这时候回来的。王才气喘吁吁，一头热汗，身上还有泥，手里拎着

羊耳朵，羊跑得直吐白气，翻着白眼。王才说："这熊羊还怪能哩，我一拿刀他就跑，竟比狗还快，我围着村子追了它三圈才逮住它……"

四平村长显得很生气，他说："王才你快四十的人了，连只羊都杀不了你咋这么无用？"四平还说了一些什么，最后说："全村的老少爷们都在这等着呢，你这不是让我下不了台吗？你死了吧！"

文书王才也是村里的头面人物，被村长当着众人弄了一顿脸上就有点挂不住了。下面就有不少人站出来说："算了，算了，王才也不是故意的。"

王才听众人这么一说更有些不好意思了，他说："村长你别熊我了好不好，我这就去杀还不行吗。"说着拽着羊耳朵就往外面走，被众人连喊带拉地劝住了，问："明天还教育吧？"

村长四平说："还教育。"

问的人就笑了，说："今天晚了，明天吧。"

四平说："不行，说好今晚喝的不能不算。"

村人更有些感动，又说："明天吧，明天也不迟。"

四平见不好再坚持，看了众人一眼，有些不好意思地说："那就明天吧。"

第二天天还没黑呢，文书王才就开始弄羊，许多村人都围着看。王才拿一根竹条对着羊说："昨天晚上因为你逃跑我挨了村长一顿熊，今天我看你还跑！"王才说着就把羊抽打了一顿，羊刚开始还乱蹦乱叫，后来就老实了。王才说："你再跑呀。"就把它松开了，但是缰绳刚一落地，羊又跑了，王才赶紧几步追过去，按倒了，并找来一根绳子，把羊的四条腿全系住又说："我看你这回还跑不跑。"

看热闹的人都笑了，有人说："杀了吧。"

王才说不能杀。

问的人说咋？

王才说，"杀早了都想围着吃肉，谁还去受教育。"

听到的人就笑，笑过了就相约着去小学校。临走的时候一遍又一遍叮嘱王才说：

"多加点盐哦，盐多了香。"

"多加点汤水哦，喝着滋润。"

"多加点辣椒哦，喝着热乎。"

还有的说："王才，要芫荽不要，要的话就到我园子里薅，种着两畦呢。"

王才一一应着，说："去吧，去吧，忘不了。"

但仍有几个在王才家不愿意去，王才就生了气，说："你们几个不要比别人能，村长在小学校那边点名呢，那边挂不上号，这边也别想吃肉。"

那边小学校的三间教室里早就挤满了人。桌子上、凳子上、过道里早已没有下脚的地方，外面仍然有人往里面挤。碰了头了，踩了脚了，压了腿了的喊叫声此起彼伏。村长觉得今天的人比昨天多多了，村长还觉得再这么挤下去可能要出事，村长就让门口的几个小伙子快一点关门。几个小伙子叫着号把门关上了，门外的人就喊成一团。四平村长说："别喊了，别喊了，谁让你们来晚的，来晚了就喝不上羊肉汤。"

屋里的人都有些得意，劝村长："别理他们，快念吧。"

村长就开始念，外面的人听见了就说，村长你念的我们也能听见，也算是接受教育了，喝汤时可不能落了我们。

四平村长没答声，外面的几个都有些急，就砸门，咚咚响。四平装作没听见，依旧端着书本不紧不慢地念。念到一半的时候，文书王才又来了，村长命人开门。村长问：“莫不是羊又跑了。”

王才说：“四条腿都拴着呢哪能再跑。”

四平说：“那你不在家好好杀羊又跑来干吗？”

王才说：“我来看看人。”

四平说：“说好不用你准备碗筷的你来看什么人。”

王才说：“不是要准备碗筷，我是怕人太多。”

四平说：“搞计划生育教育人多不好吗？”

王才说：“我怕人太多羊肉汤不够喝。”

四平怔了一下，说：“羊有多重？”

王才说：“连毛加屎就六七十斤吧。”

四平又问：“今晚来了多少人？”

王才屋里屋外看了两眼说了个约数：“二百多吧。”

下面的人就轰的一声笑了，说六七十斤的羊，二百多人连味也闻不过来，别说吃肉了。喊了一阵又都形成了共识，说：“村长，得换个大的。”

四平村长一听也来了劲，说：“行，就换个大的。”

屋里屋外的人都欢呼起来，几个年轻点的甚至高喊村长万岁。四平的脸膛子就显得很红，他忙不迭地安排王才说：“文书，这事你快去办吧。”

王才显得有些为难说：“村长这都半夜了，你让我上哪里弄羊去。”

村长说：“山上孙二的羊栏里捉一只就是。”

王才说：“你说得容易，黑灯瞎火的掉到山沟里我还能找到魂？”

四平村长瞪了王才一眼说：“昨天你让羊跑了，今晚你不去大伙能愿意你。”

下面的人就嘻嘻哈哈地喊不愿意，不愿意。还有的说：“王才，今晚弄不来羊大伙一会儿就吃你。”

王才苦笑着说：“那我再上山试试。”

村长叮嘱说：“你要快一点回，来晚了怕做不出来。”村长说着还让那个叫全胜的小青年和王才一块去，说是互相督促着，可别误了事。

但王才还是误了事，他和全胜回来时早已过了散会的时间，只是村人还没有离去。王才也没能牵来羊。村长气得脸色铁青，村长说：“王才你是故意的。”

王才委屈地说：“我不是故意的。”

四平村长说：“既然不是故意的你就给大伙说清楚吧。”

文书王才显得很不好意思，他说：“孙二不在家，孙二女人就做不了主，就不让我牵羊，任凭我说什么话孙二的女人也不吐口，我只好等孙二回，等了一会儿孙二没来，又等了一会儿孙二还没来，等着等着就过了时候了……”

四平村长有点不相信，四平问全胜：“真的吗？”

全胜说：“一点不假，临来的时候文书想硬把羊牵来差一点还和孙二大娘吵起来呢。”

村长就没了话。再看看众人情绪果然也有些低落，连忙说：“大的没弄来，不行就杀小的吧。”

下面的人说那点肉还不够塞牙缝的呢。

村长想了想决断说：“我看只能这样了，一户留一个，其他人都散会吧。”

下面听了这话就闹作一团，一会儿说他留下一会儿说我留下，弄来弄去没有一个愿意走的。最后还是众人拍了板，说：“村长，要想吃都吃，要不吃都不吃，还是明天换只大的来杀吧。”

村长高兴地说好。又说：“不换了不换了，明天干脆弄只大的，一大一小两只羊一块杀，让兄弟爷们喝个够。”

村人都有些激动，说真？

四平村长说：“真！”

村人的情绪又都好了起来。

三日一早，四平村长和文书王才碰了一下头。四平村长说：“今天是第三天。”

文书王才说：“第三天。”

四平村长说：“今天最重要，前两天检查团没来，今天可能一定来。”

文书王才说：“差不多。”

四平说：“今天得弄好，千万不能弄砸了，砸了乡长得要咱俩人难看。”

文书说：“嗯哪。”

村长说：“你一会儿再到孙二那里看看羊。”四平说完笑着给王才挤挤眼。

吃过早饭王才就上了一回山，但是孙二还没回来，羊当然也没牵下来。中午饭后，王才又去了一回，一会儿就回来了。村人见王才又空着手就问：“孙二还没回？”

王才说：“没。”

村人就有些气馁，说：“看样，晚上的羊肉汤又喝不成了。”

四平村长听到了就说：“今晚说什么也得让大伙喝上。”又说，“王才你再上一回山。”

王才说：“孙二要是还没回来怎么办？”

四平说：“咱吃他羊给他钱，他不回你就硬牵。”

王才说我怕牵不来。

四平说:“你真没用,你看我的。”村长说完抬腿就上了山。一会儿工夫就呼呼返回来了。村长到底是村长,羊被牵下来了,羊很大,牛犊子似的,一大一小两只羊在文书王才门前的枣树上一拴很招眼。村人围了一圈,说透肥。又有人不放心地问四平:“都杀?”

四平说:“都杀。”

问的人说:“单这只大的就有二百多斤呢。”

四平说:“二百多斤就二百多斤,都杀。”

王才说:“两只羊一起煮,得找口大锅。”

四平说:“就找口大锅。”

王才就领着人到村东胡屠户家把屠户脱猪毛用的锅借了来,二十四寸的,像一个水坑,里面生着铁锈。四平说,得把铁锈弄掉。王才就寻一块青砖。蹲在锅里磨,吱吱嘎嘎地响。村人们听得亢奋又开心,就有更多的人聚拢到王才家。村长说,散了吧,散了吧,回家吃晚饭,完了还要去学校参加教育呢。

村人不动。

村长又说了一遍。村人中就爆出一串笑声,说:“看着两只羊,哪个还有心思吃晚饭。”

四平村长明白过来也笑了,说:“不吃晚饭就到学校去吧。”

村人还不动。四平村长就做出一副发火的样子,说:“去晚了关上门进不去别怨我。”

村人们便都向学校涌去。文书王才说,该留两个妇女烧火。村长就点了两个,然后随着众人进了学校。

这一晚王才没到学校去。王才越不到学校去,教室里受教育的人心里越踏实,他们想这回肯定没有出事。时间过得有些快了,四平村长又念了一页就九点了。

下面的人便喊:“村长,九点了。”

四平村长也知道九点了,但是他不能宣布散会。检查团还没来呢。村长有些焦躁地说:“再等一会儿。”

四平村长等到九点半,检查团仍然没有来。四平心里嘀咕:难道检查团不来了。望着屋里屋外齐刷刷站立的乡亲,他喃喃自语:全村的人可都叫我请来了呀。一股很浓很浓的失望从四平心底升腾起来,他有点无力地挥挥手说:“散了吧。”

自然这一回和上两回一样,村人又没喝上羊肉汤。当村人拿着自家的碗筷赶到王才家时,羊肉汤没有做出来,并且连羊也不见了。

村人问:“羊呢?”

王才答:“被孙二牵走了。”

村人问:“孙二为什么牵羊?”

王才说："孙二来要羊钱呢。"

村人说："要钱给他就是。"

王才说："你们哪里知道村里一分钱也没有。"

村人说："那就眼看着孙二把羊牵走了？"

王才说："嗯哪。"

村人们就哼了一声，然后掉转头找村长。村长就从一个暗处闪出来，说："我在这儿呢。"

村人问："村长，你说过的话就这么完了？"

村长尴尬了一下说："哪能完呢，什么时候村里有钱一定补上。"

村人们又哼了一声，说："哄人呢。"

接着有好几个人摔了碗，破碎声很响。四平村长和文书王才的脸都有些难看，但又无话可说，就那么站着，他们站了许久。最后还是村长四平先开了口，他说："奶奶的，检查团把咱坑苦了。"

王才也说："他奶奶的，咱两头不落好。"

但是计划生育教育检查团终于还是来了，只是比原先预订的时间推迟了一天。检查团先是到了乡里。乡长大吃一惊，一边安排检查团人员的晚饭，一边火速派人到小桥村给四平村长报信。四平村长就慌了，骂："奶奶的，昨天怎么不来，前天怎么不来，大前天怎么不来，这不是故意难为人吗？"

王才说："别骂了，快想办法吧，马上就要来了。"

四平村长沉思良久，忽然长叹一声说："哪有什么召集村民的好办法，还是再杀只羊吧。"

王才一怔，说："真杀还是假杀？"

四平村长说："真杀，再假杀谁还相信？"

王才听见真杀，就想打退堂鼓，他知道村里没有钱，他怕杀羊的钱落在自己的身上，他说："村长，这回别让我到孙二那里借羊了，那天建房办来人吃的烟酒钱还担在我身上呢。"

村长四平叹了口气，说："不用你去借了，我去借就是。"

一会儿，村长四平就牵来一只羊。王才一眼就认出来羊是村长自己的就叫了一声："村长，你这是……"

村长苦笑一声说："我哄你嫂子说这回也和前几回一样是假杀，她就信了。"

王才说："一会儿真杀了嫂子能愿意你？"

村长说："这回检查关系到乡里的荣誉，顾不了那么多了。"又说，"快杀吧，你嫂子知道了底儿就杀不成了。"

羊终于杀成了。四平村长的羊比孙二那只大羊小多了，但还是煮满了那口二十四寸大锅。大锅热气滔滔，把王才的院落弄得一派迷蒙，全村飘荡着肉香。

四平村长打开广播喇叭喊："开会了开会了，到小学校开会了，开完会就喝羊肉汤，羊肉汤在文书家已经做好了……"

村长喊了数遍，却没有人往学校去，人都往王才家去了。村长说："别都围着肉锅，开完会再来吃。"

村人说："村长，我们叫你哄怕了，这回弄个保险的，吃完再去开会。"

村长说："谁不先去开会就不给谁肉吃。"

村人们说："不先给肉吃就不去开会。"

两人僵持了一会儿，最终还是四平先败下阵来，四平妥协说："先吃就先吃吧。"

村人们嬉笑着向肉锅围拢而来。

检查团就是在村人们吃肉时来到的。检查团在乡长的指引下，直奔小桥小学的那一排教室，教室连灯也没亮，一团漆黑，乡长知道事情砸了，脸拉得多长。

第二天一早，乡长就差人把四平村长叫到乡里。四平的脸有些肿，鼻梁上还有两道血沟。乡长说："怎么搞的？"

四平有些羞愧地说："女人打的。"

乡长说："为什么打你？"

四平说："因为杀羊。"

乡长没听懂，就看四平。四平就把这几天杀羊的故事讲给了乡长听，乡长听罢仰着脸看着墙壁长思不语，后来门口有人走动，乡长才转过脸，低声对四平说："四平，你回吧。"

四平不相信乡长就这么饶了他。问："乡长，真的？"

乡长说："真的。"

四平就回了。

（原载《鸭绿江》1995年第8期）

张 继

1967年出生于山东省枣庄市峄城区。1996年进入北京鲁迅文学院作家班学习。1997年加入中国作家协会。1999年调枣庄市文联创作室工作。现为济南市文联专业作家。

1991年开始发表小说作品。已出版小说集《玉米、玉米地》《人样》《村长的耳朵》，长篇小说《去城市受苦吧》，影视作品《惹事生非》《男妇女主任》《村长李四平》《乡村爱情》《石榴花开》及《张继文集》(7卷)等。

短篇三题

贾大山

莲池老人

庙后街，是县城里最清静的地方，最美丽的地方。那里有一座寺院，寺院的山门殿宇早坍塌了，留得几处石碑，几棵松树，那些松树又高又秃，树顶上蟠着几枝墨绿，气象苍古；寺院的西南两面是个池塘，清清的水面上，有鸭，有鹅，有荷；池塘南岸的一块石头上，常有一位老人抱膝而坐，也像是这里的一个景物似的。

寺院虽破，里面可有一件要紧的东西：钟楼。那是唐代遗物，青瓦重檐，两层楼阁，楼上吊着一只巨大的铜钟。据说，唐代钟楼，全国只有四个半了，可谓吉光片羽，弥足珍贵。只是年代久了，墙皮酥裂，木件糟朽，瓦垄里生满枯草和瓦松。若有人走近它，那位老人就会隔着池塘喝喊一声：

“喂——不要上去，危险……”

老人很有一些年纪了，头顶秃亮，眉毛胡子雪一样白，嗓音却很雄壮。原来我不知道他是干什么的，后来文物保管所的所长告诉我，他是看钟楼的，姓杨，名莲池，1956 年春天，文保所成立不久，就雇了他，每月四元钱的补助，一直看到现在。

我喜欢文物，工作不忙了，时常到那寺院里散心。有一天，我顺着池塘的坡岸走过去说：

“老人家，辛苦了。”

“不辛苦，天天歇着。”

“今年高寿了？”

“谁晓得，活糊涂了，记不清楚了。”

笑了一回，我们就熟了，并且谈得很投机。

老人单身独居，老伴早故去了，两个儿子供养他。他的生活很简单，一日三餐，五谷为养，有米、面吃就行。两个儿子都是菜农，可他又在自己的院里，种了一畦白菜，一畦萝卜，栽了一沟大葱。除了收拾菜畦子，天天坐在池边的石头上，看天上的鸽子，看水中的荷叶，有时也拿着工具到寺里去，负责清除那里的杂草、狗粪——这项劳动也在那四元钱当中。

他不爱说话，可是一开口，便有自己的思想，很有趣味的。中秋节的一天晚上，我和所长去看他，见他一人坐在院里，很是寂寞，我说：

“老人家，买台电视看吧。”

“不买，太贵。”

“买台黑白的，黑白的便宜。”

“钱不够。”

“差多少，我们借给你。”

“不买。”他说，“那是玩具。钱凑手呢，买一台看看，那是我玩它；要是为了买它，借债还债，那就是它玩我了。”

我和所长都笑了，他也笑了。

那天晚上，月色很好，他的精神也很好，不住地说话。他记得那座寺院里当年有几尊罗汉、几尊菩萨，现在有几通石碑、几棵树木，甚至记得钟楼上面住着几窝鸽子。秋夜天凉，我让他去披件衣服。他刚走到屋门口，突然站住了，屏息一听，走到门外去，朝着钟楼一望两望，放声喊起来：“喂——下来，哪里玩不得呀，偏要上楼去，踩坏我一片瓦，饶不了你……”喊声未落，见一物状似狗，腾空一跃，从钟楼的瓦檐上跳到一户人家的屋顶上去了。我好奇怪，月色虽好，但是究竟隔着一个池塘呀，他怎么知道那野物上了钟楼呢？他说他的眼睛好使，耳朵也好使，他说他有“功夫”。

我不知道这是一种什么“功夫”。他在池边坐久了，也许是那清风明月、水气荷香，净了他一双眼睛，两只耳朵吧？

可是有一天，我忽然发现他死了。那是正月初三的上午，我到城外给父亲上坟时候，看见一棵小树下，添了一个新坟头。坟头很小，坟前立了一块城砖，上写："杨莲池之墓"。字很端正，像用白灰写的。我望着他的坟头，感到太突然了，心里想着他生前的一些好处，就从送给父亲的冥钱里，匀了一点儿，给他烧化了……

当天下午，我怀着沉痛的心情，想再看看他的院落。我一进门，不由吃了一惊，他的屋里充满了欢笑声。推门一看，只见几位白发老人，有的坐在炕上，有的蹲在地下，正听他讲养生的道理。他慢慢念着一首歌谣，他念一句，大家拍手附和一声："吃饭少一口。"

"对！"

"饭后百步走。"

"对！"

"心里无挂碍。"

"对！"

"老伴长得丑。"

老人们哈哈笑了，快乐如儿童。我傻了似的看着他说："你不是死了吗？"

老人们怔住了，他也怔住了。

"我在你的坟上，已烧过纸钱了！"

"哎呀，白让你破费了！"

他仰面笑了，笑得十分快活。他说那是去年冬天，他到城外拾柴火，看中那块地方了。那里僻静，树木也多，一朝合了眼睛，就想"住"到那里去。他见那里的坟头越来越多，怕没了自己的地方，就先堆了一个。老人们听了，扑哧笑了，一齐指点着他，批判他：好啊，抢占宅基地！

天暖了，他又在池边抱膝而坐，看天上的鸽子，看水中的小荷……

有人走近钟楼，他就喝喊一声：

"喂——不要上去，危险……"

他像一个雕像，一首古诗，点缀着这里的风景，清凉着这里的空气。

清明节，我给父亲扫墓，发现他的"坟头"没有了，当天就去问他：

"你的'坟头'呢？"

"平了。"

"怎么又平了？"

"那也是个挂碍。"

他说，心里挂碍多了，就把"功夫"破了，工作就做不好了。

（原载《天津文学》1994年第5期）

会上树的姑娘

我到梦庄不久，便听到一句歌谣："王庄的姑娘会织布，梦庄的姑娘会上树。"王庄离梦庄三里地，那里的姑娘们怎样织布，我并不关心，梦庄的姑娘们怎样上树，却引起我很大的兴趣。

我们房东家，有个姑娘就会上树，据说身手不凡的。那姑娘叫小欢，当时不过十六七岁，小巧的身材，墨黑的头发，长得很白净。我们无法想象，这么一个姑娘，怎么会上树呢？一天，在地里干着活，和我一块儿下乡的石小芳故意逗她：

"小欢，你都会干什么活呀？"

"我会绣花儿。"她说。

"别的呢？"

"我会做鞋。"

"那是细活，粗活呢？"

"我会锄地，也会摘棉花。"

小芳忍不住了，指着井台上的一棵大杨树说：

"那棵树，你上得去吗？"

"你哩？"

"我们城里姑娘，哪会上树呀？"

"你不会，我也不会！"

她的脸红红的，眼里像有敌意。

那天中午收工后，我们正要做饭，听见她父亲叫她：

"小欢，上树捋点榆钱儿吧，吃'苦累'呀。"

她家院里就有不少树木，有榆树，有槐树，我们屋的窗子前面，还有一棵合欢树。她在院里洗了洗脸，到屋里去了。我们以为她去拿篮子，就在院里等着观看。可是等了很久，她再也不出来了。她父亲两手一摊，朝我们笑了笑说：

"看，你们来了，欢儿变娇了，不肯上树了。"

小欢的父亲还不到四十岁，长得很是糟糕。他的头顶早秃了，头顶四周立着几根黄黄的头发，像是旱坏的禾苗；他像有什么病症，眼里总是含着泪，嘴角里也湿汪汪的，显得水分很充足。可他很爱说话，吃饭的时候，他便端了一只大碗，蹲在合欢树下，不住地和我们说话。他说梦庄紧挨着老磁河沙滩，属于风沙地带，1949年春天，华北人民政府在附近的一个村里成立了冀西沙荒造林局，他们就开始栽树了，村里村外，栽的净树。他又告诉我们，村里粮食紧缺，花钱困难，庄稼人的生活来源一半指望地里，一半指望树上。春天，孩子们上树捋榆钱儿、采槐花儿，榆钱儿槐花儿掺一点玉米面蒸了，就是一顿饭，村里人叫“苦累”；秋天，孩子们上树扒槐角，打出槐籽能卖钱。他说去年秋天，小欢上树扒槐角，给他“扒”了一件皮袄，给她娘“扒”了一条棉裤。我们听了咯咯地笑，小欢便在屋里摔打一件什么东西。他听见了，赶忙吸溜一下嘴角的水分，笑笑说：

“不说了，不说了，欢儿急了。”

真的，我们到了梦庄，好像破坏了这里的风俗，姑娘们当着我们的面，再也不肯上树了。一个春深夏浅的日子，我们几个下乡知青到村西的沙岗上玩耍，路上看见几个姑娘，手里拿着篮子，站在一棵大槐树下，是要上树的样子。我们就悄悄躲在附近一片小树丛里，等着观看。她们把辫子盘在脖子里，正要行动，一个姑娘忽然叫了一声：“有贼！”我们暴露了目标，她们就像一群惊弓之鸟，笑着跑散了。

那年秋天，终于得到一个观看姑娘们上树的机会。那年村里成立了俱乐部，为了置买服装、乐器，大队长让我们参加一天义务劳动，到村北的树林里扒槐角去。他把我们分成几个小组，每一个小组里，有会上树的，有不会上树的。我们那一组里，有我，有小芳，我们属于不会上树的，会上树的是三个本村姑娘：文雁、春女和小欢——小欢嗓子好，也被动员参加了俱乐部。

大队长做了动员，问我们能不能完成任务，我们说能，以小欢为首的姑娘们却唱歌儿似的一齐回答：

“不能——”

“怎么不能？”大队长问。

“我们来例假啦！”小欢大胆地说。

我们都笑了，姑娘们低着头，也偷偷地笑了。

大队长生气了，对姑娘们做了严肃的批评。他说你们参加了俱乐部，成了村里的文艺工作者，可是你们不能忘了，你们都是梦庄的闺女，你们不能丢了梦庄的传统。一个人来例假，都来例假吗？姑娘们偷偷地笑着，不再言声了。

那天早饭后，我们一人背着一个荆条筐子，来到村北的树林里。她们走得很快，到了林子深处，她们还不住脚。那真是一片好林子啊，一棵棵洋槐树，遮天蔽日，林中光线像是到了黄昏时候。林间的草地上开着野花，生着一丛丛的紫穗槐，小鸟一叫，像有回声。走到一片野花盛开的地方，小芳不走了，催她们上树。她们放下筐子，文雁看看春女，春女看看小欢，小欢两脚向后一踢，脱了鞋，命令我们说：

“你们朝前迈十步吧！”

“迈十步干什么？”我说。

“你不要问，要不你们上树。”

我和小芳笑了笑，只好向前迈去。她们数着我们的步子，一齐喊着：一，二，三，四，喊着喊着，忽然不喊了。我们回身看去，不见了她们的影子，树下放着她们的鞋。仰头一看，文雁高高坐在一个树枝上，悠着脚丫，朝我们笑；春女躺在一个倾斜的树桄子上，两手抱着肩，像是睡着了；小欢上得更高了，人也变小了，一串串槐角从天上落下来，下雨一般……

她们上得真快呀，我只看见了树上的姑娘们，到底没有看见姑娘们上树。

（原载《长城》1995 年第 1 期）

写对子

梦庄是个贫苦的地方，可是过年的时候，人们很爱贴对子，并且贴得很铺张：街门上贴，屋门上也贴，树身上贴个“栽子”，影壁上贴个“斗方”，猪圈的草棚上也要贴个“黑猪满圈”，队里的大车上也要贴个“日行千里”，贴得村里一片火红，十分好看——遇到雪天，白雪红对子，更好看。

村里能写对子的人好像不多：一个是西街的黄玉明，一个是东街的路老鹤，后来我也算一个。一到年跟，我们就在街上放一张桌子，给人们写对子，东街一摊，西街一摊，大队门口一摊。谁写对子谁拿纸，大队供给墨汁。

现在回忆起来，那是一件很愉快的工作。暖和的阳光下，人们众星捧月似的围绕了我，人人喜气洋洋的，情绪像梅红纸。干部们喜欢写新词，社员们喜欢写古词。新词报纸上有，古词在人们心里：春回大地呀，万象更新呀，三星在户呀，五福临门呀……尽是人间最美好的话语。

有一天，村南口的路老杏也来写对子。路老杏五十多岁了，高大的身材，焦黄的脸，我到梦庄一年了，从没见他和人说过话，人们也不和他说话——他头上戴着一顶富农的帽子。治保主任见他拿着红纸过来了，说：

“路老杏，你也写对子？”

“行么？”他问。

治保主任也姓路，叫铁棍，平时脸色如铁，说话像棍，人们都很怕他。这时候，却也笑着说：

“行，过年嘛，我们炮轰金门、马祖，还停炮七天哩——你写吧！”

我却有些作难了，给他写什么词句呢？他想写个“天增岁月人增寿，春满乾坤福满门”，人们便笑着呵斥他：

“不行，你有了福气，我们就该受罪了！”

“要不，写个爱国的内容吧？”

“你爱国也是假的!”

他也呵呵笑了,笑得十分好看。他知道人们是在“批逗”他,而不是批斗他——一年到头,他是难得这么一回“批逗”的。他像戏台上的丑角,又是蹙眉,又是咂嘴,抓耳挠腮地表演了一番,然后望着我说:

“你是城里的学生,有文化,你给琢磨两句吧!”

我想了一下,挥笔给他写了一副:

有空多拾粪
没事少赶集
横批:奉公守法

人们看了哈哈大笑,都说我写得好,编得也好,果然有文化。路老杏也很满意,“好,就是它了,年年是它了!”墨迹未干,他便一手提了一幅,飞一般走了。“飞”到拐弯的地方,他还故意蹦了两蹦,像扭秧歌,人们笑得更欢了。那天地上有雪,铁棍放声笑着,竟然望着他的背影喊了一声:

“慢走呵,大伯,别摔倒了!”

铁棍嗓门大,一声呐喊,震得树上的雪簌簌落了一片。

(原载《长城》1995 年第 1 期)

贾大山

(1943—1997 年)。出生于河北正定县西南街。1979 年加入中国作家协会。曾任河北省作家协会副主席。

1971 年开始发表作品。出版有《贾大山小说集》。小说《取经》获 1978 年全国优秀短篇小说奖。